山海春歌

伍启梅 ◎ 著

海峡出版发行集团 | 海峡书局
THE STRAITS PUBLISHING & DISTRIBUTING GROUP

图书在版编目（CIP）数据

山海春歌／伍启梅著. --福州：海峡书局，2023. 10（2024. 7
重印）
ISBN 978-7-5567-1144-4

Ⅰ. ①山… Ⅱ. ①伍… Ⅲ. ①散文集-中国-当代Ⅳ. ①I267

中国国家版本馆 CIP 数据核字（2023）第 158963 号

书名题字　林宗跃
责任编辑　林丹萍
装帧设计　书单猫

山海春歌
SHANHAI CHUNGE

著　　者　伍启梅
出版发行　海峡书局
地　　址　福州市台江区白马中路 15 号
印　　刷　三河市兴博印务有限公司
厂　　址　河北省三河市杨庄镇大窝头村西
开　　本　787 毫米×1092 毫米　1/16
印　　张　19
字　　数　236 千字
版　　次　2023 年 10 月第 1 版
印　　次　2024 年 7 月第 2 次印刷
书　　号　ISBN 978-7-5567-1144-4
定　　价　79. 80 元

时光曼妙，读《山海春歌》

何　也

一

这里的村民生活在背山临海，有旱地有水田的地方，真是福气！他们可以摇橹到大海捕鱼捉虾，可以在海湾养殖牡蛎、蛏蛤，可以牵牛在稻田"春播一粒粟，秋收万颗子"，可以在坡坡坎坎栽种荔枝、桂圆、香蕉、芒果，可以在房前屋后种瓜种豆，在希望的田野收获丰饶。他们有龟子山、峰山、屿后山的佑护，人杰地灵，贤士辈出。

这是伍启梅《中江人家》这篇散文中的一段话就把天蓝海碧、山青水秀、美丽而富庶的中江这地方给写全了。

人和人的遇见，是缘分。当一个地方走进一个作家的心中，流诸笔端，就更是一种缘分。

2014 年 8 月中旬，为了写莱埔堡，我打了三个电话给云霄县城的文友，其中两个说忙，满口答应当向导的就是伍启梅。在这之前我并不认识她，只编发过她一两篇短文。看名字，读文章，听声音，以为她年轻，见面时才知道她和我年龄相近，已是中年人了。这一天在她和画家丈夫高先生热诚的帮忙下顺利完成采访。也是从这时候开始，我时不时就会关注到文友伍启梅写作的热度。

二

伍启梅的文字透露出她亲和的心境与美妙的大自然水乳交融。她早年写诗，文字自然有了诗的意味：

我手牵弟弟走在前面，叔叔提着旅行袋在后，过木桥穿果园，脚下是松软厚实的古树落叶，头上有露珠散落打湿发辫，耳际涧水叮咚溪流潺潺，我们叔侄仨仿佛徜徉在美妙的仙境。道路平坦林荫森森，偶尔可见日光，从高大松柏、杂树枝间透进光芒。

《拜年》

从小生长在四季如春的闽南，很少经历冰天雪地，可朝鲜那冰冻三尺的战场，让他经受了血与火的考验。入朝不久，正值腊月，寒风呼啸，雪花纷飞。就在这个雪夜里，在与美军抢占无名高地时，那场血战，悲壮、惊天动地。坚持战斗了一天一夜的志愿军将士，饥寒交迫，弹尽粮绝。当时，军械员李水意和几位战友，正背着弹药箱、干粮袋赶往无名高地，忽见超低空飞行的敌机，向我无名高地战壕，扔下了一枚又一枚的炸弹，顿时，冻土热浪滚滚。当他们从山坡下赶到浓烟、肉焦味呛鼻的无名高地时，全都惊呆了。只见战壕里外，战友们血肉横飞，有的双手还握着机关枪，有的炮手正仰头瞄射，可他们却一动不动，像一尊尊雕像，就在那一瞬间壮烈牺牲。

《共和国的老兵》

伍启梅用熟练感人的文笔，将读者带进战火纷飞的年代，具有强烈的阅读效果。

三

占地30亩的铁皮石斛种植园，采用现代化大棚栽种。大棚周边空气清新，群峦环绕，翠竹簇拥，石斛园里郁郁葱葱，白花点点，生态原始的笔架山上飞流直下的泉水，正好是石斛喷淋所需的纯净用水。成熟的铁皮石斛可鲜食，嫩枝口感鲜美，老枝风味独特。泡茶清香，榨汁清甜，入膳滋补，泡酒润肺，真是人间仙草，令很多城里人青睐。

《山海春歌》

初看伍启梅的文字近乎"随类赋彩"，画面感强，笔触绵密，颇见功力。

这样生动的描写，可以列举很多。就像操持家庭和经营人生一样，伍启梅有令人羡慕的美满家庭，两个女儿读书争气，事业有成，孙子孙女聪明可爱，她自己为人妻为人母的慈爱贤惠则可圈可点。热衷文学的伍启梅与画家丈夫高先生琴瑟和鸣，浸染在文学艺术的浓郁氛围中相互鼓励，携手并进。这本《山海春歌》收入的散文，与我们分享她真挚的情怀与温蔼的社会人生，亲朋好友，绿水青山，市肆乡村，都在她笔下流光溢彩。

  我们有理由相信并期待伍启梅一定会写出更多更好的文学作品。

2022 年 7 月 21 日于芗城

（作者系中国作家协会会员、《闽南风》主编。）

目　录

山海春歌

中江人家

闽南沿海有个渔村，名唤中江。她面朝碧波荡漾的大海，远方是海平面山峦起伏的虎屿、狮屿和铜陵岛。蓝天白云下的村庄，闽南古厝燕尾双翘，红瓦白墙石块砌筑。虽然有钢筋水泥结构的新楼林立在古厝周围，但那精美的燕尾古屋更令人珍爱，感叹昔日能工巧匠的建筑手艺！也许那一座座只有两层楼高或一层平屋的古厝，不知经历了多少年海风的吹拂，聆听了多少年海浪的歌唱。但在我看来，她们依旧是那样的灿烂、平稳，像珍珠一样镶嵌闪光在村子中央。她的美，也吸引了许多文人墨客来采风、写生，留下了一幅幅令人耳目一新的画卷。

这里的村民，勤劳善良。他们生活在这背山临海，有旱地有水田的地方，真是福气！他们可以摇橹到大海捕鱼捉虾，可以在海湾养殖牡蛎、蛏蛤，可以牵牛在稻田"春播一粒粟，秋收万颗子"，可以在坡坡坎坎栽种荔枝、桂圆、香蕉、芒果，可以在房前屋后种瓜种豆，在希望的田野收获丰饶。他们有龟子山、峰山、屿后山的佑护，人杰地灵，贤士辈出。

糯米粿是中江人逢年过节必备的美食，它香甜软黏，但制作极其复杂。择上好的秋季糯米用石磨碾成粉，选本地红薯煮熟去皮，再与糯米粉揉捏成一个个小团状，放入沸腾开锅的红糖水中煮透煮熟，捞出一个用指尖试试不粘黏是为好，接着用漏勺全部捞起放入备有干糯米粉的大瓷盆中拌匀，继而似揉面团一样揉成粿胚等待包裹。

粿馅分荤素两种，荤的是将去皮的肥猪肉、冬瓜蜜饯条、葱头，切成碎丁状下热锅爆炒出油香味，俗称"油啦叽"；素馅则是将炒酥的花生仁、黑芝麻，用石臼石锤捣碎，再加入白糖搅匀；一荤一素两种馅分别装在器皿中不能混淆。糯米粿包裹需要手工技巧，按个人喜好从粿胚中取出一定量的原料放在双掌中，用大拇指和食指顺时针旋转捏成茶盅状，然后将素馅或荤馅慢慢填入塞紧，馅不宜太满，再像捏肉包一样，捏紧周边不能露馅，并轻轻捏成扁圆状糯米粿雏形，双面还需涂抹一层薄薄的花生油，之后用木模具印花，这是闽南海边人特有的记号，象征风调雨顺、五谷丰登，家庭兴旺、万事如意！

蒸粿必须用大土灶、大铁锅，首先用干柴草烧开铁锅里的水，其次是把洗净沥干的竹质蒸笼，悬空架在沸水铁锅上，再将用香蕉叶托好印有花样的糯米粿雏形，一个一个错落有致地摆放在蒸笼内，接着盖紧锅盖，用大火蒸15分钟，文火焖5分钟后，随手打开锅盖。瞬间，透过蒸汽水的薄雾，只见一个个糯米粿金灿灿，油亮亮，形状美观，香气袭人。顿时，一股甜滋滋，带有肉味、葱味、芳草味的糯米粿香，便弥漫在灶房左右，香飘在庭院内外。

那天，我见证了糯米粿的制作过程。感谢大嫂和大姐手把手的指导，让我初学揉粉团、捏粿胚、填"油啦叭"荤馅、包裹糯米粿，尝到了刚出锅粿的新鲜、软糯，特别的香甜美味。嫁来闽南38年，吃过的粿无数，但看做粿、学做粿，还真是第一次。我也深感在制作美食中，农家人其乐融融的手足亲情，左邻右舍和睦相处的浓浓乡情，倍感传统美食文化得以薪火相传的无限美好。

走进中江人家，你会眼前一亮。现代化的电器设备，已普及在家家户户的厨房、厅堂，那标准的卧室、餐厅、洗手间干净整洁，让你仿佛走进的是城里的宾馆。热情的农家人，用上好的功夫茶招待来客，用新鲜的海味、醇香的美酒款待宾朋。他们用勤劳的双手让自己走出贫困，为生活迎来了富裕的春天。

饭后茶余，与他们闲聊，得知他们为生活打拼，每天拂晓起床，清晨五点吃完早餐就到堤岸边等待渔船出海，需摇橹坐船一个多小时才抵达深海作业区。他们身穿防水衣裤，坐在船沿边，双腿浸泡在海水中，双手不停地在渔排上给牡蛎苗牵线挂网，让它们在深海区茁壮成长。午餐也是在船沿边就着海风、海浪，草草完成。他们要劳作到夕阳西下时，才能收工离开牡蛎育苗养殖场。之后，又经历了一个小时的乘风破浪，再疲惫地返回渔村。虽然他们一天可收入四五百元人民币酬劳，但确实是辛苦钱。是名副其实的日出而作，日落而息！

中江人崇文重教，这个有着三百余户人家的渔村，在古代就曾出过许多能人志士。新中国成立后，村民从最初的扫盲夜校学到文化，他们感恩社会主义让小村庄有了学校。更不忘把自家子女送入本村小学，送到村外中学接受教育。

20 世纪 70 年代中期，这里的小学毕业生都得步行一个小时，前往镇上的中学读书。当时是人民公社、生产队集体农耕制，家里人口多的学生，不得不利用周末时间到生产队帮忙拔秧苗、拔花生，挖红薯、种甘蔗，或是到海边织渔网，为家里多挣两个工分。他们要等夜幕降临收工后，才能背起书包，带上一点大米、红薯，一罐咸萝卜干作为一星期的口粮，翻山越岭赶回学校。天黑了只能抄近路，年方十一二岁的学生娃，独自行走在四周都是冢地的夜路上，要具备多大的胆量和勇气呀！但有人说："其实我很害怕走夜路，可我更爱读书。每周返回学校，都是一路小跑。路过坟山，耳边是海风呼啸，眼前是磷火闪烁，每次都是被吓得哭着跑进校门。"后来，这孩子初中毕业考上县一中，高中毕业又考上省重点大学。如今的中江村，每年都有大学录取通知书的喜报飞进村庄。

知识给人力量，知识改变命运。多年来，从这里走出的中江人，有在商海遨游的骄子，有企业家纳税大户，有兢兢业业为人民服务的基层干部。中江的好山好水，养育出一方优秀的儿女，他们用自己的实际行动，书写新时代的壮丽篇章。

　　遥看远处海平面冉冉升起的旭日，万丈光芒洒在近处海面上，那宽广的牡蛎养殖场栏标，如丝丝锦缎五彩斑斓，在晨曦里随风轻轻摇曳，如诗如画！视线里一个母亲背着娃娃，脚步轻快地走下海堤，她弯着腰在岸边忙碌着，驮在背上的两只小脚丫不停地踢动着，那母亲时而起身拍拍背上的娃娃，时而侧转脸逗逗可爱的孩子。想必她应该是在捡拾花蛤、海螺或是捉摸小鱼小虾，为早餐准备精美的小菜吧！母子共同讨小海，真是清晨一道亮丽的风景。

拜　年

　　小时候，很开心的一件事，就是每逢春节走村串户去拜年。父亲的老家，是距县城约百余里的谢地村。20世纪60年代末的交通工具，就是县城汽车站可容纳45位乘客的大客车，四个车轮又鼓又大，车门的台阶很高，这是儿时最深的印象。

　　正月初三清晨，母亲会很早叫醒我和弟弟，为我们换上过年的第二套新装，早饭后，送我姐弟步行10分钟到车站搭客车。母亲手提着大旅行袋，里边是拜年时送人的手信。闽西北客家人喜欢新春送糖为礼物，意祝亲人新年生活甜甜美美。母亲头天晚上就将每份糖用将乐龙栖山生产的毛边纸，包裹成方形，再用纳鞋底的细麻线扎成十字，最后在中间夹张鲜艳的红纸片，表示红火喜庆。那时我10岁左右，弟弟年幼我3岁，母亲吩咐：冰糖是送奶奶、婶婆、姑婆，红糖是送伯母、姑母、婶婶，白糖是送表嫂、表姐，不能弄错。

　　我姐弟俩乘车是半票，1角钱1张。那个年代，1元钱可供普通家庭一天的生活开支，粮站供应的大米每市斤1角3分钱，凭票购买的猪肉每市斤5角4分，时令蔬菜1角钱3斤，各种糖价也就几角钱1斤，但都是凭票供应，这种优惠只有城关户口的居民才能享受。旅行袋中20多包的手信糖，母亲应该积蓄至少半年的糖票，为的是春节送给农村的亲戚。

　　旅行袋中除了有手信糖，还有1斤装的挂面，洗衣用的肥皂，牙膏等好几份，这些都是农村紧缺物资。当时父亲月薪59元，母亲月薪36元。在亲戚中，我们家收入算很好，所以，一年一度下乡拜年，总要丰富点。

　　当母亲将我姐弟俩送上客车落座后，便和司机师傅交代：

在什么地方停,有人在那等候接我俩。之后,母亲就放心地从大客车下去上班了。那时的社会治安好,父母压根就没想到会有人拐卖孩子。

我和弟弟快活地随客车一路颠簸,车窗外的景色很美,我不时地告诉弟弟:小河边才吐绿的枝条叫柳树,远处红色的是梅花。田野让一层薄霜罩住,裸露出稻根一丛丛。约40分钟,客车停在黄潭公社里州村的小桥旁,我们一眼就看见在那等候的叔叔笑盈盈地朝客车走来。

叔叔是广东梅县(现梅州市)人,新中国成立前因日寇入侵粤东,在战乱时与家人失散,6岁左右被人带到闽西北一个叫马带的小山村,给一户杨姓人家当养子,13岁时养父去世,养母改嫁异乡,举目无亲的少年被我祖母收养。其实,当时守寡的祖母身边已有3个孩子:刚出嫁的女儿、外甥、9岁的养女。

父亲是祖母姑子的儿子,因父亲的舅母只生一个闺女,28岁时成了寡妇,膝下无子,是父亲的外婆临终时要求已身怀六甲的长女:若生男儿,送到娘家续延熊氏香火。不久,老外婆遗愿得以实现,父亲3岁从生父余姓大坪村,来到谢地村外婆家改姓熊,成为中国典型的外甥承母舅习俗继子。真正的舅母变成现实中的母亲,也就是我们兄弟姐妹爱戴的祖母。叔叔到熊家那年,17岁的父亲已是谢地村的民兵队队长、农会主席和村主任,也是全区最年轻的村官。

年少的叔叔与熊家9岁的养女成了祖母的左右臂,承担起家中砍柴、担水、种菜、养猪等活儿,父亲则因公务忙碌在村里村外,或是到区上开会,或是到乡下执行任务,18岁就走出谢地村,加入"土改"干部队伍,23岁成为黄潭区最年轻的区党委委员。因此,祖母的家成了县、区干部下乡喝茶、用餐的落脚点。机智聪明的叔叔也像通讯员、勤务兵一样深受穿干部服的大哥哥大姐姐的喜爱。

冬去春来,当熊家少男少女出落成大小伙、大姑娘时,祖母为他们置备了一套喜庆的大红被褥和一间文明的新房，从此我们就有了叔叔婶婶的长辈，知道叔叔叫熊兴和，婶婶叫谢根妹，他们一直和祖母生活在谢地村老家，我们也就一年回去一次，都是春节正月去拜年。

客车停稳后，叔叔一个箭步来到车厢，他礼貌地递了一支香烟给司机师傅，和他言明是来接我们姐弟俩，司机师傅问我："上车人是谁？"我大声地回答："是爸爸的弟弟，我的叔叔。"之后，司机师傅便放心地微笑着目送我们叔侄三人下车。叔叔一手提着重重的旅行袋，一手牵着弟弟，我紧随其后离开公路，沿着路边的一条石子路，走进了一个叫里州的小村庄。这个村子里住着我的表姐，她叫玉妹，是姑妈的二闺女。

里州村地理位置好，背靠绿树浓郁的群山，面对一条碧水清澈的河流，村庄就在公路旁，全村约 30 户人家，姐夫是这个自然村的生产队队长，表姐则是里州小学民办教师。我们跟着叔叔走过一条石拱桥就到了表姐家，这是一幢两层楼杉木瓦房，进门是个院子，竹篱笆上爬满绿藤，结着星星点点的荷兰豆，开着紫色的花儿，春光里显得很有生机的一个农家院落。看见我们推门进来，表姐高兴地喊道："舅舅新年好！哇，还有城里的小梅、小余弟弟妹妹，快进屋、快进屋。"表姐20出头年纪，一双丹凤眼，弯弯的两道眉毛，薄薄的嘴唇，一笑露出两排洁白的牙齿，她梳着两条辫子，自然卷的头发让其刘海翻着波浪，很洋气，但表姐自己不喜欢她的自然卷发质，她怕人们笑话她"封、资、修"，据悉她是遗传了我姑丈的发质，基因遗传是无法改变的。表姐将我们迎进一楼大厅，跨入一条半尺高的门槛，左右各有两扇洞开的房门，应该是卧室之类，厅堂中央张贴着毛泽东主席标准像，一副楹联上写着的是：翻身不忘共产党，幸福感谢毛主席。

只见表姐端来一木盆热水，旁边放着一条干净的毛巾，热情地说："舅舅来擦擦脸。"叔叔放下手中的旅行袋，连忙接过木盆放在一张矮凳子上，招呼我们姐弟俩先洗，我和弟弟象征性地将双手泡在热水中，然后擦干水渍，当叔叔洗好脸倒完水后，表姐端来三杯姜糖茶，我们姐弟俩怕辣只喝了一点儿，就感觉周身温暖。少许，我从旅行袋中拿出一包白糖递给表姐，"舅母真客气，还让你们带礼物来！"表姐高兴地收下了。就在这时，从左边厢房里走出两位老人，是表姐的公公婆婆，叔叔笑着给亲家公递了支香烟，我又从旅行袋中翻出一包冰糖双手捧给亲家奶奶。这时表姐用托盘端来四碗点心放在餐桌上，亲家公让我们坐左右，叔叔坐在上位，他自己背门坐在下位，四碗红菇葱花面条热气腾腾，只有亲家公碗里没有鸡蛋，这是客家人待客的礼仪，意喻太平面。早上急着赶班车，我只吃了半个馒头半碗粥，又坐了大半天汽车，这会儿肚子早饿了，我只说了声："谢谢表姐！"就拿起筷子大口大口吃了起来。过了一会儿，表姐又烫了一锡酒壶的米酒端来，还有一盘花生一盘瓜子和一盘腊鸡块，亲家公给叔叔盛满一碗米酒，两人边喝边聊着去年和今年的故事。我很快吃完了点心，但弟弟碗里的面条和鸡蛋只少了一个缺口，表姐笑嘻嘻地来到桌边，端起碗用筷子边喂弟弟边说："余弟今年又长高了，上小学了吗？"听到这里，弟弟不好意思地说："表姐，我自己吃。"说着便接过筷子使劲吃起来。

当叔叔和亲家公吃完点心喝足米酒后，我看了一眼挂在墙上的时钟已经9点半，便对身旁的表姐说："我们还要去给祖母、姑妈拜年，路还很远。"表姐马上从口袋里掏出两个用红纸卷着的红包塞给我和弟弟，说："给你们添岁钱。"我们开心地收下了。表姐还用油纸包了两个腊鸡腿、两块鸡脯肉，外贴一小块红纸，说是送给我们姐弟俩和爸妈的礼物。还有一包东西交给叔叔说是送外婆的，也就是给我们祖母。从旅行袋中拿出两包礼品糖后，又添进两包回礼，重量没减少。

临离开表姐家时，我和弟弟脱下新胶布鞋换上半高筒雨鞋，因为春天路湿，布鞋不宜远行。表姐依依不舍地挥手看我们离开里州村，看我们走上田埂路，踏进一片寂静的森林。

我牵着弟弟走在前面，叔叔提着旅行袋在后，过木桥穿果园，脚下是松软厚实的古树落叶，头上有露珠散落打湿发辫，耳际涧水叮咚，溪水潺潺，我们叔侄仨仿佛徜徉在美妙的仙境。道路平坦只是林荫森森，偶尔可见日光，从高大松柏、杂树枝间透进光芒。大约走了半个多小时，终于看见梯田、房屋、菜园，只听得鸡鸣狗吠，一条小溪就在行走的石子路脚下，真是柳暗花明又一村，元里村到了。

元里村大约有20户农家，姑妈就住在这个村里，她有3个儿子4个女儿，长女、次女已嫁入他乡，三表姐也有了婆家尚未出阁，表妹小我一岁，年幼时已送给邻村人家。大表哥是村里的赤脚医生，刚为人父。母亲还让我给小宝宝带来一套婴儿衫，想到马上可以看见小娃娃，我的脚步加快了，与叔叔、弟弟拉开了很长的距离。一会儿工夫，我就来到了姑妈的院墙外，隔着院子就高喊："姑妈，我来拜年了！"推开虚掩着的两扇木门，就看见姑妈正微笑着朝我走来。

姑妈近50岁，头发梳理得光亮齐整，往后脑勺集结成一个球状，用一个黑线织成的网将头发罩住，再将一根银钗当中横穿，即是发夹兼作头饰。一对银耳环镶嵌在左右耳上，一笑脸颊上就露出两个对称的酒窝，明眸皓齿，白净的肤色，这在农村妇人中，堪称相貌姣好。她上身着一件蓝色卡其布大襟棉袄外罩衫，下穿一条黑色灯芯绒长裤，一双自制的黑布鞋配白线袜，最醒目的是外衣上的围裙，一条银链将围裙两端连接再挂在脖子上，俨然像佩戴项链，既美观又实用，枣红色的围裙上方，用丝线很精准地绣出几朵白梅和几枝绿竹，围裙下摆左右分别是黄色兰花和橘色菊花，生动鲜活，芬芳扑鼻。姑妈没什么文化，却能用巧手绣出梅兰竹菊四君子图，真是难能可贵。

叔叔牵着弟弟随后也走进了姑妈家，姑妈笑着说："兴和

弟辛苦了，专程去接两小家伙。"叔叔答道："前天大哥打电话
到大队部，说初三姐弟俩要回乡拜年，今早天刚亮，我就从谢
地跑了十里路到里州等他们。"一会儿，姑妈从灶房端来三杯
甜开水和一盘糖炒豆放在茶几上让我们吃，她转身到后院抓了
一只母鸡，笑着对我们说："这只鸡再过两个月就会下蛋，现
在炖给你们吃最补。"之后，她就进厨房忙去了。我最爱吃糖
炒豆，这种零食只春节有，好吃但很难做。我糖豆还没吃够，
就听姑妈说："开饭了！"

　　只见厅堂中央的大圆桌上，像变戏法一样，正中是一钵
香气扑鼻的红菇炖鸡汤，左右分别是一大碗猪蹄炖鱿鱼，一大
碗笋干红烧肉，还有一盘煎得金灿灿的涧水鱼，一盘腊肉炒冬
笋，还有老鸭汤，杂菇豆芽煲，红枣桂圆太平甜蛋，一桌色香
味俱全的午餐。这时表哥表姐和怀抱婴儿的表嫂也来了，大家
围坐在一起真热闹。姑妈又端来一盘油绿油绿还冒着热气的青
菜，之后坐在我和弟弟身边，一动筷子就先夹了两个鸡腿分别
放在我和弟弟碗里，再夹一块鸡脯肉放在叔叔碗里，鲜甜的鸡
汤、鲜嫩的鸡肉配着用杉木筒蒸出的捞饭，那种美味至今还让
人回味无穷。

　　午餐后，我们叔侄准备赶路，临别时，我按母亲交代留
下冰糖、红糖和白糖各一份，还有两包挂面、两条肥皂、两块
香皂、两管牙膏和一套婴儿棉毛衫，姑妈不但给我和弟弟压岁
钱，还回赠了红菇、香菇、腊鸭、腊鸡和一大包带壳的红衣花
生，还有糖豆和甘蔗给我们路上当零食，姑妈将东西用一只布
米袋装好，表姐找来一根竹扁担，叔叔把旅行袋和布米袋整成
一个担子，山里人挑担子是行家。

　　告别姑妈后，我们沿着一条鹅卵石铺就的村道，绕过依
溪而建的水车磨坊，水车慢慢转动，发出"哗哗"的声响，
磨坊旁有松柏依依，绿竹丛丛，几枝梅花点缀其间，给青山
绿水的村落更添秀色。

从元里村去祖母的谢地村还有 5 里山路，我们走了约两个钟头才看到老家的房子。年近古稀的祖母已站在门口迎接我们，她和姑妈长相一样好看，只是身材高挑的她双足是三寸金莲。家里庭院整洁，两个木屋禾仓分别在天井左右，里面藏着除稻谷、米面外，全是好吃的。大厅两侧是四间厢房和一间厨房，八仙桌上婶婶已准备好可口晚餐。叔叔放下担子，堂弟堂妹又蹦又跳地分享我们带来的食品。祖母和婶婶看见我们友爱相处，开心地笑了。

谢地村有五百余户人家，分上村和下村，上下村都姓熊，叔叔是这个村庄的生产队大队长，也是犁耙耕种能手。祖母贤惠慈祥，是村里德高望重的长辈，村里红白事她都乐于助人，而且她的针线活也是村里数一数二的，帮周岁娃娃做双绣花鞋，给新娘子绣个红盖头，都是绝活。她教育有方，两个儿子都正直有担当，而且孝顺。父亲每月都会寄钱给她，叔叔一年四季照顾她，看到孙儿孙女成群，祖母脸上总是洋溢着幸福的笑容。

时间过去了 50 余年，祖母、姑妈、叔叔和里州村的表姐都已仙游天国，然儿时拜年情景仿佛就在昨天。

山海春歌

　　是年暮春出城踏青，我们叩访了两个小乡村，一个是位于云霄县陈岱镇的白礁村，一个是火田镇的圆峰村。巧的是这两个相隔甚远的村庄，均与我同事小陈有关。碧海银滩的白礁村，是她出生和成长的娘家；层峦叠翠的圆峰村，则是她丈夫的家乡。小陈真有福分，云霄县两个富美乡村都是她的家，堪称山海春歌可咏可颂。

　　客居云霄 30 多年，初次来到白礁村。背山临海的渔村，有一片 600 余亩的浅海滩涂，是鱼虾养殖户的聚宝盆。700 多亩的田地是村民们耕种的热土。春雨刚过，田园里一片湿绿，青青的禾苗，嫩绿的蔬菜，阳光下莹莹放彩。举目望去，不大的村落，房舍簇新，小楼林立，道路整洁，给我第一印象真好。人们都说沿海渔民勤劳，眼前的景色足以证实。

　　热情好客的村委正好是小陈的胞弟，领着我们走街串巷，在蓝天白云下春游白礁。沿着环村水泥路，大伙来到了一个恬静的公园，这是一个占地 12 亩的农民休闲公园，一棵老榕树枝繁叶茂的恰似一把巨伞，正好为安置在公园里的健身器材遮蔽风雨。鹅卵石砌筑的花圃错落有致，盛开的鲜花争奇斗艳，林间小路曲曲弯弯。

　　公园的左侧是一条长长的海堤，站在这里就能观海听涛，欣赏雪白的浪花搏击礁石发出的"哗哗"声。我突然悟出，白礁村的芳名也许就源于此景吧！公园的右侧是一个配套齐全的游泳池，海边人都识水性，想必赶海归来的人们，卸完满舱的海鲜，再跳进这清澈的淡水池里，洗去咸涩的海水，洗去一身的风尘和疲惫，是多么的惬意呀！听说端午前后，这个偌大的游泳池，还是村民们赛龙舟的乐园，真是一个多功能的碧池。

地理位置独特的白礁村，北依绿树葱郁的马后山，东朝碧波荡漾的海湾，西邻诏安县，南望东山岛，全村人口不多，仅252户人家。聪明智慧的白礁人，靠上山种植、下海养殖、农田耕种和出门打工勤劳致富。这里的农家住的都是别墅式的新建房屋，二层楼的院落里有自钻的水井，配置有自来水池，考究的喷漆电控铁门取代了传统的竹篱木栏。行走在村道上，沿路欣赏着一户户农家院内的景物真是美妙。

听说新一届的村官们为民办了很多实事，你瞧，脚下这千余米长的环村水泥路，恰似一条黛色的玉带环绕着村庄，美轮美奂。一盏盏太阳能路灯安置在巷口村道，想必入夜定像数颗星星给路人带来光明，几个监控探头，像卫士一样为村民们站岗放哨。春光里，名花异草盛开在路旁，白礁村变成了方圆百里人们称颂的富美乡村，也成了白礁人引以为豪的美丽家园。

依依惜别了海风吹拂的白礁村，游兴正浓的踏青者，又迈上了去火田圆峰寻觅芳踪的途径。

圆峰村离火田镇十余公里，道路弯多、坡陡，我们一行几经颠簸、跋涉，终于来到了隶属圆峰行政村的婆仔楼自然村，这是一个云遮雾绕的小村庄，背靠峦峰连绵的吊藤山，面朝清流淙淙的莲峰溪，真是个秀美的村落。接待我们的是小陈丈夫的堂兄，一位五十岁左右的村官，他带我们走进了一个大棚，里面是铁皮石斛的种植园。

铁皮石斛在唐代《道藏》医书中被列为"中华九大仙草之首"，系历代皇室贡品，有"植物黄金"之美誉。比虫草、人参更加名贵，是国家重点保护的珍稀濒危药用植物。其培育环境和缓慢成长期，在种植条件上要求十分苛刻，而婆仔楼村的地理环境最适合石斛的生长。

占地30亩的铁皮石斛种植园，采用现代大棚栽种。大棚周边空气清新，群山环绕，翠竹簇拥，石斛园里郁郁葱葱，白花点点，生态原始的笔架山上飞流直下的泉水，正好是石斛喷淋所需的纯净用水。成熟的铁皮石斛可鲜食，嫩枝口感鲜美，老枝风味独特。泡茶清香，榨汁清甜，入膳滋补，泡酒润肺，真是人间仙草，令很多城里人青睐。

铁皮石斛的市场价好，市场需求量大，天然的地理位置为圆峰村村民打开了一条致富的阳光道。

这个小山村不仅有一片铁皮石斛种植园，还有一个杏鲍菇生产基地，两个产业相距仅几步之遥。杏鲍菇是小陈丈夫从外地引进的一个企业。杏鲍菇肉质肥厚鲜嫩，颇富营养成分。具降血脂、胆固醇，促消化、强免疫、防心血管疾病等功效。系绿色无公害食用菌鲜品，在厦门、福州、广州等大超市销量很好。

杏鲍茹皮白肉嫩，煮、炖、炒烹调方便，口感鲜美，入口滑润。它可以抗老化，排毒素，有菇类灵芝的雅号，据说还是航天员们太空食品之一。

当我们看到两个生产值如此之高的产业均出自一个小村庄，实为它拍手称快。这里的村民可以不出远门，就能挣到人们外出打工的双倍收入，还可以兼顾田园的四季耕种，与父母妻儿共享天伦，建设家乡，守护家园，与当今很多仅剩空巢老人、留守儿童的村庄相比，圆峰人是多么幸运，多么令人羡慕和称颂的呀！

是啊，小陈的娘家白礁，婆家圆峰都是古郡云霄最富美的乡村。就像一首春歌，悠扬清亮，唱响在田园海湾，回荡在山谷沙滩，久久留在踏青者心中。

共和国的老兵

——记云霄县莆顶村71年党龄的抗战老兵李水意

2019年金秋，97岁高龄的复员军人李水意先生，收到了一份特殊的礼物。望着由中共中央、国务院、中央军委共同颁发的"庆祝中华人民共和国成立70周年"的金质奖章，年迈的老人双眼潮湿了。这位参加过抗日战争、解放战争，经历过淮海战役、渡江战役和抗美援朝的老兵，曾在战场上出生入死，多次荣立战功。尤其是在抗美援朝那枪林弹雨的沙场上，他英勇奋战，至今右脚的腿肚子上尚残留敌人的弹片，成为乙级伤残军人。他18岁进军营，32岁解甲归田，从没有因自己戎马生涯14年，既是伤残军人又是荣立过三等功三次、四等功三次的人民功臣，向政府提要求讲条件，而是服从组织安排返乡务农，在农村默默地做一个普通劳动者。"共和国没有忘记你，党和政府记得你——人民的功臣"，当听到这句颁奖感言时，年近百岁的老兵流下了两行热泪。

西溪岸边走天涯

1924年7月，李水意出生在福建省云霄县莆顶村的一户贫苦农家。莆顶村位于云霄西北部，小乡村群山巍峨，溪水清澈。全村均姓李，据史记，先世祖李伯瑶为河南省光州固始县人，唐垂拱年间，随将军陈政、陈元光父子偕87姓中原将士入闽平乱，因其聪颖机智、文韬武略，故敕封军师，系开漳元勋。后定居西溪岸边，开枝散叶迄今衍传25代，历580余载。

1942年仲夏的一个黄昏，未满18周岁的李水意，正在家乡西溪河边挑水浇灌菜园，忽见村口来了一队兵马，他下意识地躲进岸边的芦苇丛。不想仅一会儿工夫，只听见："小孩出来，我们不会伤你，帮忙挑一担东西到漳浦盘陀岭，有大洋的哟！"他听了慢慢走出芦苇丛，见两个荷枪的士兵已在眼前。天黑时，从村子的田间地头连同他共有9个乡亲，被集结在西溪岸边，月光下，只见一个脚穿皮靴，腰间别着一支短枪的军官，用北方口音喊道："广东潮汕地带已发现日本侵略军，离你们这里很近，大伙想打鬼子去吗？"莆顶村的9条汉子都是开漳元勋李伯瑶的后裔，一波热血青年，他们连回家告别一声都没有，便肩挑手提枪支弹药，充当挑夫随国民党军队，悄悄离开养育他们的莆顶故乡，星夜赶赴抗日前线。

年近18岁的李水意，看似一个发育未完全的少年，身高不足1.6米，体重未达90斤，但他却有一双会说话的眼睛，一对浓粗的眉毛，一头乌黑的短发，憨厚中透着几分机灵。他和莆顶村9个乡亲，跟随部队奔赴抗日前线，出福建入江西，越浙江跨安徽，经江苏到山东，哪里有日本鬼子就追往哪里打。战火纷飞中锻炼了他的勇敢和机智，在江浙的芦苇荡，齐鲁的青纱帐等多个抗日战场上，他和战友们奋力打击日本侵略者，取得一个又一个的胜利。当年从莆顶村一起奔赴抗日前线的9个青年中，他是唯一的幸存者。

保家卫国立战功

在全国上下同仇敌忾、全民参战的共同努力下，日本侵略者被赶出中国大地。而就在抗战胜利后不久，国民党政权却将枪口调转，对准了自己的同胞，对准了中国共产党领导下的八路军和新四军，这一不得民心的决策，令海内外同胞极大愤慨，也引起了国民党部队里有良知的革命将士纷纷起义，李水意所在的部队于1947年12月全师起义，在山东周镇编入新四军第九纵队，24岁的李水意被分配在后勤部担任通信员。由于他机智勇敢，在战斗中出色完成任务，1948年3月在山东济南战役前，经排长张浩兵、班长王月珍介绍，他在党旗下光荣地加入中国共产党，这时离他投身革命队伍才三个月。

在第三野战军27军时，已是共产党员的他，和战友们参加了震惊中外的淮海战役、渡江战役，在解放上海、济南和维县的战斗中，他总是冲锋陷阵，英勇作战，每个战役他都荣立战功。

1950年深秋，已是后勤部司务长的李水意，响应祖国号召，主动请缨参加抗美援朝，成为光荣的中国人民志愿军战士。他和二百四十万中华儿女，雄赳赳气昂昂，跨过鸭绿江。

从小生长在四季如春的闽南，很少经历冰天雪地，可朝鲜那冰冻三尺的战场，让他经受了血与火的考验。入朝不久，正值腊月，雪花纷飞，寒风呼啸。一个雪夜，在与美军抢占无名高地时，那场血战，悲壮、惊天动地。已经坚持战斗了一天一夜的志愿军将士，饥寒交迫，弹尽粮绝。当时，军械员李水意和几位战友，正背着弹药箱、干粮袋赶往无名高地，忽见超低空飞行的敌机，向我无名高地战壕扔下了一枚又一枚的炸弹，顿时，冻土热浪滚滚。当他们从山坡下赶到浓烟、肉焦味呛鼻的无名高地时，全都惊呆了。只见战壕里外，战友们血肉横飞，有的双手还握着机关枪，有的炮手正仰头瞄准，可他们却一动不动，像一尊尊雕像，就在那一瞬间壮烈牺牲。尤其是在一面鲜艳的战旗下，只见身体被炸成两截的连队文书，右手还紧紧抓着公文包，从他腹中流出的肠子，将公文包缠绕，这惨不忍睹的情景，令军械员李水意悲痛欲绝。他俯下身子，轻轻地掰开文书已僵硬的手指，取出公文包，将他血肉模糊的肠子，轻轻地送入腹腔，再把已近分离的尸体慢慢并拢，之后将自己贴身的白衬衫脱下，带着一丝体温盖在战友年轻而冰冷的身躯上……

李水意擦干眼泪，拭净公文包上战友的血迹，然后背起了它——沉甸甸的公文包。突然，一阵机关枪响，背着公文包的他只觉得右脚腿肚子一阵钻心的疼痛，"扑通"一声，他跪倒在战友们横七竖八的尸体旁。无名高地 170 余人的一个加强连，现在活着的只剩下他和几个躺在血泊中，手脚微动的重伤战友，一阵疼痛令他不省人事。当他苏醒时，已是次日，他正躺在朝鲜人民军的医院里。据来探望他的首长告知：全连官兵基本牺牲在无名高地，只剩他还活着。已向上级机关汇报了他们全连 170 余人坚守阵地，与敌人展开激烈战斗，坚持两天两夜，最后因敌机空投炸弹数枚，全连壮烈牺牲的事迹，并申请要求全连集体嘉奖，记一等功。

从此，只读过一年私塾的李水意，成了中国人民志愿军部队中的一名合格文书。他和加强连战友英勇战斗的事迹，得到了上级的表彰。只是他个人记一等功，因没有证明人故未能兑现而成了永久遗憾。但他说："全连战友都光荣牺牲，他们为了保家卫国连命都留在了朝鲜，而我只是右腿伤残，还活着，已经很幸运了。一等功是集体的，我个人可以不要。"多么高尚的品格，多么朴素的话语！

驰骋沙场数年，他那一枚枚闪亮的军功章，都见证了他在每一次战役的英勇坚强。

解甲归田做农夫

1955 年初夏，历经 14 个春秋军旅生涯的李水意，告别军营，从解放军第三野战军 27 军复员，回到久别的故园莆顶村，开始了锄禾种地的农耕生活。入秋，便与小他 10 岁的邻村姑娘李蚶结为夫妻，32 岁的复员军人结束了漂泊多年的生活，终于有了一个温馨的家。

莆顶村乡亲，当年为了对从军 14 年，且在抗日战争、解放战争、抗美援朝多个战役中，屡立战功的故乡人李水意表示崇敬和感激，以集体的名义，将李氏宗祠"光裕堂"的一间右厢房赠送给李水意夫妇做新房，还牵来一头水牛作为贺礼，向他们新婚表示祝福。愿他们男耕女织在家乡安居乐业，繁衍生息。日后，他们还真不负众望，在莆顶村养育了三男五女。

1955年7月，李水意被下河区政府任命为"六甲门"民兵队队长，忙完农活，他组织莆顶、坎顶等六个自然村的青壮年，开展军事训练，真枪实弹教他们瞄靶射击，用他十几年的作战经验，言传身教，使"六甲门"民兵队成为全区的典范。由于他骄人的业绩，加之其8年的党龄，组织上又提拔他为莆顶村党支部书记。从此，血气方刚的李水意，成了"六甲门"的领头雁。

白天，他带领众乡亲，响应政府号召，开荒种地，让荒坡变成茶园、果园；让水田披上绿装，稻浪金黄，五谷丰登。夜晚，他组织男女老少，围坐在煤油灯下，展示其昔日在部队当文书的风采，手把手教村民识字书写，给大伙念报纸，讲新闻，宣传党和政府的方针、政策。在他任职的几年里，莆顶村的多项工作，都走在下河区前列。

甘当公仆淡名利

20世纪50年代末的中国农村，形势一片大好，翻身做了主人的农民，分到了属于自己的土地，他们春播、夏种、秋收、冬藏，辛勤地耕耘在希望的田野上，收获着快乐与幸福。

1957年4月的一天，正在田间劳作的李水意，收到了云霄县委的一纸公函，让他到下河区政府报到，任安吉乡组监。从此，他成了一名正式的国家干部，有了津贴生活费。但他的家，依旧在六甲门的莆顶村。工作之余的夜晚，月光下，人们常见他忙碌在田间地头的身影，上有年迈的母亲，下有一群幼儿，他需要担当，必须工作家庭两不误。

新中国成立后，改民国时期的吉龙乡为第四区。1957年分为河坪、安吉两乡。安吉乡位于县城西部乌山山脉东麓，辖区的通贝、桥头水晶坪客家村与诏安县交界。1958年5月，云霄县政府拟在乌山脚下创办国营农场，将河坪、安吉两乡合并为和平农场。作为安吉乡的年轻干部，李水意被抽调到创办和平农场筹备组，担任人事文秘工作。

创办国营农场，这在云霄县当时属于首例，需要组织很多的软硬件材料上报各级党委。当年的基层乡镇，连打字机都没有，所有书面材料均需人工抄写，蜡纸刻印。有着昔日在27军80师后训团文化学习一年的基础，李水意不仅文字功底好，且写得一手漂亮的钢笔字。筹备组的大部分文字工作，都是他夜以继日突击完成。

经过紧张有序的筹备工作，和平农场很快宣告成立。建场后，以种植橡胶、茶叶、蜜柚、金橘为主，并发展水稻、番薯、甘蔗、烤烟等作物。近2500亩的林地，盛产赤柯、杉木、樟木、石竹、油桐等林产品。乌山蕴藏水晶、铁、硫黄等矿产资源。很快，各行政村、作业区均通简易公路，有橡胶初制、茶叶精制、粮食复制、香料综合、机砖制作等作业区蓬勃兴起，国营农场呈现一派欣欣向荣的景象。

作为农场人秘干部，工作范围广，经常有邻近村民和作业区工人来访。有一次，从水晶坪的通贝、桥头来了一群客家村民，要求李干事解决山林间的纠纷问题。当年的山路，从水晶坪步行到农场驻地的寨仔埔，需近两个小时。时值正午，李水意忙吩咐妻子，赶快煮出两大钵稀饭，招待又饥又渴的乡亲。

时近隆冬的一天，宜谷径村的一户高姓人家，急匆匆送来2斤猪肉。来人告诉李水意妻子："半年前家父在劳动时不慎摔断左腿，是李干事急忙请医生，还帮忙送往县医院骨伤科，先垫医药费，现在父亲已可以下地走路。今天是冬至，在圩上割了2斤猪肉给你们过节，以表我们的谢意。"下班回家的李水意知道后，顾不得吃午饭，拿着2斤猪肉，跑了几公里山路，硬是将猪肉送还人家。一个舍得付出，而不图回报的人，品格堪称高尚。

自从当上干部，因工作需要，老兵李水意不管是在安吉乡当组监，还是在和平农场做人事工作，抑或到县物资供应站管理供销、到县城关镇分管文教卫生，最后又调回和平乡负责民政调解，他的工作岗位虽在不断变换，但对党的绝对忠诚不变，为人民服务的初心不变，人民公仆的责任心不变。他常和家人、同事说："当年莆顶村9个乡亲北上抗日，就我一个活着回来。抗美援朝战场上，170余人的一个加强连，战友们都牺牲了，就我带着一条伤腿回国。与永远离开的战友相比，我太幸运了。如今有工作，有工资，应该知足了。"

李水意的8个子女，都在体制外自谋职业，他没有因自己是老资格向政府提要求，解决子女就业问题，而是鼓励他们务农、经商，做个本分的公民。孩子们也很争气，个个都开拓进取，家庭美满幸福。如今，97岁高龄的老兵与87岁的夫人，身体健康、精神矍铄、儿孙绕膝，过着四世同堂的幸福生活。

这就是一个有着71年党龄抗战老兵的故事，他对在战火纷飞时加入的中国共产党，忠诚不变心。对在战争年代取得的战功记忆、军功勋章，尽压箱底雪藏功劳。在平凡的农村基层工作中，淡泊名利，坚守初心，无私奉献。

言谈中，老人还有一个心愿，他真想佩戴着"庆祝中华人民共和国成立70周年"的奖章和淮海战役、渡江战役、抗美援朝等数枚军功章，携夫人一起到北京天安门前留个影，感激祖国没有忘记他这个老兵，感恩今天国家的强大，人民生活的幸福安康。

衷心祝愿李水意夫妇健康长寿！"共和国没有忘记你，党和政府记得你——人民的功臣。"千千万万为共和国诞生而光荣牺牲和光荣负伤的老兵，你们是共和国的奠基人，是我们永远值得追忆和爱戴的人。

探　春

　　初春的晌午，阳光明媚，迎着和煦的春风，我们一家子，背着相机，踩着单车，向着慕名已久的莆美岩，一路歌悠悠，笑朗朗，我们这是去踏青，去赏花，去圆一个探春的梦。小别了闹市，走进旷野，心情异常愉悦。春光无限的大自然，张开了一双好客、热情的臂膀，正迎候着我们这些平日里忙碌、辛劳的人们。她要带我们去领略春的气息，去吸取春的菁华。让女儿暂搁下沉重的书包，让先生且抛下工作的烦恼，自己也放下烦琐的一切，快快乐乐走进春的王国。

　　我们悠悠哉哉地踏着单车，只见沿途村庄高楼林立，田园里禾苗青青，蔬菜如茵；清澈的河水里，成群的鸭子在嬉戏；池塘边的树梢间，几只翠鸟在歌唱。它仿佛告诉你：春来了，春来了。

　　是啊，莆美岩的春天更是山花烂漫，风景如画。你看玉带似的盘山路旁，新生的绿草含着露珠直起了腰；嫩柳也低着头和小野花在窃窃私语；水洼里，倒映着蔚蓝的天空和白云朵朵；坡坡坎坎是盛开的山茶花、梅花、李花，还有那随处可见的杨桃，一串串似翡翠般晶莹剔透压满枝头；黄澄澄的枇杷，在春风里摇曳，金灿灿的就像那星星点点。最醒目的要数漫山遍野的桃花，放眼望去，桃林、松柏簇拥的莆美岩分明就是一个世外桃源。

　　我聆听着远处南山寺里传出的木鱼声，注视着近旁这一株株盛开的桃花，真的仿佛进入了人间仙境。我慢慢地走近桃花，用手轻轻地抚摸它的枝干，啊！一丛一丛的花儿泛着幽香，娇艳似火的花瓣含羞地微笑着，嫩嫩的、粉粉的，让你不忍触碰。那翠绿如玉的叶芽儿，在春光里颤颤地婆娑着，多么明丽、多么纯净，更显得熠熠生辉。我情不自禁地弯下几枝拥入怀中，怜爱地吻着、嗅着。这时，如花似玉的女儿也凑过来，和我共同品赏着这份芬芳，一起分享着这份甜馨。正当我们母女无限陶醉之际，一旁的先生抢拍下一个镜头，便不无得意地高吟道："这真是'人面桃花相映红'呀！"

置身在这花果园中，看着开心的女儿和我那乐陶陶的先生，我的心都醉了，我真希望能常常走进莆美岩这方净土，让美丽的春姑娘，用纤细柔软的巧手，为我们洗去一身的疲惫。

云水东流手足情

美丽的东山岛，自古淡水资源短缺，岛上白沙茫茫，没有一条溪流，9 万亩土地几乎是"望天田"。遇到大旱年景，不但庄稼枯死，颗粒无收，且连百姓喝水都得乘船过海到陆地去运。面海背山的云霄县，虽有漳江横贯全县，可没有水利设施，逢旱人们只能眼望一江碧水流入大海，而两岸数万亩良田禾苗枯萎，有种无收。若是遇上连夜大雨，则山洪暴发，江水横溢，殃及百姓。1970 年春，新任云霄县革委会主任的李文庆同志，率领云霄县几万名干部群众，大胆挑起了"治水造渠，灌溉云霄、东山两县良田"的担子。与东山县的兄弟姐妹们并肩战斗在"不把漳江水送进东山岛，就算不得解决云霄县的水利问题"的阵地上。在 5 万云霄、东山儿女奋战的工地上，出现了不少父子争上场、兄弟齐参战、姑嫂同上阵、夫妻共远征、新婚夫妇双双建设"向东渠"的感人故事。真可谓"一渠甘泉进宝岛，云东缔结手足情"。

截流凿渠引水东山

云霄母亲河漳江的上游位于北部山区的水尾、下墩两条溪流。这里有冒泡的泉眼，有晶莹明亮的涧水，向东渠引水工程就从这两条涓涓细流中拉开了序幕。截流筑坝，引水东山，堵江工程中，遇到了重重困难。加大加宽引水渠，水流量不断变化，先是 6 立方米／秒，后扩大到 14 立方米／秒。提高水位，从 6 米提升至 18 米。打通两条隧道，开挖 30 多公里长的渠道，架设 18 座总长 7335 米的渡槽。堪称一代新愚公敢把山河重安排。

1970年9月，云霄、东山两县5万多名劳动者，从海岛和山村汇集到挖渠治水工地。从此，人们顶着烈日，冒着严寒，披荆斩棘，跋山涉水，战斗在劈山跨海造长河的工程中。两县干群不分你我，酷似兄弟姐妹。他们用无穷的智慧，攻克了一个又一个技术难关，创造出许多人间奇迹。石狮山、车头岭、双溪岩等悬崖峭壁上，到处都是热火朝天的工地。只见一支支青年突击队，攀悬崖，登石壁，把一个个木桩打进岩缝，作为施工立脚点，再抡起铁镐、钢钎，一锤锤，一钎钎地凿渠挖道打炮眼。山陡石滑不畏惧，手掌血泡、脚趾被划破，轻伤不下火线，男女老少脚踩峭壁，用钢钎凿炮眼，炸岩石，在悬崖峭壁间凿通了一条长450多米，底宽3米的盘山渠道，截流成功。甘甜纯净的漳江水翻山越岭，沿新渠道一路欢唱向东流去。

就地取材砌建渡槽

工程数百里，气势壮山河。在漫长的水利建设工地上，到处是红旗飘扬、歌声嘹亮、银锄飞舞、锤声铿锵。他们经历了一个又一个艰苦奋斗的日日夜夜，战胜了一个又一个意想不到的艰难险阻。工程在迅速进展，渠道在向前延伸，真是一派战天斗地的劳动景象。

向东渠引水工程基本完成后，一项更艰巨的任务正等着大伙去承担。要在数百里长的渠道上砌建18座总长7335米的渡槽，还要浇筑一座长637米的倒虹吸双管，以及各种建筑物447处。钢材、水泥是建造这些大型建筑物的必要材料，可当时物资匮乏，根本没有渠道解决这一难题，工地上响起了"就地取材"的口号，人们决定用坚硬的石头取代钢材和水泥。据统计，整个工程需各种条、块石材20多万立方米，天文般的数据压力，并没有吓倒工地上的劳动者。瞬间，从怪石嶙峋的梁山到东海之滨的龙潭山，四处响起了敲石声，男女老少千锤百炼不歇手，誓叫岩石献宝来。仅仅几周时间，条石、块石堆满山岗，几千架手推车、独轮车、板车和几百条木帆船，从四面八方涌来。就连机关干部、学校师生、街道居民也纷纷赶来参战，驻地部队官兵也开着军用卡车前来支援，一时间浩浩荡荡的海陆运输队形成，只见海上百舸争流，堤上千车如梭，真是人山人海日夜难分，好一幅人人争运石材的激情画面。

有了源源不断的石材，砌建渡槽的工作开始了，这18座渡槽中，有的要跨越湍急的溪流，有的要闯过几十米深的山谷，有的要横架千米宽的低洼开阔地带，有的要飞渡八尺门海峡，工程艰巨而宏伟。

1971年8月，第一座石拱渡槽风吹岭段正在紧张施工中，这时遇到砌拱时需要用钢材夹合造成支架，但工地上根本找不到钢材，因此，木工组的同志说："人家用钢材支架，我们就不能用木材做支架吗？"大胆的建议得到了采纳，经过再三实验，终于将一条双铰夹合弧形的木质拱架试制成功，顺利完成了风吹岭渡槽的砌建任务。

要在云霄、东山两县交界的八尺门海堤上架设一座悬空越海渡槽，更是一个壮举。这座全长4400米，高20米的渡槽，劳动者们仅用了3个月时间就完成258座槽墩和陆地上201跨石拱渡槽任务。

紧接着是在六七级大风的海面上，要把57跨，每跨七八吨重的钢丝网U型水泥渡槽，吊装到海堤上20米高的空中，每一跨合拢必须无缝衔接，这项工程需要用大型吊装机械，可工地上没有，在集体的智慧下，一部5吨多重，高达30米的"八字形"龙门架试制成功，这个群策群力下产生的土龙门架，为吊装工作立了大功，是它让4400米长的跨海渡槽胜利合龙成功。

工地革新项目一个接着一个，渡槽建设一座更比一座高，一座更比一座精巧牢固。18座凌空而立的渡槽，凝聚着5万云东儿女的集体智慧和心血结晶，谱写出一曲曲劳动者创造人间奇迹的赞歌。

一渠甘泉润泽百姓

1973年3月，一条85.81公里长的渠道，沿乌山山麓，将水尾、下墩两条溪流拦腰截断，筑起大坝，引水上山，让甘泉般纯美的漳江水穿嶂越涧，劈开24座山头盘绕100多个层峦峻岭，跨越15条河流，蜿蜒在秀丽的群峰之中，似一条巨龙，矫健地飞渡八尺门海峡，欢快地进入东山红旗水库，成了东山人民的琼浆玉液和9万亩良田的幸福水。

向东渠是云霄、东山两县人民用了两年多时间共同创造的"江南红旗渠"，全渠建筑有两座135米长的拦河大坝，18座总长7335米的石拱渡槽，浇筑有一座长637米，内径2米的钢筋混凝土双管倒虹吸工程，铺砌4座计910米长的暗涵，以及水闸、溢洪堰、过路桥等447处建筑物。两年半的建渠历程中，两县人民共投入82万多工作日，共完成挖填炸砌土石方485万立方米。渠道所经之处，云霄县受益农田面积8.7万亩，东山县6万亩，占两县耕地面积的60%。真是一项史无前例造福子孙的水利工程。

滔滔漳江水，遵照人民的心愿，于1973年3月12日，在一声礼炮和一串鞭炮响后，顺着新开的向东渠，奔腾直泻。沿渠挤满了争看幸福水的人群，清甜的江水流到哪里，哪里就人声鼎沸，盼水妈笑了，盼水娃乐了。东山县成千上万群众，看到岛外的大陆水流进家门口，欢呼声不绝于耳，男女老少就像迎接亲人一样欢快喜悦，后林村一位103岁的老人，含着激动的泪花，说出了全岛人民的心里话："只有共产党、毛主席的好领导，才有今天的翻身渠，幸福水啊……"

致敬功臣向东精神

潺潺的向东甘泉，润泽着云霄、东山两县的城市乡村，农地水田。在品尝甘甜的渠水之时，我们应"饮水不忘挖井人"。有一位特别值得点赞致敬的向东渠建设功臣，他就是48年前，向东渠的决策者和指挥者，时任云霄县人民武装部政委、县革委会主任、县委书记的李文庆同志。人们都说：没有李文庆就没有向东渠。

我们十分欣喜，今年92岁高龄的老书记李文庆同志，身体康健，精神矍铄。当年李书记一身戎装，以其英俊豪气的容貌下派地方"支左"。他是一位解放军军官，19岁入伍，亲历了淮海、渡江等五大战役。几十年的军旅生涯，铸就了他的思想理念和英武果敢的工作作风，一身正气的军人形象无不体现在他的言谈举止间。他以解放军指挥者的魄力，指挥着当年向东渠工程的建设。时至今日，许多上年纪的云霄百姓都亲切地称呼他：李政委、老书记。他身上的那股解放军精神，曾激励着向东渠工地上，数万名云东儿女战天斗地的劳动热情。是他那种"一不怕苦，二不怕死""轻伤不下火线""哪里最艰苦，就坚守在哪个阵地"的军人气概，让热火朝天的向东渠工地捷报频传；让建设者们群情激奋，冬冒严寒，夏顶烈日，日夜兼程，挑灯作战，在荒山野岭安营扎寨，风餐露宿，度过了近千个日日夜夜。他是人民的功臣，向东精神的缔造者。

忘不了当年老书记初到云霄，就遇大旱，面对万千百姓对水的渴望，他这个父母官坐立不安，经反复调研，终于做出建设向东渠的决策。他识大体顾大局，不但要让漳江水全面灌溉云霄的田地，还要截流漳江改道跨海进东山，让没有一条溪流、淡水匮乏的东山人民解决吃水和用水问题。多么高尚的举措呀！只有关注民情、为民谋利的真正父母官，才能有此胸怀、有此胆略。

当年洒下千吨汗，今朝绿染万顷田。向东渠的建成，是不朽的民生工程，是水利工程的壮举。向东渠不仅为十年九旱的云霄、东山民众带来生命绿洲，在兴建向东渠的艰难困苦中孕育、形成的"向东精神"才是我们足以留给后代的精神财富。让我们向人民功臣李文庆同志表示崇高的敬意，祝老书记健康长寿！我们要学习他一心为民办实事，为子孙后代造福的人民公仆精神，学习向东渠建设者们智慧勇敢的创业精神。愿云水东流手足情深，人民生活幸福万万年。

甘 露 泉

在美丽的云霄县火田镇圆峰村西南、半径村西北的宝珍山峦间，有股清泉，那洁净纯美的涓涓细流，从崖眼岩缝间往外涌淌，一滴一滴如同一串串晶莹明亮的珍珠，由上而下悄然洒落，蓄满一泓永远不会干涸的泉池。它不仅水质纯清甘甜，且还有一个响当当的御名：甘露泉。这是一个真实的故事，是开漳圣地流传千百年的一段美丽而动人的佳话。

"承天匡正入不毛，沾沐甘露功方成。腊日姥示声犹响，江山依旧巾帼无。"这是唐代开创漳州的陈元光将军，怀念已故祖母魏氏太夫人的诗作。翻开尘封的历史，我们看到了"盔铠化银海，鹤驾天宫还，忠勇百将士，护魂千日满"的悲壮场面。相传唐代初期，漳土未辟，山林茂密，林间多有残枝败叶，长年积腐，瘴疠滋生，毒气遍野。奉朝廷之命，魏老夫人率领百万将士，从中原千里迢迢南下入闽，为平"蛮獠啸乱"，他们一路辛劳，长途跋涉，安营扎寨在这"几疑非人所居"之域。初来乍到的官兵，水土不服，加上瘴疠毒气侵染，一时间因患瘴疠而亡者甚多，顷刻军心一片混乱。在这十万火急的关头，魏老夫人命军师李伯瑶觅寻救急良药。几经周折，李军师终于在地处重峦叠嶂、林木荟郁的平润湖畔，发现有股从石头缝里涌出的山泉，他亲手用竹叶引水入口，那清凉如冰、甘甜似蜜的泉水吞入喉中，顿时满口生津，精神振奋。军令一下，诸将士依次手捧甘泉饮而获救，魏老夫人兴奋地称之为"天赐甘泉"。并及时将此事禀报朝廷，皇帝武则天十分欣慰，亲自赐书"甘露泉"三字，命朝臣星夜快马送至云霄。

陈元光将军建立漳州郡后，为感念平润湖畔这股"甘露泉"救治开漳将士之恩，特于泉边修建佛寺，奉敕筑坛设供拜佛。一则拜忏超渡开漳阵亡、病殒之将士孤魂，二则令世人永远铭记"甘露泉"救苦救难的恩情。

如今的平润湖畔，风光旖旎、秀色可人。甘露泉边，寺庙规模堪称宏伟，殿宇楼阁宽敞轩昂。寺中青龙石柱、护门石狮栩栩如生，雕梁画栋，腾龙舞凤，朱墙碧瓦，古色古香。寺中尚有一石刻，乃当年武则天命朝臣代天子至云霄甘露寺，率僧众礼佛谢恩时，镌石《礼赠甘露文疏》文曰：

> 净身举香，香达大千。僧代天子，百官随从。
> 甘露垂示，国人沾恩。仅此诚意，上达清净。
> 主将有福，三军祖德。筑坛修戒，祈国兴盛。
> 延生植福，两界安宁。僧虽勤颂，实沐佛慈。
> 万岁虔诚，如来可鉴。有幸代供，恩宠若恐。
> 努力精进，尚难全报。睹漳现境，功能回渡。
> 仰仗佛力，复建奇功。冥阳两利，化民净土。
> 三摩宝刹，香火鼎盛。珍山甘露，益古现前。
> 与此功德，回向大同。

碑文简洁通俗，虽难避后人杜撰之嫌，但内容却与开漳史实相符，真是一段惊动上苍，可歌可泣的故事。

时下，四邻八乡的人们，大凡家中有喜事，都要到甘露寺献上三炷香，再求上一壶清清亮亮的甘露泉水带回家，老人喝了益寿延年，小孩喝了四季平安，新婚夫妇喝了，夫妻和美、早添贵子。游人们也忘不了灌上一桶，带回家中沏茶、煮饭，全家吃了健康养生。

这就是甘露泉的功德，从远古的唐朝到今天，它是护佑一方子民的圣水，也是值得人们永远赞颂的一泓清泉。

仙石客家赤子情

风景秀丽的仙石村，坐落在云霄县下河乡西部。村子背靠蜿蜒起伏的乌山南部山脉，森林茂密，山高路险。村中一条涧流清澈的甲溪水，纯净甘甜。山清水秀的村庄，只因村后山顶那块花岗岩百棱巨石上有仙人的脚印而得名。

15 平方公里面积的仙石行政村，由四近塘、上塘、旧楼、石厝、新楼、外角、内角、仓下、长田、取切仔、白石后、下寮、石仔岗、大坪 14 个客家自然村组成。20 世纪 30 年代，这个远离县城的客家村群落，是享誉闽粤赣三省的红色苏区。这里曾活跃着一支中国工农红军部队——红三团，他们发动群众，宣传党的政策和主张，组织十余个村的村民成立赤卫队、基干队，打土豪、分田地，抗租、抗税。年富力强的村民则组成抗日义勇军大队，与侵略者、反动派展开游击战、歼灭战。那一幕幕枪林弹雨的战斗，一曲曲英勇悲壮的赞歌，荡气回肠，可歌可泣！

在和平与幸福的今天，让我们缅怀革命先烈，去聆听昔日红军浴血奋战的故事；让我们展望未来，去欣赏仙石客家今朝的风采。

春日寻访四近塘

四月的闽南，春花烂漫。清明时节，我和几位文友，来到了仰慕已久的红色苏区四近塘自然村。

山高路远的四近塘，村口有一条涓涓溪流，水清似镜。村中房屋，呈阶梯式依山势而建。数十间瓦房，都是干打垒土木结构的老式建筑。群山环抱的小村庄，古木参天，翠竹挺拔。仰望高大的劲松，俯瞰蜿蜒的石阶，我们仿佛看到红军战士的身影，听到战斗胜利的欢呼。谁能想到，如此僻静的小山村，八十余年前却是红红火火闹革命的根据地。早在1936年，四近塘村就是云和诏县第四区的一面赤色旗帜，是远近闻名的红色苏区。

年过古稀的仙石小学原校长张东汉老师是位客家人，他是今天引领我们走进苏区的向导。熟悉仙石大革命时期历史的他，热情、健谈，他告诉我们，当年四近塘村仅有20户人家，却有6人参加红军，3人参加基干队，3人参加义勇军，7位客家男儿为了新中国的诞生英勇捐躯，血沃疆场！

老红军张六土祖孙三代一直留守在四近塘，眷顾着这片红色热土，一辈子过着清贫、自足的生活。1985年春，四近塘唯一健在的老红军张六土也走了，我们现在要去采访的是他的儿子张如德。

步入一座陈旧的宅子，木门油漆斑驳，木窗镶嵌在白石灰已经发黄的土墙里，呈一字形朝南的三间瓦房，虽看似有上下两层，但阁楼十分低矮。暗红色的地板砖，已被岁月烙上了灰色的痕迹，靠左的屋子窗下，摆放一副过时的木质茶桌椅，几把塑料方椅和一张活动的四方桌，随意靠墙而放，室内一侧的桌子上摆放着用花布遮盖的电视机，墙上贴着近年来政府慰问老区人民的年画，习近平总书记笑容可掬招手致意的形象格外醒目。中间的屋子是灶房，典型的客家大土灶，一根烟囱竖在灶台上，圆圆的陶器大水缸旁堆放着一大摞柴草，母鸡带着雏鸡在草垛旁嬉戏着。右边的屋子里散落着箩筐、簸箕、锄头、犁耙等农具，室内散发着春天里潮湿的霉味和农家特有的泥土芳香。这是一个有着勤劳主人的农家院落！

一位八旬老人正在泡功夫茶迎接我们，他正是我们要寻访的张如德。笑容满面的张如德老人，古铜色的皮肤黝黑透亮，一套浆洗干净且有点褪色的蓝卡其布中山装十分得体，脚穿一双发白的军用旧胶鞋，身材虽然清瘦，但腰板硬朗，精神矍铄。话匣子一开，就把我们带入了那血与火的峥嵘岁月……

松青柏翠颂英魂

1934 年 10 月，中央红军从赣南于都开始长征后，国民党部队把矛头转向闽粤赣边根据地。1935 年夏，我方大南山、凤凰山根据地遭到严重破坏，在这危急关头，中共潮澄饶县县委决定所属红三大队转移至闽南乌山，与红三团、游击队会合。1935 年 10 月，乌山脚下的云和诏县县委成立，一支由红军红三团、红三大队，游击队组成的部队，在闽南乌山建立红色根据地，与围剿闽粤赣边界的国民党粤军展开游击战。

仙石村属下的四近塘等 14 个客家村，就分布在乌山山脉的崇山峻岭间。尤其是四近塘村，四周松青柏翠，群山环绕，全村仅 20 户人家，均是贫苦农民。穷人热爱为老百姓打天下的红军，20 户农家的小山村，却是当年红军部队粮食补给的后方，红区的苏维埃群众，从牙缝里挤出自己耕种的稻米、甘薯、芋头等农作物，翻山越岭送去给红军当粮食。

1936 年春天，特派员许克同志，从澄海县调来云和诏县，第一站就是进驻四近塘村。白天他与村民同吃同劳动，夜晚利用夜校，教老百姓识字、学文化，宣传革命的道理。许特派员进村仅两个月时间，就在村里发展了张六齐、张六土、张石来、张三富、张水俊五人加入中国共产党，并在张石来的旧厝里成立了以张六齐任支部书记的云和诏县第四区第一个乡村党支部，随之，成立农会、基干队，开展抗租、抗税斗争。1935 年 5 月 1 日，深山老林中的四近塘村，首次召开隆重的"庆祝五一国际劳动节"村民大会。小小山村，瞬间呈现出一派生气勃勃的革命景象。

"星星之火，可以燎原"。刹那间，邻近的石仔岗、下寮、白石后、长田、内角、仓下、龙透、龙镜、洞底、大沙岗、大茅坪、圳坪、七高磜、金坑、后墩凤、赤土、下溪、小邦、陂下、柯仔孕、曲溪等数十个村庄也沸腾了，村村寨寨都向四近塘学习。党支部、义勇军、共青团、儿童团如雨后春笋般在各村成立。一批又一批的积极分子、热血青年申请入党，报名参军，新生的革命力量成为红军打白匪、杀鬼子的得力助手。

1937年6月26日，闽南特委与国民党157师，在漳州签订了合作抗日的"六·二六"协定。7月16日，国民党背信弃义，采用欺骗手段，制造了震惊全国的"漳浦事件"，强制缴械了我红三团近千名红军将士的枪支。同一天，时任云和诏县县委委员的许克同志在诏安"月港事件"中，被伪保安团沈东海逮捕，继而被杀害。许克同志的牺牲，激起了四近塘全村百姓的无比愤慨和思念，地下党员兼红军工作团队长张六土同志，把埋藏在韭菜园中的10余支步枪挖出来，亲手交给从"漳浦事件"中率领20多名战士突围出来的红三团团长卢胜，让他们多杀敌人为许克同志报仇。1938年2月1日，30多位仙石各村的客家热血青年，加入卢胜重建的红三团，在他的带领下奔赴抗日前线。

时光荏苒，岁月如梭。人们至今不会忘记在大革命时期，四近塘村的张三富、张阿觅、张阿多、张阿藤、张玉春、张和尚六位烈士为革命事业英勇献身的壮举，更不会忘记王涛支队第四大队长连大汉同志壮烈牺牲的情景。烈士们长眠于四近塘的青松翠柏间，他们的英灵与山川同在，与日月同辉！巍巍的南乌山激荡着英雄的赞歌，滔滔的甲溪水续写着激昂的乐章。

红军后代薪火传

老红军出身的张六土，新中国成立后仍保留着军人的作风。他是四近塘当年参加红军6人中的幸存者。革命成功了，他没有向政府提出任何个人要求，而是以一个朴实的庄稼人身份，安心地扎根在生他养他的四近塘小村庄务农，只留下了当年参加红军打鬼子、杀白匪时用的报废步枪一支，珍藏在身边以纪念他的那段红军青春史。

1955年春，他送刚刚成年的儿子张如德参加人民解放军，有着童年时遭受国民党监狱皮肉之苦经历的张如德，特别珍爱自己身穿的解放军军装，在部队5年间，他刻苦锻炼，英勇顽强，完成了保家卫国的神圣使命。1959年秋光荣退伍后，张如德被组织安排在云霄县农业局工作。20世纪60年代初国家经济困难时期，他响应政府号召，毅然放弃城里的工作，回到故乡四近塘务农，从生产队队长、大队民兵队队长、村党支部副书记，一步一个脚印，一干就是半个世纪。客家人吃苦耐劳、善良孝顺的美德在他身上得以淋漓尽致的体现。他伺候年迈体弱的父亲，培养年幼的儿女，无怨无悔地和乡亲们一起劳作在四近塘这片青山绿水间……

1985年农历正月初九，年逾九旬的老红军张六土与世长辞，当年的老战友卢叨、陈文平、刘佩霞等老同志，特地送来花圈，深切悼念他。2003年夏，86岁高龄的红军女战士刘佩霞，在女儿的陪同下，专车从福州干休所来到四近塘寻访故地，慰问客家乡亲，追忆激情燃烧的岁月。

那是一个晴朗的午后，刘佩霞老人在张如德的搀扶下，重游了当年红军游击队的天然驻所——垅仔孕石洞。这熟悉的石洞，不仅曾是她和战友们栖身之处，还是她和丈夫陈宏甫的新婚"洞房"。她告诉张如德："你父亲张六土同志不仅是我和老陈的证婚人，还是我们夫妻一日三餐的供给者，是真正的好人！"她遥望村子东边的大祡山说："那是1937年8月，卢胜率重建的红三团与国民党保安团张建雄部激战的地点，我军毙敌13人，俘敌4人，缴获长枪11支，这是'漳浦事件'后我军打的一个漂亮仗。"老人接着又诉说了另一次战斗情景，那是1937年10月，卢胜率领红三团官兵与闽西红军并肩作战，在村西的大沙岗祡与国民党伪保安团张闾部交战，当时杀敌17人，伤敌几十人，缴获20多支步枪……历历往事，让这位红军老战士记忆犹新，激动不已！

临别时，刘佩霞老人拉着张如德的手说："四近塘的革命遗址能保留如初，多亏了你们父子的坚守、保护与传承，历史和后人都会感谢你们的！"

张如德告诉刘佩霞老人："在社会主义革命和新农村建设中，四近塘的面貌焕然一新。1965 年，村里创办了小学，集体经济也得到发展，村民生活也逐步提高。改革开放以来，'村村通'将公路修到了村口，供电网络覆盖了全村，程控电话、移动电话、家用电器也进村入户。自来水代替了井水，车运代替了肩挑，住在深山中也知晓天下事，多个频道的电视节目，让村民们大开眼界。目前村里尚有 50 余户人家，但相当一部分年轻人都外出打工或在云霄、漳州、广东等地创业安家。我的长子和女婿现在还留在村里，建设富美家乡的担子，要靠他们去挑。"

建设富美新家园

山高路远的仙石村，728 户农家约 3000 人口分布在 14 个自然村中，田少山多的自然环境，铸就了他们以山为家、奋力拼搏的吃苦耐劳精神。

传统农业是村民生活所需，而山林物产则是主要的经济来源。改变乡村面貌，建设富美家园，要靠党和政府的好政策，更要靠勤劳智慧的仙石人，15000 亩的山林和茶树，是仙石人的"聚宝盆"，如何将此变成"金山银山"，改变观念、科学种植至关重要！

20 世纪 60 年代，仙石村就在南乌山的墩仔、珍东坑办有茶场，当时生产的乌龙茶曾享誉闽南、粤东各地，后因种种原因销声匿迹。

2005 年，迁居厦门经商多年的仙石人张木山，为保护故乡这片绿色的原生态茶园，他不贪恋都市的繁华，而是暂别妻儿，带着多年积蓄，承包了家乡珍东坑至肚才山 500 亩荒山，花了十二年的时间，翻山越岭、架桥修路，穿梭在这片荒山峻岭中，驻扎在海拔 600 多米的高坡上，开垦荒坡种植茶树、养护原有的古茶树群，放牧羊群给茶园施肥除草。他将茶厂建在海拔 600 米的一块坐北朝南的坡地上，引进先进设备，保留传统工艺，生产的蜜香红茶是无公害富硒好茶，质量达标，远销欧美，年销售量 2 万余斤。他雇请仙石各村的村姑少妇上山手工采茶，既保证了茶叶的质量，又解决了村民的就业，也激发了仙石客家人热爱故园、建设家乡的热情。

张木山也是个红军的后代。他的伯父张国忠、房兄张国文、张国武都是乌山老游击队队员，新中国成立后均是任职于党和政府部门的百姓父母官。他是听着红军战斗的故事长大的，他不留恋海上花园的都市，甘愿驻扎深山，耕耘开发家乡这片沃土，他创办的"漳州仙隐峰茶叶有限公司"为云霄仙石老区亮出了一张优质的名片。

如今，党和政府对老区人民倍加关怀。为避免山体滑坡的危险，党和政府决定将四近塘等几个有潜在地质灾害的老区基点村，举村迁移至离县城几步之遥的新坡大园造福工程安家落户。2017 年春天，四近塘 52 户现有村民，每户都分到一幢占地约 50 平方米的钢筋水泥质楼房，目前一层已由政府建设竣工，不锈钢防盗门、窗都已安置配齐。

看着一排排布局工整、宽敞明亮的新屋，听着张如德老人叙述的一段段往事，心里感慨万千！苏区人民用青春、热血书写了一首首催人奋进的诗篇，客家人无论是在战火纷飞的年代，还是在和平岁月的今天，都是敢于担当、勇于创新、引领时代、输送正能量的强者。我相信，再过一两年，一个崭新整洁、安居乐业的仙石新村必将展现在人们的面前，仙石客家的明天一定会更加美好！

春日探海

一个和风细雨的春日，云霄县作协的几位文友，应邀来到了堪称"鱼米之乡"的东厦镇，寻觅海的富饶，海的余韵。

年轻、干练的女书记笑迎我们，并陪同走访了几个海上养殖场。

那一湾湾的斗方水潭，背靠连绵起伏的仙人山，面朝秀美俊俏的玉女峰，泛着碧波依偎在一望无际的红树林海湾。涨潮时，海水顺着沟渠涌入水潭，带来生机无限；退潮时，潭水流出，期待着海的再次恩赐与给养！

领队的县海洋渔业局同志如数家珍地告诉大伙，这一个个新罗棋布的水潭里，养殖着无数的海鲜：有营养丰富的锯缘青蟹，有闻名遐迩的竹塔泥蚶，有活蹦乱跳的草虾对虾，还有油光发亮的鳗鱼和肉味鲜美的海蛏，这些都是漳江口丰富的咸淡水资源交替滋养、培育出的颇具云霄特色的优质海产品。

站在这海滨陇上，极目远眺，海天一色，浩瀚苍茫。近处几只木舟停泊在芦苇丛中，海风一吹，摇曳飘动，激起水面涟漪朵朵。那些盛满淡蓝色海水的潭子，恰似一个个晶莹剔透的聚宝盆。春雨骤停，阳光穿透云层辉映着水中若隐若现的鱼、虾、蟹、蛏，洒下五彩斑斓。制氧机那一圈圈的水花交替盛开，可谓动静相宜，相得益彰。

堤岸边，芳草青青、野花点点，几株绿柳、几丛墨竹，在海风中婆娑起舞，给这天然的养殖场增添几分优雅和妩媚。

听老人说，古时候，船场、荷步两个村庄，犹如两块宝石镶嵌在一望无际的红树林海域中央，人们出行都须靠一叶扁舟穿梭，来往不便。斗转星移，沧海桑田，更有"大跃进"年代移山填海，拓展原野，疏通道路，村民们才摆脱了以摇橹代步的时代。

20世纪70年代，这里是闻名遐迩的"尾坑农场"，它是全县最大的稻谷生产和海产养殖基地。尤其是在"农业学大寨"时期，尾坑农场更是云霄县农业水产对外宣传的一面旗帜，省内外前来参观学习者络绎不绝。独特的地理位置，让它享有"鱼满船、粮满仓、鸡鸭肥、果飘香"的绿色农场美誉。至今，尾坑农场仍是云霄县最大的一个鱼米之仓！

"漳江绿海红树林，中流砥柱石矾塔"，美丽富饶的东厦，依山傍海，人杰地灵，上有仙人山的依靠，下有石矾塔的庇佑，一汪汪碧水养殖出肥嫩的海鲜，一顷顷良田种植出丰登的五谷，富裕起来的村民住上了新盖的楼房，过上了幸福的生活，他们中不少人添置了汽车。有了便捷的交通工具，有了纵横交错的"村村通"，人们把养殖的海鲜送往城里的集市，送往云霄最大的"鲜品"冷冻企业，一筐筐、一箱箱特色海鲜经过冷冻包装，漂洋过海，远销欧美及东南亚国家，而勤劳智慧的人们则鼓起了腰包，展开了笑颜。

当我们依依不舍地随着徐徐启动的车辆缓缓前行时，大海已逐渐淡出我们的视野，而车窗外一幅动人的景致又映入了我的眼帘：原野间一位耕田的老农，弯腰弓背推着一把木犁吆喝着，水牛拽着犁耙大步前行，使劲地犁翻着水田，一块块黑色的泥土被翻卷起来，水花四溅。成群的白鹭低空翱翔，有的悠闲自在地驻足在被刚刚翻起还散发着泥土芳香的泥团上，有的叽叽喳喳追逐着、嬉闹着，好似在争抢泥土中的虫儿，更像是在欢送我们这支采风的车队！田埂上，一位小姑娘手拽丝线，将一只粉红色的风筝朝蓝天放飞得很远很远……

东厦滨海——你是鱼虾蟳蟹的故乡，你是白鹭候鸟的天堂，你是人与自然和谐共处的家园！

清明初识厘仔坑

　　四月的闽南，春雨潇潇。怀着一份探春的心情，我首次来到了位于云霄北部的火田镇厘仔坑村。这是一个山清水秀、风景独特的村庄，原名颅宰坑，是大唐儒将陈元光被害之地。这里有一个建于唐景云二年（711）陈将军的停枢台，一个掩映于青松翠柏间的陈将军墓园遗址和一座威惠庙。

　　展开尘封的历史长卷，我仿佛听到了中原将士高昂激越的军歌，仿佛看见了驰骋疆场的战马，迎着"蛮獠"奋勇平乱。

　　在陈政父子绥靖江南以前，泉潮间"蛮獠啸乱"，民生疾苦。因此，朝廷任命归德将军陈政进朝议大夫，统岭南行军总管事之职，率府兵3600名千里迢迢自中原南下。陈政将军镇闽九年有余，在闽南开屯建堡，平乱肃反，以致积劳成疾，仪凤二年（677）四月，不幸病逝云霄任所，享年62岁。陈政之子陈元光自幼聪颖智慧，博通经史，领乡荐第一。13岁那年，随父母戍闽。父亲去世后，奉朝廷圣命，21岁的陈元光袭职，任左郎将，代领父众镇守闽南。

　　永隆二年（681），群盗复起南海边郡，陈元光与循州司马高琔配合，带兵入粤突袭敌垒，大获全胜。在平乱杀敌时，年少威武的陈将军善用兵法，采取威惠并济，区别对待的策略，一举制胜敌方。25岁的陈元光因平乱战功非凡，深受朝廷嘉奖并进正议大夫、岭南行军总管要职。

　　永淳二年（683），陈将军上奏朝廷建州立郡，兴办学校，以求长治久安。时隔三年，即垂拱二年（686）十二月九日，朝廷降旨，准予在漳江之畔的云霄屯营地火田建立州郡，取名漳州，诏令年方30岁的陈元光兼任刺史。他不负众望，率领部下在云霄、漳浦、怀恩三地开辟村落，兴农重教，通商惠工。他屯垦安民，设立书院，倡兴诗文。"唐化里"良策使荒榛变乐土，中原文化在漳州大地传播，中原先进的生产技术在闽南边陲推广，开漳圣地展现出一派繁荣昌盛的景象。

睿宗景云二年（711）十一月五日，粤东流寇卷土重来，蛮寇之首雷万兴、苗自成纠结山寨党寇潜袭唐兵营地拜岳山。55岁的陈元光将军闻讯，遂率轻骑，一马当先，亲临讨伐，不幸被山寨十八洞主蓝奉高贼将刃伤而卒。陈将军血浴沙场、壮烈殉国的噩耗传来，一时间军营上下，哭声如雷。方圆数十里的乡村百姓，扶老携幼云集在将军遇难的葛布山脚，众人泪如泉涌，仿佛爹娘离世，悲哀至极。人们按照中原和当地的习俗，自发为他披麻戴孝，围头白、穿白衫，为陈元光将军哭魂守灵。几位乡村壮汉从峡谷山涧中，采来岩石玉块，为陈将军垒建停枢台；从深山老林里伐来上等木材，为陈将军制作灵枢。中原将士、当地百姓争先恐后地跑来，为陈将军轮值守灵。威严高大的停枢台四周，人们点燃长明灯，黄色的灯光在这南国冬天的寒夜里，恰似群星闪烁，寄托着人们绵绵的哀思。

陈元光将军为平蛮夷之乱，不幸以身殉职。他用42年的漫长岁月，把泉潮间这片"几疑非人所居"的瓯脱之地，开发造就成"修文休众士"的海滨邹鲁。没想到在他55岁壮年，终因守疆土、护家园、保社稷而为国捐躯。他的一生，真可谓为了黎民百姓"鞠躬尽瘁，死而后已"。他的逝去，闽粤百姓无不哀之。朝廷闻讯，就在次年的先天元年（712）诏增秩赐谥，下令在漳江之畔的州治所为其建庙宇，立塑像，这就是位于将军停枢台左侧的"开漳圣王威惠庙"。

葛布山脚原本无村落，人们为了纪念陈元光将军，也为了让87姓的中原将士子孙后代铭记这个伤心地，特将此地命名为"颅宰坑"，意喻将军人头落地之处。这块曾经的荒芜之地，仅因有了"颅宰坑"的响名，有了陈元光将军的停枢台，以及葛布山之大峙原陈将军长眠的墓园而闻名。四邻八乡村野百姓寻路而至，来供拜他们心目中的父母官。传说，有位吴姓的老伯，为了给爱戴的将军守墓，只身一人从数十里外的下楼村卷着铺盖而来，在没有人烟的颍宰坑修一茅草屋，建一土炉灶。晨起，他点燃三炷香到将军墓前叩首跪拜，再煮一铜壶春茶，温热三盅米酒，敬献在威惠庙陈将军灵前。日复一日，年复一年，吴老伯一守就是几个春秋，他那虔诚的行动，执着的精神，感动了他的妻儿，年迈的吴老伯夫妇带领儿孙举家来到颍宰坑安居，他们上山劳作让荒坡变果园，下地耕种使五谷丰登。

光阴荏苒，岁月如梭。吴家老伯早已作古千年，但他及家人数十年如一日为陈将军守墓、守庙的故事已成佳话流传至今。他的后代在颍宰坑村世代繁衍，枝繁叶茂。

全村无杂姓的吴氏家族，只因早期云霄地域连年争战，山贼、倭寇不断，村民迁移流失者多，到1949年云霄和平解放时，村里仅存9户人家。又因当时工农干部文化程度不高，闽南话和普通话谐音的缘故，土改时颍宰坑村名便被易为厘仔坑入册至今。如今尚有400余人口约100户人家仍安居乐业在葛布山下。

现在知道颍宰坑村名的人已经不多了，人们所熟知的是被易名后的厘仔坑村。它是一块风水宝地，美丽而神奇。这里山清水秀，风光旖旎，人杰地灵。百户人家的小村落，却有近百人通过升学、参军步入了行政、事业编制的工作岗位。这里有金榜题名的大学生、硕士生、博士生，他们学有所长，志存高远，为国争光。

万古云霄一村落——颍宰坑，真是个有福之村，它的富饶与繁荣，源自陈元光将军在天之灵的庇护，源自吴老伯先祖虔诚守卫将军墓园、庙宇的功德，源自葛布山那郁郁葱葱天然屏障的福泽，源自开漳圣王第一庙千年不灭的香火……

惬意浅水湾

阳春三月，是出游的日子，也是寻梦的季节。2010年3月，我和几位好姐妹去了一趟香港。美丽的维多利亚港湾，灿烂的紫荆花广场，繁华的新城市商场，璀璨的太平山夜景，所到之处春花烂漫，游人涌动。但最令我依恋的还是浅水湾那片天然浴场，那一望无际的碧海蓝天和那繁星点点般的游客。

抵达浅水湾，是在阳光明媚的正午。只见金色的沙滩上支架着几把五颜六色的太阳伞，游人很多，有几个外国壮汉，赤裸着上身，将自己腰以下的部位，深埋在松软的细沙中，面朝蓝天白云，仰躺着，静静地倾听海浪拍击岩石的声响。瞧，他们两只毛茸茸的手臂舒展着，不时地有节奏地拍打着沙滩，一副茶色的太阳镜遮住双眼。轻松自由的他们，正享受着东方明珠赏赐给众生的日光浴。徐徐的春风，扬起他们棕红色的卷发，阳光下熠熠生辉。那份惬意，那份自足，让人忘记世间的一切烦恼。阳光、海浪、沙滩，呼唤你放浪形骸，奔向大自然的怀抱。

一对母女，也是金发碧眼，她们穿着三点式泳衣端坐在太阳伞下。母亲身宽体胖，约50岁年纪，黑裤衩、黑文胸、黑眼镜，一头卷发盘在脑后高高耸起，发间还圈了一条黑色发亮的丝带。她面朝大海，看海鸥飞翔、看白浪滚滚。女儿是一个20岁左右的妙龄女郎，修长的身材，细细的腰肢，大红色的泳装把她曲线优美的部位裹得恰到好处。一双秀美白皙的长腿，打着赤脚，她不时地起身给母亲递个苹果、递瓶水或在沙滩上随意走动，卷曲的秀发款款垂肩，飘逸得有如一只仙鹤。

最令我心怡的是两个八九岁的小姑娘，可能是一对双胞胎，那红润洁白的肌肤，天真无邪的笑容特别引人注目。她们一个着翠绿色，一个穿粉红色，是同一款式的春装。齐耳的短发，乌黑发亮，眼睛不大但透着灵气，她们奔跑着、追逐着，开心地跳啊、笑啊，那一串串深深浅浅的脚印，是她们留给沙滩的特殊礼物，那一串串银铃般的笑声，是她们与阳光的亲切戏语。那份轻松、那份欢愉，使我仿佛回到美丽的童年。

　　香港城市繁荣，高楼林立，但我最难忘的还是浅水湾那一片生动、如画的旖旎风景，这是自然与人共同编织的神奇画卷，将永远珍藏在我的心中。

春至长泰

一个阳光明媚的日子，我与几位文友相约去春游。听说长泰有个状元阁，还有个桃花坞。雅兴正浓的大伙，沐浴着早春二月的暖阳，驱车百余公里到达目的地，着实聆听了一回状元林郎的故事，大饱了一次赏花观景的眼福。

碧池清波映香阁

位于长泰东部的张氏家庙，红墙紫阁，汉白玉的石柱顶天立地，支撑着一幢约三百平方米的木质建筑物，两扇金边朱红大门，是用上好的杉木制作而成的。厚实的大门两端有副醒目的对联"京华发物华新堂前孙子年华茂盛，元运开堂运接后代衔浪景运昌隆"。大门左下方立有一石碑，上面镌刻着"状元林震出生地——张氏家庙"几个烫金字。家庙和石碑的正前方是一口池塘，池面上水光潋滟，浮萍点点。在这春日暖阳的光芒照耀下，整座庙宇辉映在水中，碧池清波，香烟缭绕。岸边三五株柳树，柔嫩的枝条吐着新绿在春风中摇曳，清新，悠远，一派祥和。

我们在向导小秋老师的陪同下，步入了弥漫着檀香味的状元阁，迎面是一尊高大的神像浑身镀金，显得熠熠生辉，庄严肃穆。左右墙上挂满了牌匾，在众多的匾额中，最耀眼的是"状元林郎"，这是张氏家庙，怎有林姓入内呢？小秋老师解开了谜底。原来，明朝中期，即 1388 年元月，嫁到长泰枋洋镇科山村林姓的张家女，元宵佳节回娘家入祠祭祖，三炷高香尚未燃尽，身怀六甲的她顿感肚疼难忍，为避他姓之嫌，她躲在家庙门外池塘边的芦苇丛里临盆生产，随着一阵婴儿的啼哭声响，春雷起，电光闪，整座庙宇在夜空中发出万丈光芒，瞬间金碧辉煌。族长们见状，欣喜族中有贵人降临，急忙派人寻找新生儿的居处。闻说新生儿是出嫁女的他姓后代，顿起了歹心，欲将其扼杀在襁褓中，因为担心张姓的福分被这林姓婴孩掳走。产妇带着婴孩冒着倾盆大雨逃回了数十公里外的科山村林家。命大的新生儿虽躲过了母亲族人追杀的一劫，但却难逃父亲英年早逝的灭顶之灾。带着出生不久的男婴林震，张氏只好又投奔了娘家，孤儿寡母全凭娘舅养育。林震自幼聪颖睿智，入学识字，过目不忘；读书写字，高人一筹，年纪轻轻便中了新科状元，入驻京城翰林院为官八年。林震用状元的桂冠，报答了娘舅张氏家族的养育之恩，张氏家庙也迎接了外甥"状元林郎"的荣耀。张姓家族因有了这颗文魁星的福荫，大兴家学，人才辈出。状元郎的故事从此深入人心，成为一段激励后学的佳话。

小秋老师的故事动听且感人，愿香火旺盛的张氏家庙，年年有子孙科考金榜中状元。

青山叠翠觅芳踪

带着状元阁的书香墨韵，我们又去寻找桃花坞的芳踪，陶渊明笔下的"桃花源"，蒋大为歌中的"在那桃花盛开的地方"，都是令人神往的地方。如今这桃花坞，又是怎样的去处呢，我不禁浮想联翩。春暖花开，恰逢周六，弯弯的山路上，行驶的大小车辆如长龙。听说前方有一对年轻车主，惊艳山道旁盛开的桃花，跳下车只顾赏花拍照花丛间，忘了身后的车队和游人，造成了半个小时的堵车。虽说是正月二十五，却没有早春的寒意，午后的骄阳烘烤着停在路上的车辆，车内的我们满头是汗。轻推车窗，一股清风送进一丝凉爽，极目窗外，绚丽的桃花漫山遍野，我和健峰大姐已被眼前的美景所吸引，我们也下了车，走进了落英缤纷的花丛中。

瞧，一簇簇淡淡的粉色，在春风中摆动，田野的翠绿秧苗，衬托着沿路的桃花，鲜艳而幽美。盛开的桃花散发着沁人心脾的香气，让你爱怜陶醉。阳光下，花瓣儿都是笑脸，给山村增添了妩媚。

离开了桃花坞，我们来到了山重村，她坐落在马洋溪畔，距长泰市区约 29 公里，与厦门境内仅一山之隔。走进山重村，只见青山叠翠，秀水涟漪，田野山麓中，桃花烂漫粉似霞，溪流淙淙如玉带。金灿灿的油菜花一片连着一片，点缀在绿油油的庄稼间，甚是迷人。生机勃发的田园，花红柳绿的春装，把古韵雅致的山重村打扮得恰似一个天真美丽的少女。

沿着鹅卵石铺就的乡村小径，我们走进了千年古樟树，她见证了多少朝代的更替，历经了多少风雨的洗礼，如今还是郁郁葱葱，枝繁叶茂。她是山重村的"风水树"，需 13 个年轻人手拉手，才能环抱其树身。更奇妙的是，淘空的樟树内有三个树眼，可望见蓝天白云，小鸟飞翔。

古朴的村庄，对历史的遗迹保存完好，她不仅有千年古樟，有用鹅卵石建筑的古民居，有建于 1635 年的薛氏小宗祠，有明嘉靖年间建造的昭灵宫，还有一个"文化大革命"历史展览馆。

那是一段永远抹不去的历史。

咀嚼着一股淡淡的酸楚，晚霞下，我们看见了荒坡上高高的佛塔。据说这是中国独一无二的一座用鹅卵石砌筑的石佛塔。它建于宋代，距今已有 800 余年。大小不一的鹅卵石和谐地相依相偎，构成一个坚固的圆锥形台阶式石塔，古塔刹石柱上面的题字都带有"佛"字，共 7 层，高 8.45 米。古朴、巍峨，令人惊叹设计者的匠心独运。

也许是缘于对古塔历经沧桑的崇敬，也许是因为那一个个圆滚滚的鹅卵石都代表着一个个英灵，我和健峰大姐不约而同地走上荒坡，走近古塔，默默地从地上捡起一块小小的鹅卵石，虔诚地慢跑着，一圈、两圈、三圈，据说这是一种最美好的祈福方式。

带着采撷的芬芳，带着祈求的希望，我们依依不舍地离开了古朴的村庄。归途中，一轮火红的夕阳高悬在天际，镶嵌在连绵起伏的青山叠翠间，桃花更红了，油菜花更艳了，一路芬芳令人陶醉。

茉 莉 花 开

我家阳台上种有一盆茉莉花，夏天，枝繁叶茂，绿叶丛中盛开着一朵朵洁白如雪的小花，细瞧那花儿，有的舒展着好似娇美的艳阳，有的则像那含羞的新娘，而有的只开两三片花瓣儿，有的却还是花骨朵。

微风吹来，茉莉花的叶子摇着舞姿，那沙沙的响声，好像在唱歌。夜晚，美丽的茉莉花散发出一阵阵沁人心脾的清香，每当我闻到花香，就自然地唱起那首家喻户晓的"好一朵美丽的茉莉花，芬芳美丽满枝丫，又香又白人人夸……"

我对茉莉花情有独钟，白天我把她放在阳台上，让她沐浴着阳光雨露健康成长。夜晚我把她移至室内，它那清淡的花香，一能驱赶蚊虫，二能伴我走进甜美的梦乡。那飘落的花瓣拾起放入茶罐，能冲出一杯清香四溢的花茶，若将花瓣儿夹在书页中，能使文章的字里行间也散发出诱人的香气。

不知从什么时候起，阳台上这株令我怜爱的茉莉花上爬满了许多黄绿色的小虫子，把嫩绿的叶子咬得乱七八糟，像一床破棉絮似的一个窟窿接一个窟窿，花瓣儿也可怜兮兮地洒落一地。

看着那一身病态的茉莉花，我和女儿都很伤心，为了让她早日恢复昔日迷人的风采，我和女儿一起动手，先是把那些可恶的小虫子，一条一条地从叶子上捉掉，再把虫子撒在叶子上、树枝间、花瓣中的秽物一点一点清理干净，然后，像给婴儿洗澡一样，从头到脚给茉莉花慢慢地、轻轻地用清水浇湿洗净，再将落在地上的残花败叶收拾干净。

　　这一盆深受病虫害侵蚀的茉莉花，虽然减弱了昨天那醉人的模样，但经过我们母女的精心呵护，几天以后，她的伤口就慢慢痊愈了。晚风中，她终于又神气十足地挺立在阳台上，那才探出头的花蕊，像夜空中闪烁的星星，数也数不清。

滨海山地很精彩

美丽的云霄县，坐落在风光旖旎的闽南金三角。在这片神奇而富饶的土地上，有个名叫马铺的乡镇，她像一颗璀璨的明珠，镶嵌在云霄县的西北角。161平方公里的区域上，层峦叠翠，碧水泛波。这里有鲜为人知的大峡谷、小瀑布，有历经百年风雨的乐善楼、半月屋，有平湖似镜的大小水库，还有一个令四乡八邻乐于赶集的马铺圩。4.4万马铺人，用他们的勤劳与智慧，在这块生态净地上辛勤耕耘，繁衍生息。走进马铺，如同来到了人间仙境，秀色可人的田园山水，清新淳朴的风土人情，让你心旷神怡，流连忘返。

马铺圩上好赶集

群山环抱的马铺圩场，距云霄县城仅28公里。她的正前方，是一条碧波荡漾的九竹溪，左侧是马铺乡政府、乡工商所、税务所。右侧是乡派出所，农信社和马铺卫生院。一条长达300米的街市，摆满了品种繁多的本地特产，有营养丰富的紫淮山，甘甜爽口的红蜜柚，细皮嫩肉的黄生姜，入口生津的青橄榄。各种苗木花卉，生机盎然、争奇斗艳。竹篾编制的斗笠、箩筐、花篮，芦花杆扎成的毛扫帚，稻秆结成的蒲扇、草帽，真是琳琅满目，精致美观。那鲜活的淡水鱼、涧水蛙，土鸡、土鸭、土猪肉，都是人们餐桌上喜爱的食品。马铺的青山绿水，滋养出天然无公害的瓜果蔬菜。勤劳的山里人，朴素热情，心灵手巧，一年四季勤于耕耘，才拥有这繁荣的集市。

农历每月的二、五、八日，是人们赶圩的日子。每逢圩日，人们从南边的云霄城、下河乡、火田镇，北边的平和县、国强镇，东边的南胜乡，西边的安厚镇蜂拥而至。每月九次的圩日，均繁华热闹似《清明上河图》中的画面。圩场上，赶集的人群中，有推车的，有挑担的，有吆喝的，有拉长声音叫卖的，也有讨价还价的，整个圩场热闹非凡、自由祥和，洋溢着一片太平盛世的景象。

薪火相传乐善楼

风景秀丽的杨美村里，有一幢半月形的高大土屋，洞开的大门上方，有一方石雕的匾额，镌刻着端正隽永的三个繁体字"乐善楼"。楼高三层，每层22开间，共66间房屋，占地约1200平方米。楼内有4部楼梯，分设在四个角落，底层三个角的房间各开一扇窗。楼内与大门厅相对的有一敞厅，是楼内人家操办红、白喜事的地方。一楼天井呈半月形状，宽敞明亮。天井的正中央，有一口水井，水质清澈、甘甜，是乐善楼内居民唯一的饮用水源。

该楼距今有300余年历史，土木结构的楼宇里，有石雕、木雕和门联，墙体上有梅、兰、竹、菊等花草的彩绘。乐善楼的建筑风格酷似客家土楼，最辉煌时，楼内居民有300余人。目前，尚有十三户人家，仍留守在这座古屋里。

乐善楼的祖先才智过人，在这山环水抱的村落里，建起了如此雄伟壮观的土楼。如今土楼里的后生也不辱前辈，他们继承祖德，勤学苦练。这些年，常有大学录取通知书，飞进这座古朴而庄严的土楼，今年乐善楼里，又飞出了一只高考金凤凰。

在马铺乡的许多自然村里，都有类似乐善楼这样的土楼。它们外观古拙唯美，土灰加糯米汤夯制而成的墙体，厚实坚固。楼内采光好，冬暖夏凉，族人群聚，团结和睦。站在土楼上，真有无限风光扑面来的感觉。

深山宝地藏峡谷

走出乐善楼，沿着蜿蜒的盘山公路，行驶约半个时辰，在杨美村到下庵水库的途中，有一条几米高的小瀑布，挂在路边右侧的山腰上，那玉带似洁白的水帘，源源不断地飞流直下，瀑布水花四溅，在阳光下熠熠生辉。赤脚踩在被流水冲刷得洁净光滑的石坂上，掬一捧晶莹似琼浆的水儿送入口中，那份清凉、纯美，既解渴又润喉，十分惬意。

与瀑布遥遥相望的是一个令人惊叹的大峡谷，海拔百余米高，两岸是悬崖峭壁，林木葱茏。谷底清冽透彻的溪流，奔流不息。一个个光滑圆润的鹅卵石，遍布在清澈见底的溪流中，远远望去，就像一颗颗精美可爱的宝石，在水中闪光。

这个深山老林中的大峡谷，气势恢宏，水流湍急。它最宽的地方有数十米，最窄处仅一步之遥。瞧，幽谷两侧，古木老藤盘根错节，一块石壁上支起从天而降的花岗岩巨石，十分险峻。巨石下方有一明亮的石洞，凉风飕飕。石洞左侧有一石盆，长年累月盛着从悬崖上滴落的水珠，盈盈一盆，冰清玉洁。一株粗壮的老桑树，尽情地舒展开它那枝繁叶茂、郁郁葱葱的肢体，凌空在峡谷之上，显得何等的婀娜多姿、飘逸昂扬。

站在路基上俯瞰山下幽深的峡谷，真是奇石叠垒，洞壑天成，泉清如银，含烟凝翠。集灵、奇、秀、险为一身的大峡谷，绿树葱郁，负势竞上，争高直指，欲揽苍天，令人叹为观止。

这个鲜为人知，藏在大山里的峡谷，正期待着人们的青睐。若是能引来商家的投资开发，一定是个很好的旅游观光景点。

大小水库相辉映

马铺的天很蓝，马铺的水很清。得天独厚的地理位置，让马铺拥有 14 个大小水库。

瞧，下庵水库似一个湖泊，夕阳的余晖洒在湖面上，波光粼粼。细长的坝头横跨两岸，急流飞瀑的水幔像一张银幕，垂挂在山水间。左边是险峻的高山，右边是弯弯的山路，小水库里的水漫过坝子，激起水花朵朵，撒落在下游的溪流中，顺流而下，流到福建省第二大人工水库——峰头水库。

峰头水库像群山中的一块玛瑙，闪耀在马铺乡的中心腹地。峰头水库建于 1977 年 2 月，历经 16 个春秋，竣工于 1993 年 4 月。2009 年 9 月大坝进行加固，于 2012 年 3 月圆满完工。如今的峰头水库，是全省最大的浆砌石重力坝。其坝高 64.4 米，坝长 332 米，流域面积 330 平方公里。库容量 1.77 亿立方米。它有左右两个电站，左电站 5000 千瓦，右电站 4000 千瓦。它是漳州市水利局直属单位，通过向东渠，每年向云霄、东山两个县输送 4000 万立方米的用水；向漳浦县的古雷输送 30 万吨的水资源。它还保证供应给云霄县 250 万度电，是该县总用电量的三分之一。

为了确保水质纯净达标，工作人员每年都往水库投放鱼苗，利用天然的淡水资源，饲养鲜美肥嫩的草鱼、鲤鱼和鲫鱼。这样既净化水质，又为马铺圩提供了淡水鱼货源。

马铺山清水秀，气候宜人，马铺乡的 237 个村庄物产丰富，人杰地灵。境内交通便捷，热情好客的马铺人，张开双臂欢迎八方宾客来投资、旅游，滨海山地很精彩。

情系金刚山

金秋十月，天高气爽，几位文友相约，来到了慕名已久的金刚山，采集到几段美丽的爱情故事。

金刚山，海拔一千余米。它前无村落，后无店家，可谓：山高路远，峰险峦峻。沿途没有绿树成荫，只有怪石奇岩。在这人烟稀少的高寒处，驻扎着一个绿色的军营。

驻守在山上的海军、空军指战员，长年累月经受着大山严寒酷暑的考验。这里的气候堪称：雾霭锁春夏，寒风刮秋冬。恶劣的环境磨炼着战士们坚强的意志，尽管很多人得了风湿病，却从来没有听到哀叹声！这里远离城市，交通不便，官兵们的物质生活十分清苦，文化生活更是单调，他们每天面对的除了大山还是大山。在这物欲横流的今天，能忍受如此寂寞的生活，非有坚韧不拔的意志和旷达的胸襟不可。战士们正是以自己的实际行动，践行着人生的美好信念，为了守好祖国的南大门，他们年年岁岁吟唱青春无悔的赞歌：站岗、巡逻、操练、学习、送战友、迎新兵……一曲又一曲，写满了他们对大山的无限深情。

也许，你会觉得，这样偏僻的山野，一定没有爱神的芳踪。瞧，军营房门上醒目的红双喜，分明告诉我们，这里就有幸福的新人配对成双。原来，今年中秋佳节，有两位湘妹子"千里迢迢寻兵哥，金刚山上结良缘"，有情人终成眷属。

来自湖南常德市的吴俊，芳龄23，品貌端庄秀丽，三年前经人介绍，她认识了毕业于军校的胡忠泉中尉。他俩虽是邻县同乡，却一个驻守福建高山哨所，一个在湖南城市工作，天各一方的爱情，留下了数不尽的思念与牵挂。在如今通信设备飞速发展的年代，金刚山军营却没有电话，相爱的人不能相见，连声音也无法听见，这对热恋中的城市姑娘，是一件多么残酷的事情。为此，她哭过，只是没有动摇过对小胡的爱。她用一封封情意绵绵的书信，向远在边陲的爱人倾吐着无尽的相思。

性格开朗的吴俊告诉我：年少时她梦想当兵，如今女兵当不成，做个军嫂也荣光。说实话她也喜欢夫妻共居闹市，喜欢夜幕降临时，双双携手游公园、逛商场，现在既然选择了军人，就要有吃苦的准备，就要有奉献的精神。今年初，她和小胡商定，十月黄金周，她自己来部队完婚，吉日就选在国庆、中秋佳节，她要让圣洁的婚礼在高山举行，让南腔北调的子弟兵为他们祝福。

怀揣着空军中尉胡忠泉伉俪的新婚喜糖，我又来到了与空军一墙之隔的海军某部，迎接我的是身着海军服的年轻中尉。他叫曾辉，一副标准的军人身材，英俊壮实，洋溢着孔武有力的风采。他来自湖南益阳市，前年军校毕业后，就分配到金刚山任海军某部站长。热情好客的曾站长喜滋滋地告诉我：三天前，他和隔壁军营的空军同乡胡站长双双在这金刚山上做了新郎，真是不谋而合的两桩美事。我情不自禁地要求他带我去看他的洞房和新娘。

营房的二楼房间，粉刷一新，门上贴着鲜艳的红双喜，门一开就能看见一张部队的双人床摆放在屋子中央，床上铺着橘红色的被罩；洁白的墙壁上，挂着一幅天真可爱的双胞胎娃娃图画；窗台下，两把油漆已脱的靠背椅，夹着一张铺有花塑料布的四方凳，权当接待客人的"沙发椅"，一套闽南功夫茶具摆在上面，喜糖、香烟点缀其中。紧挨着双人床的墙角是一张两屉桌，桌面上蒙有一块蓝底白花的台布，错落有致地摆放着香脂、香水、洗发香波、头梳、镜子等，算是新娘的"梳妆台"。多么简单、整洁又温馨的洞房呀！

我的采访使新娘有些腼腆，她真俊俏，修长的身段，一袭披肩秀发，白净的皮肤映衬着匀称清秀的五官，脸上没施脂粉，更显朴素天然。最可爱要数笑靥中嵌着的一对小酒窝，粉红色的无袖束腰连衣裙套在她身上，更显窈窕丰盈。她轻声地用一口标准的普通话请我就坐，又端来热茶和喜糖笑着说：她叫黄顺利，在湖南益阳一所小学任教，和曾辉是中学同学，高中毕业后她考上益阳师范高等专科学校，曾辉则进了军校。从此一个内地，一个沿海，苦恋五个春秋，往返的情书，可以铅印成册。因为唯有书信，才是他们互叙衷肠的鹊桥。

她说，起初周围的亲友都反对她和曾辉处朋友。大家都觉得说，"嫁军人艰辛，一年四季守空房""当兵的穷酸，一点点津贴不够做路费探家"。之后，上门求亲的，有机关干部，也有商海富人，她均不管理，只是一心一意地盼着部队的来信，盼着曾辉返乡探亲的归期。为了曾辉，她不但得罪过亲友，也得罪过上门求婚的权贵。

最后，黄顺利含羞地告诉我："之所以跟定曾辉，就因为他是个帅气的军人。"本来，他们原定今年"五一"劳动节结婚，只因曾站长部队有任务，无法脱身回湖南。黄老师便在第二个黄金周自己来部队，她要让金刚山的官兵，共同分享他们爱情的喜悦。也让金刚山军营的中秋夜更加温馨，更加富有诗意。

多么美丽的心灵，多么朴实的话语，多么动人的故事，多么圣洁的爱情。即使婚后又是天各一方，彼此之间又是绵绵的牵挂，但是，"两情若是久长时，又岂在朝朝暮暮"。在他们的心里，金刚山永远是他们爱的情结。

革命人永远是年轻

谨以此文，献给我亲爱的父母。
——题记

　　夏日清晨的风儿，柔柔地从敞开的南窗，悄入病房，给病中的人们，送来了问候和凉爽。高龄的父亲因不慎踩空楼梯摔倒，导致右腿髋关节骨裂住院治疗，躺在病床上五天了。闻讯，我即和先生从闽南赶回闽西北探望，这正端来母亲备好的早餐与值夜班陪护的弟弟换岗。

　　病房里整齐地摆放着三张不锈钢的病床，住下的都是骨伤患者，父亲的病床紧挨着卫生间。我微笑着和大家打招呼，父亲看我前来，便眼睛发亮，爬满皱纹的瘦脸上绽出笑容，半躺着的身子尽力向前，并扬起了双手。我赶忙迎上前去，握住父亲的手，喊了声老爸。我极力控制激动的心情，不让自己掉泪，寒暄片刻，便开始伺候手术才五天的父亲。我端着脸盆让父亲漱口，拧好毛巾为父亲擦脸，还用汤匙一口一口地喂着父亲。这情景，多像小时候父亲喂我的模样。

　　用完早餐，接着服药。在收拾床头柜抽屉时，我看到了一个用红色绸缎包裹的东西。父亲兴奋地告诉我，这是三天前，他在病床上收到的一份最珍贵的礼物。我轻轻打开，展现在眼前的是一枚金光闪闪的"光荣在党50年纪念章"。原来，在喜迎中国共产党百年华诞前夕的6月24日晌午，父亲原单位的领导专门送来了这枚纪念章，这是父亲入党70年来引以为豪的珍贵礼物。父亲还激动地告诉我："你母亲也收到了同样的纪念章，她56年党龄，是副县长和古镰镇镇长亲自到家里给她颁发的，还有1000元慰问金。"

躺在病床上的父亲，用双手轻轻地抚摸着金色的纪念章，眼眶湿润，喃喃自语道："没有共产党，就没有我这苦孩子的今天，就没有我们大家的幸福生活。"

是啊，89岁高龄的父亲出身贫苦农家，17岁当民兵队长、农会主席和村长，18岁参加革命工作，19岁加入中国共产党，21岁成为全区最年轻的区党委委员，29岁成为全县最年轻的人民公社社长。30岁那年，因带领社员参加森林救火，被浓烟火焰高温，夺去左眼的光明。在领导岗位上，他先人后己，曾3次让位调资机会，把有限的名额留给更困难的同事。多次举贤，将升职的机会，推荐他人。克己奉公几十年，1993年光荣退休时，工资还是行政20级，职务仍旧是正科级调研员。有人说他傻，他却乐呵呵地笑道："我只是个工农干部，能有今天衣食无忧的日子，已心满意足。"多么朴素的语言，多么崇高的境界！

刚才父亲的话语使我急切地想了解他入党的历史，了解他参加革命的经历。过去只是一些琐碎的记忆，这不借着护理父亲的机会，聊些他引以为豪的事，也可舒缓他患病的忧心。

提起历历往事，父亲娓娓道来……

苦大仇深山里娃

1933年初夏，父亲出生在闽西北将乐县黄潭乡大坪村的一户余姓人家，他上有一个姐姐两个哥哥，是父母不惑之年所得幼子，倍受宠爱。可好景不长，就在他3岁那年，生父余氏因反抗国民党进屋抓丁，被一军官开枪夺去了年方42岁的生命，留下一群儿女，令生母熊氏悲痛欲绝。在走投无路之下，只好将年幼的爱子送到谢地村娘家，给年轻新寡的弟媳当儿子。从此，本该姓余的他，只得随母姓熊，取名熊肇诚，真正的舅母，成了现实中的母亲。

谢地村距大坪村约10里路，是山高林密岭陡的偏僻乡村，而谢地村则是个人口众多的大村庄，分上村下村，都姓熊。上村与下村之间，仅有一片开阔的稻田之距，从一条蜿蜒在水田边的石板路走10分钟即可抵达。而这片连接上下村的梯田，也有个地名叫头厝，只住有两户人家，他们是堂兄弟，也是这片梯田的主人。父亲的外公外婆家就住在头厝，两幢有人字屋顶青瓦杉木结构的平房，一左一右坐落在两块偌大的空地上，它们背靠青翠的大山，面朝开阔的田野。房屋后面是几株枝繁叶茂的楝树，还有一口四季溢满清泉的水井，两幢房屋间有石板铺就的明沟，既可做生活用水排放，也算是两家之间一个小小分界。

　　头厝两户人家，缘这片良田，家道堪称殷实。只因1932年正月，从龙栖山窜来一伙土匪夜袭谢地村，位于交通要道的头厝，首当其冲被洗劫。可恶的强盗不但入室将粮仓、细软一扫而空，还一把火将房屋、猪舍、牛棚点燃，瞬间火光冲天，人们惊恐万分。年逾古稀的熊家外婆迈着三寸金莲还没走出房门就摔倒在地，熊家长子忙将母亲背出火海，次子挑起木桶冲向水井，一边高喊抓匪救火，一边用井水灭火。冲天的火光引来上下村众乡亲前来奋力灭火，当人们扑灭大火时，发现熊家长子倒在血泊中呻吟，原来他将母亲背出户外安置在晒谷场一角时，发现有个黑影正欲逃跑，他急追过去大喊："抓土匪！抓土匪！"不料被一飞来的利器刺伤大腿血流不止。

　　土匪入侵，让原本幸福的家园，顿时成为一片废墟，人伤财空。幸好熊家长媳带着12岁闺女回娘家拜年，躲过一劫，这位长媳就是父亲的养母，我的奶奶管莲英。

　　奶奶出身于岩仔善村的大户人家，从小读书识字，知书达礼，端庄贤淑，一手女红更是无人可比，堪称大家闺秀。虽然裹小脚，但做事风风火火，见解独到。面对婆家突降横祸，她速请娘家救急，重修房舍，再建家园。当庭院修缮完毕不久，丈夫被土匪刺伤的大腿，再度溃烂，因治疗时用药不当，被败血症夺去了年轻的生命，28岁的少妇成了寡妇。年迈的婆婆在受到土匪夜袭惊吓，又遇长子身亡之后，从此一病不起。当身怀六甲的女儿从大坪村赶来时，病床前弥留之际的母亲，望着女儿隆起的肚子，断断续续地说："若你腹中是男丁，请他来续熊家的香火。"看到女儿含泪点头，老人带着一丝微笑永远闭上了双眼。

老天还算公道，大坪村熊家女果然在次年的初夏，产下一男婴，老外婆的遗愿得以实现，谢地村头厝新寡少妇管莲英终于有儿子了，不需再为无后而自责。3岁的外甥第一次见到舅母就改口叫母亲，年长他13岁的表姐，待他似同胞手足，一家三口过着清贫又温馨的日子。

苦命的山里娃，生父被国民党军官用枪夺去了生命，养父则丧生在土匪强盗刀下，仇恨的种子，从此在他幼小的心灵中埋下了。

慈母教出好儿郎

原本冷清的门庭多了一个男孩的声音，胜过招财进宝，久违的笑容终于展现在头厝熊家女主人娇俏的脸上。她脱去往日的素装，换上了枣红色略带喜气的春装，左手牵着儿子，右手牵着女儿，兴冲冲来到祠堂，面对祖宗叩拜敬香，供奉果品，她发誓要将一双儿女养大成人，且要培育成有用之才。

母亲带娃，缺少强劳力，家门前几亩水田，只好让族亲耕种，待秋收时，收来的几担谷物基本保证母子三人食用度日。

年轻貌美的母亲，为了一双儿女能健康快乐成长，她耐着寂寞，拒绝了多位本村和外村的求婚者。她不想因重组家庭而委屈孩子，执意要凭一己之力抚养儿女长大成人。白天，她忙碌在房前屋后的菜园栽瓜种豆，猪圈、鸡窝、鸭棚、家居均收拾得干净整洁；夜晚，她在煤油灯下飞针走线，不是替人做嫁衣，就是缝制娃娃的满月红肚兜和周岁孩童的红绣鞋。仅靠一把剪刀、一根银针、七色彩线，用日夜的辛劳，换来铜钱碎银，维持年复一年的艰难生活。

冬去春来，一晃姐姐已出落得亭亭玉立，一个年方十八的窈窕淑女，该是谈婚论嫁的年龄，媒婆给说了一门亲。

来接亲的姐夫家，是距谢地村5里路的须龙元村。新娘子临上花轿前，悄悄地将一枚用红纸包裹的银圆送给弟弟，5岁的小弟接过红包，紧紧握在手心，望着今天特别漂亮的姐姐随着一行接亲的队伍，在唢呐声中慢慢离开家，离开村子。小小年纪的他泪流满面，情不自禁地扑到母亲怀里，顿时，母子俩放声大哭，是喜是悲难以言尽。

曾经里里外外一把手的姐姐，现在成了冯家的媳妇，小弟弟好像一下长大了许多，他提着嗓子对母亲说："我是家中的男子汉了，今后我来照顾您，重活累活我来干。"听着儿子稚气的言语，母亲又流下了一行热泪。

不久，母亲送儿子入私塾读书写字，接受教育。他很聪慧，加上有母亲早期的启蒙教育，他在同龄学子中接受知识总比别人快，很得先生的喜爱。每天放学回家，他帮助母亲打理家务。上山砍柴，下地种菜，到井边挑水浇园，到水塘边放鸭子，到田野间找猪草，什么事都干得有模有样。母亲看在眼里，喜在心上。

15岁时，父亲已成长为一个英俊的少年郎。

农闲时，村民都有赶庙会、赴圩的活动。一天，堂兄跑来约他去圩场玩，经母亲同意，他随伙伴们第一次走出大山，看到了外面的新奇世界。

长长的街市上，有卖农产品的地摊，有杂货店、布匹店，还有肉摊、鱼摊、打铁铺，街上物品琳琅满目。伙伴们悄悄地告诉他："咱们去花会玩。""啥叫花会？"少年满脸疑惑，伙伴们哄笑道："花会就是赌场呗！"听罢，他一身寒噤，说自己没有钱，而且母亲知道后一定会生气的，推脱不去。其中一个伙伴用手扯了下他挂在脖子上的红丝线，嚷道："这不是一块银圆吗？"哦，这是 10 年前，姐姐出嫁时给他的珍贵礼物，当时母亲用红丝绸缝成心状，挂在他胸前图个吉利，已有十个春秋，这是他姐弟手足情深的见证，怎么能动用它呢？伙伴们说："你也许运气好，没准一块银圆下赌注，可赢得 36 块光洋，这可是试运气的好场所啊！"不由他分说，伙伴们已摘下了他朝夕相伴的宝贝，除去红丝绸外包装，露出了一枚银光闪闪的"袁大头"，他们推着不谙世事的少年，走进了乌烟瘴气的花会场。

他胆战心惊地将那枚银圆"咣当"一声下了赌注，即刻闭上双眼，不敢正视那飞快的转盘，当"嗖嗖"作响的转盘声减弱，慢慢停稳时，只听小伙伴们高喊："中大奖了，中大奖了！"一直闭着双眼不敢看现场的他，这会儿睁开眼睛，只见白花花的 36 块银圆已堆到他眼前，庄家用一只布袋将银币装好扎紧，板着脸交给了呆若木鸡的少年……

夕阳西下时，外出游玩了一天的几个伙伴，兴高采烈地回到谢地村。一时间，上村下村的男女老少都知道头厝 15 岁少年中大奖的消息，只有母亲管莲英闭门做针线，消息不灵。当他拎着一袋银圆，急匆匆推开院门高声大喊"妈妈，我们有钱了，有很多很多的钱"的时候，母亲才走出房间问道："哪来的钱？谁给你的？"满脸通红、气喘吁吁的儿子，这时只能如实相告。听罢，母亲大发雷霆，狠狠地扇了儿子两记耳光。12 年来，母亲对他疼爱有加，她这还是第一次打了这个心肝宝贝。

愤怒至极的母亲抓住儿子的一只手，连同那袋银圆，拽出家门。虽然母亲裹着小脚，但那天傍晚，她健步如飞，拖着个头和她一般高的儿子，疯也似的朝下村村子尽头的"水尾"奔去。

这个水尾是全村近百户人家所有生活用水的排泄处，居高临下有三条明暗沟，汇聚成三股水柱，像瀑布一样往下奔流，泄入一个高约 5 米的低谷深潭，旁边也有从岩石缝隙中流出的泉水，同样从高到低泄入水潭中。深潭周边，古树茂密，寒气逼人，人迹罕至，这口深潭是村里死猪、死狗、死猫的葬身处。

儿子被满脸是泪的母亲拽到此，面对悬崖下的深潭，母亲大声地说："现在有两条路任你选，一是你把这包银圆扔入深水潭，从此不再碰赌字；二是你留住钱，我跳下去！"母亲话音未落，儿子已吓得魂飞魄散，连忙跪倒在母亲面前，泣不成声地答道："我错了，请妈妈原谅，从今以后，我若再赌钱，就让妈妈斩断我的双手。"之后，立马起身将装着36枚银圆的包裹，双手举起扔入幽谷深潭，只听"咚"的一声，那包白花花的银圆，永远沉入深不见底的水潭。从此，儿子安守本分，勤劳任力，再无染赌。

头厝大嫂严厉教子的故事，成为谢地村口口相传的美谈。

少年初识革命路

1949年秋，通往谢地村的马带岭上，出现了一支荷枪实弹、服装颜色统一的队伍。正在山梁上砍柴的少年看到后，警惕地爬上树端观察，当队伍走近时，他发现每人淡黄色上衣的左胸前，都有"中国人民解放军"的标志。16岁的少年郎，也曾听说过解放军是昔日的红军，是专打国民党白匪兵和土匪的部队，是保护老百姓的好人。于是，他敏捷地从树上跃下，兴奋地冲到路上，跑到队伍前面，大声地招呼："解放军好！"看见一个阳光热情的小村民，大队人马都停住脚步，这时一个腰间别着短枪的军人笑盈盈地说："小同志你好呀！这是谢地村吗？"第一次听到"小同志"的称呼，少年郎不由觉得既新鲜又开心。他大方地走到人群中，大声地回答："上完这段岭，那山脚下就是我们谢地村。"看到这个不怯生的少年郎，大家都笑了起来。

少年跳跃着走在最前面，一边介绍着山形地名，一边说：

"我家住在头厝，就是进村路口，你们一定要先到我家喝茶。"过了一阵子，大伙终于爬到了岭端。啊！呈现在眼前的是一片开阔的山坪，周边古树成林，郁郁葱葱，俗称风水树。往前一条宽广的道路，是通往上村的，往下就是头厝。大伙沿着小径下岭，两旁是用竹篱笆围着的绿色菜园，小路尽头是一块空坪，一幢杉木结构的瓦房，展现在眼前。少年大声地高喊："妈妈，有客人来啦！"便一个箭步冲进了两扇木门敞开的家。

这是一幢坐北朝南的木屋，左右是对称的两个禾仓，中间一个天井，两边各有三个石台阶。解放军拾级而上，只见宽敞的大厅中央摆放着一张八仙桌，左右各有两间厢房，后厅搁着箩筐、木桶、犁耙、锄头、镰刀等农具，一扇后门外是果园，金色的橘子挂满枝头。这是一座南北通透、干净整洁、充满着花草香的庭院。

看见儿子领来一群军人，熊妈妈开头是一惊，而后听说他们是进山打土匪的解放军，脸上顿时闪现着激动的泪花。她是多么憎恨土匪，盼望救星！是那些山贼，害得她家破人亡。如今，解放军进村要上山剿匪，这是大快人心的好事。她赶忙端出一陶钵茶水，用蓝花瓷碗当杯子盛茶待客，屋里传出阵阵笑声。

这时日头已落，晚霞如血，热情的客家女主人，真诚地挽留行军一天的战士们在家吃晚饭。盛情难却，带队的军人只好命令战士们原地休息，自己上前握住熊妈妈的双手连声道谢。

熊家母亲忙着下厨，熊家少年则带着大哥哥们到水井边洗漱，战士们每人一条洁白如雪的毛巾，一个白色的搪瓷脸盆，十几个青年人有说有笑地围在井旁，用清凉纯净的井水，洗去一身的疲惫。此时，夕阳映照着晚秋的稻田，晚风吹拂着稻浪，这片希望的田野，似一片金色的海洋，映衬着暮色中的山村，宛若一幅金色的山水画卷。

不一会儿，一桌丰盛的晚餐呈现在战士们面前，有一钵头红菇蛋汤，一盘韭菜炒蛋，一盘炒南瓜，一盘辣椒炒豆角，一盘炒地瓜叶和一大碗酸辣粉条汤。一张可容纳十余人就餐、只有逢年过节祭祀祖先或正月宴请贵客才使用的大圆桌，今天派上了用场。熊妈妈解下围裙，望着战士们围坐在大圆桌旁，吃着闽西北山区特有的农家菜肴，心里乐滋滋的。

谢队长问熊家少年："你小小年纪，就有胆量领我们进家喝茶、吃饭，感谢你年少有勇，你的学名叫啥？"脸颊红扑扑的少年大声回答："我叫熊肇诚。"这时身旁的母亲补充道："是按熊氏族谱肇字牌取的名，诚实做事做人的意思。"谢队长高兴地说："真巧，我叫谢书诚，也有个诚字，家人也是希望我做个忠诚正直的人。"

吃罢晚饭，熊家母子腾出三间厢房，给战士们留宿。房间都是杉木地板铺就，刷洗得干净整洁，战士们将背包打开，有的睡在床上，有的睡在地板上，安排妥当，熊妈妈吩咐儿子去请几位族中长辈来家喝茶，说剿匪小分队有事相商。一会儿工夫，熊家妈妈又端出一擂钵用芝麻、花生仁、茶叶、柑橘皮、甘草擂出的擂茶，摆到了收拾干净的大圆桌上。战士们闻着扑鼻的异香，望着像米汤颜色的擂茶，轻轻地抿了一口，顿时唇齿留香，回味无穷，个个赞不绝口。

稍后，门外走来了两位年长的村民，熊妈妈热情地请他俩入座喝擂茶。他们分别是上村和下村的族亲，是谢地村德高望重的长辈。谢队长自我介绍后，向两位长者咨询要去剿匪途经的几个村子的路况。熊家母亲已决定让儿子给小分队进山当向导，但又怕出事。土匪是什么人？杀人不眨眼的强盗。谢队长询问的话音未落，其中一位长者把目光转向熊家少年，并说道："这几个通往山里的村子和道路我们都熟，只是年纪大，腿脚不便，怕不能领部队进山。"这时小肇诚自告奋勇地说："两位叔公在场，我想带路当向导和解放军大哥哥进山打土匪。"熊妈妈也插话道："请两位长辈来，就是让你们为我拿主意，剿灭土匪是埋藏在我心底多年的愿望，现在解放军同志来消灭土匪，儿子带路进山剿匪正合我心愿！"听罢，两位熊氏叔公都表示赞同，一位叔公说："只要头厝大嫂舍得让儿子给解放军带路，这是再好不过的事，肇诚聪敏机智，山里娃定能完成任务。"

入夜，熊妈妈在煤油灯下为儿子准备出门的行装。次日拂晓，小分队吃完早餐，熊妈妈还把煮熟的鸡蛋、玉米、地瓜和刚摘下的金橘塞进一个个战士的口袋。临行前，谢队长留下几块银圆给熊妈妈作为餐费，说这是部队的规定，"不拿群众一针一线"。熊妈妈含笑地接过部队的"纪律"，与一个个年轻的军人挥手告别，目送他们走出庭院。之后她喊回儿子，将银圆塞到儿子手中，嘱咐他离开村子后再交还谢队长。她疼爱地摸摸儿子的头，示意他赶快跟上队伍，目送着队伍和亲人渐渐远去。

年少村官志高远

1950年春天，进山剿匪四个月的小分队，出色地完成了转战几个山头的剿匪任务。父亲也在参加这次剿匪战斗中，得到了锻炼。他学会擦枪、压子弹、瞄准、射击的基本常识，受到了谢队长和战士们的赞扬。

1950年1月30日，将乐县宣告解放，谢队长带领部队又去执行新的任务，17岁的父亲则告别部队，返回谢地村。经过几个月战斗的洗礼，父亲身体壮实了，个头长高了，胆量变大了。当他回到母亲身边时，母子俩欢喜得热泪盈眶。

刚解放不久的将乐县，百废待兴。谢地村也急需成立民兵队，开展护村和生产突击任务。年少的父亲被谢地村父老乡亲推举为村第一任民兵队队长，在他的带领下，队员们白天分散在田间地头忙碌农活，早晚集合在山岗溪边练习使用刀枪。他将从小分队进山剿匪时学到的本领全用在民兵队的训练上，俨然成了一位训练有素的军事教官。几个月后，在黄潭乡组织的一次各村民兵军事比武竞赛上，谢地村民兵队的演示获得了佳绩与好评。

1951 年 6 月，他又当选为谢地村农会主席。同年 11 月，再一次获得上下村百余户乡亲的信任，挑起了谢地村村长这副沉甸甸的担子。

年轻的村官，身兼三职，他满腔热忱，面对纷繁杂事，从容不迫地处理工作中的难点、重点。他虽初出茅庐，但办事认真仔细，雷厉风行，秉公执法，深得人心。他风尘仆仆，穿梭在村里村外，带领村民，参加新中国成立之初的土地改革运动，认真贯彻落实党和政府的方针、政策，按照《中华人民共和国土地改革法》，在村里废除封建土地所有制，孤立分化地主阶级，让村里无地或少地的农民分到土地，成为土地的真正主人。他为村中贫困户向政府申请救济，让他们度过难关。为了村里的娃娃们能读书识字，他多次征求村中长辈意见，最后把熊氏祠堂改为学校。为了让谢地村村民出行方便，他带领大伙用锄头、铁锹，硬是修出了一条通往黄潭区的土路。他的点滴行动，得到了村民的拥护和称赞，他也因此获得了区政府的表扬。

1952 年 2 月，黄潭区政府一纸公函，使他离开了谢地村。当他来到区公署报到时，惊喜地获悉，昔日剿匪小分队队长谢书诚，如今是黄潭区政府党委书记，父亲能成为国家干部，谢队长是大恩人。

工作伊始，父亲被安排在区政府，任区委宣传干事。他领到了一本红色封面的供给证，月供给六万元，相当于现在人民币 6 元。他将这一喜讯告诉母亲，母亲万分欣喜，并语重心长地说："你要认真工作，跟着你谢大哥好好干，多为咱老百姓做好事。"

他牢记母亲教诲，在区委会工作勤勤恳恳，虚心向老同志学习，不断在实践中磨炼意志，积累经验。1953 年 1 月，政府实行工薪制，他属行政 23 级，月工资 23 元人民币。第一次领工资，他兴奋不已，利用工作之余，赶了 10 里山路，将工资全部交给母亲。母亲双手颤抖地接过儿子递给的月薪，笑脸上落下了珍珠般晶莹的泪滴。她忽然想起五年前，儿子捧回的 36 枚银圆，那时流泪是愤怒的，伤心的；而今流泪是喜悦的、幸福的。儿子能在新政府里走正道，做好事，领国家的俸禄，是母亲的心愿。

基层干部勤为民

1952年10月4日，参加工作才8个月的父亲，经区委书记谢书诚和另一个区党委委员介绍，19岁的他光荣地加入了中国共产党，而且是将乐县第一批到南平专区参加入党宣誓的新党员代表。面对鲜艳的党旗，他激动地举起右手，庄严地宣誓。入党后，他更加努力工作，处处以党员标准严格要求自己，各方面成绩都很出色。1954年1月，他由宣传干事提拔为区党委宣传委员，同年6月，经南平专区任命为将乐县黄潭区政府副区长。因我奶奶裹小脚没法下地耕种，家中又无劳力，组织上特殊照顾，父亲的工资上调至月薪42元，全区仅他享受与南下干部出身的区委书记谢书诚一样的工资待遇。

1955年春天，父亲负责黄潭区的征兵工作，当时来招兵的解放军某部赵团长非常喜欢他高挑的身材，英俊的形象，鼓励他报名参军。他自己也很想成为一名光荣的解放军战士，他领了一套合身的军装，跑到谢地村征求母亲的意见，看着穿上解放军军装更显威武的儿子，母亲同意他去保家卫国。他高兴地告诉带兵的赵团长："我一定报名参军。"团长说："到了部队，你就是一名战士，不能享受地方副科级干部待遇，但可以争取上军校。"父亲16岁那年给剿匪小分队当向导带路时就想当兵了，如今机会来了，决不能失去。他在做好区政府征兵工作的同时，将自己想入伍的心愿向区领导汇报。当时正赶上县委组织部部长赵顶良来黄潭区调研工作，区党委书记谢书诚便将副区长熊肇诚要应征入伍的事请示赵部长，赵部长听后严肃地说："好不容易培养的年轻干部，不能让他走。保家卫国是好事，但可以让区里其他青年去参军，肇诚是最年轻的副区长，正是基层工作的主力，他若执意要去，开除他党籍！"

赵部长也许是爱才好士，所以措辞严厉。解放不久的将乐山区，干部队伍人才不足，尤其本地年轻干部更是稀缺。知道组织上不同意他离开工作岗位报名参军，父亲只好依依不舍地告别赵团长，他不能因此丢了党籍呀！共产党员就要像螺丝钉一样，组织上将你放在哪儿，你就必须在哪儿发光发热。

1956年6月，他担任黄潭、万全两个乡镇组成的将乐县第四区区委副书记，工作担子更重了，但他也更加努力做好第四区的分管工作，工资也增加到月薪53元人民币，他无比感恩组织的信任与关怀。

隔年初秋的一天，黄潭河对面的一座山头，忽然浓烟滚滚，不一会儿工夫，只见秋风吹着火势向周围的群山蔓延。救火令下，区政府紧急集合人马，由时任区委副书记的父亲带队，向着火的山林奔去。

闽西北重峦叠嶂，森林、竹林一片连着一片，眼看即将被火海吞噬，救火队员们手拿灭火棍、长链刀，有的用树枝、棍棒扑灭迎风吹来的火苗，有的用镰刀、锄头断开火路。那浓烟、烈火仍旧一浪高过一浪，大火从黄昏烧到第二天清晨，救火队员换了一拨又一拨，只有带队的父亲不肯换班，坚持到火苗全部被扑灭。十几个小时穿梭在火海里，他整个人就像从煤窑里钻出来似的，全身黑乎乎的，衣裤也烂兮兮的。他累得歪坐在一条水沟旁，使劲用清凉的山泉水冲洗火辣辣的眼睛，可越洗越觉得眼睛难受，左眼几乎模糊。当大伙将他扶到黄潭保健院时，医生说他左眼已被严重灼伤，需马上到大医院治疗，否则有可能会失明。但他只让医生用眼药水简单处理一下，又继续工作。直到半年后一次去南平专区开会，他才顺便去专区医院检查越来越模糊的视力，眼科医生看他红肿不断流泪的左眼，马上诊断为左眼底坏死，无法治疗康复。当知道他是因6个月前的一次森林救火，被大火、浓烟熏坏的眼睛时，医生无比感动，并深表遗憾！年轻的父亲从此左眼失明，但他没有抱怨，仍然保持乐观的心态，积极向上的工作热情，出色完成各项工作任务。

1957年10月，经县委组织部批准，他与我的母亲，时任将乐县人民广播站播音员的伍顺娘结婚。母亲少父亲五岁，不仅是城关姑娘，还是初中毕业生，且长相娇俏秀美，性格活泼可爱，衣着时尚，是那个时代少有的知识型女性。他们的婚礼在黄潭区政府举办，除了两床新娘家陪嫁的红缎绿绸新婚棉被，其他如床铺、桌椅，都是借来的公产。新郎官只花了几元钱，买些糖果、花生、瓜子，请食堂添了几道荤菜，向老乡买了两坛糯米酒，请区政府的领导、同事共进晚餐，婚礼简朴，但很热闹。证婚人是区委书记谢书诚，他高兴地说："八年前我认识今天的新郎熊肇诚时，他还是个十六岁的山里娃，他自告奋勇给我们剿匪小分队带路，在深山老林里和我们解放军战士一起摸爬滚打。那次锻炼，对他后来成长为谢地村民兵队长、农会主席、村长，都有很大帮助；为他迈进革命队伍，一步步走向领导岗位，奠定了良好基础。新娘子有文化，还是红军交通员的女儿，又是县人民广播站播音员，一对根正苗红的佳偶，让我们举杯为他们祝福。"

婚后不久，他下派到由吴村、洋柏、元里、上峰、祖教5个自然村的近3000人口组成的大乡担任党总支书记。自1952年农村成立互助组，1954年成立初级社、农村合作社，1956年成立高级社，1958年成立人民公社，农村施行集体同工同酬的分红制，农民日子有了令人喜悦的改善。解放初期的扫盲运动，在全国掀起了一个高潮，目不识丁的男女老少，通过进扫盲班学习，掌握了认字书写的本领，获得了文化。而作为乡党总支书记的熊肇诚，他响应号召，带领五个自然村的乡亲们学文化，仅祖教村扫盲任务就完成了98%，成为全区的典范。他也因此在同年10月，代表将乐县出席在省城福州召开的"福建省扫盲干部积极分子代表大会"。1959年"大跃进"时期，农民出身的他，深知拔苗助长的害处，他反对将已出穗的稻谷移种在一起，并美其名曰"移苗并区"的做法；反对弃山垅田，少种高产作物的试验；反对多征购余粮的做法。当时，农民每人只允许留下 30 斤稻谷口粮，如此少的口粮中，还必须再拿出 5 斤稻谷以充公粮。他对这种政策不理解，为了 5 个自然村的百姓能保证口粮，他抵制多交 5 斤口粮的做法，因此，他受到了严厉的批评。

1961 年，黄潭人民公社按区域划分为黄潭公社和万全公社，他被调到万全公社担任党委副书记，主管农业。农民出身的他，对农业生产有一定的常识和经验，他甩开臂膀，带领社员群众，忙碌在田间地头，播种春天的希望，收获秋日的喜悦。由于工作成绩出色，1963 年 3 月，他被将乐县委组织部任命为万全公社社长，享受正科级待遇和行政 21 级工资待遇，月薪 59 元人民币。

在担任公社社长初期，父亲就受到了审查批评。他被打倒批斗，可父亲并不记仇，20 世纪 80 年代初，组织上有过问他有关"文革"时期万全公社造反派当年整他的情况，并征求他该如何定案的意见时，他含笑着说："当时是形势所趋，他俩都只是小学文化水平，农家子弟，还年轻不懂事，权当是他们成长中的一次教训吧！给他们一个好好工作的机会，不追究他俩的政治问题。"

若干年后，吴玉根成了将乐县卓有成效的民营企业家，他将闽西北将乐的木头根雕工艺送出国门，为家乡挣得了许多外汇。如今身居异地的他，只要有回故乡将乐，都会去看望老领导熊肇诚，这也是父亲宽宏大量换来的美好结局。

淡泊名利公仆心

1968 年 8 月，父亲成为将乐县第一批获得解放的走资派。刚摘掉被管治的帽子，他就下派到黄潭、万全两公社的行政村当宣传队队长，他又像昔日一样，走村串户为老百姓办事。1969 年 12 月，他被县委抽调到"黄万公路指挥部"担任副总指挥。将乐县委决定修通黄潭公社至万全公社的公路，只有打通了公路，黄潭、万全两个公社几千户农民，才能走出大山，才能将本地的木材、毛竹、笋干、菌菇等运送出去，才能过上好日子。他信心满满地以极高的工作热情，投身在带领民工、测绘路段、劈山架桥的工作中。

南下干部出身的将乐县县委副书记马三县，为人耿直、豪爽，做事雷厉风行，他担任黄万公路指挥部总指挥。知道自己将成为老领导的助手，父亲倍感荣幸，心情特别愉快，工作干劲更高。马三县总指挥和谢书诚队长都是山西老乡，是解放战争时的战友，他们曾是共同打过长江的南下干部，北方汉子骨子里那种刚正不阿、心直口快的性格，令人佩服。

修公路需要很多钱，可将乐县财政资金困难，只拨款20万元人民币，离10公里公路的造价差距太大。为了解决修路经费问题，时任县委书记的李怀生同志急中生智，请马三县总指挥带领两个副总指挥，奔赴省城福州找有关部门求助。在住榕长达四个月的找款时间里，他们三人各显神通，找战友、找老领导，年轻的父亲则利用每天提早到省政府某办公室烧开水、打扫室内外卫生的机会以博得好感，他终于见到了思念已久的老领导谢书诚。

功夫不负有心人。将乐县黄万公路指挥部，终于得到了福建省交通厅、省公路局、省委办公厅三个上级部门的大力支持，拿到了每公里4.5万元人民币的经费，为将乐县修好万全公社至黄潭公社10公里双车道标准公路、黄潭公社至南口公社13公里标准公路以及南口、里州两座公路桥找到了专款，做到全程造价款项不拖欠，而且还有余款上交县政府。整整三年的修路造桥，父亲吃住在工地，很少与家人团聚。1972年10月，公路全程正式通车，为将乐县城直达南口、黄潭、万全开通一路绿灯，彻底解决了三万余村民进城或各乡间的交通问题。

在三年的修筑公路中，黄万公路指挥部顺利完成了工作任务。父亲也因工作积极主动，办事认真扎实，成绩显著而得到了将乐县县委的表彰，同时被调任将乐县手工业联社主任职务，结束了在农村基层长达 20 年的工作经历，终于能调回城关照顾家庭，与妻儿团圆。

在担任将乐县手工业联社主任期间，父亲配合县委做好县自来水厂扩建的协调工作，为解决县城居民的用水问题及城郊片区的农田灌溉问题做出了积极的努力。他与手工业联社的职工一道，利用下班时间到工地帮忙挑沙石、挖土方，和机关干部并肩参加集体义务劳动，从不搞特殊。

1973 年，全国统一调整在职人员工资，父亲工资待遇调至行政 20 级，月薪 63 元人民币。为此，他工作热情更高，带领干部、职工以积极向上的工作态度，完成好各项工作任务。1975 年，父亲担任将乐县手管局局长，分管的单位与人员更多了。手工业系统门类繁多，有工艺美术雕刻社、缝纫社、木器社、油漆社、铁器社、棕棉社，更有乡镇 5 个纸业社，分别在龙栖山、里山、外山、大源、高塘，还有木源下村的木炭厂，林林总总，遍布在城乡各个角落。要管理这么杂的一个大局，确实要费神费心。他基本上天亮起床就下乡，一直忙到掌灯时分才回家。因为要熟悉业务，了解部门，指导工作，他经常早出晚归，饮食没规律，落下了胃溃疡病，常常疼痛难忍，甚至胃出血。只好于 1977 年 5 月，在部队医院做了胃切除手术，只剩下小小的胃管。康复后的父亲，又忘我地工作着。

1974 年 6 月，母亲用布票托人买了几尺白色和灰色的确良布料，自己裁缝，为父亲赶制了一套夏装，让他能体面地出席一个在南京召开的轻工业会议。在参观南京中山表厂时，与会代表每人享受三张按出厂价销售的优惠券，父亲花了 90 元，带回三块中山表，一块送给即将上山下乡的我，一块送给当生产队大队长的叔叔，一块让母亲保存留念。1975 年夏，父亲有幸随三明地区代表团赴山西省昔阳县大寨大队参观学习，受到时任大寨大队党支部书记郭凤莲女士的热情接待。

1978 年 12 月，父亲调任将乐县城关镇镇长，他又是以忘我的工作精神，下街道了解辖区居民的具体困难和呼声，将城关卫生院扩展改组为县城关中心医院，扩建门诊部，增加病房病床，解决周边居民群众看病难的实际问题。新建将乐县针织厂，引进先进技术设备，生产各种市场畅销的针织品，保质保量让产品远销欧洲，为县里赢得了外汇。此外，他还充实城关建筑队的技术力量，抓质量、抓安全，保证每处建筑工程合格竣工。进厂矿，对乌矿的安全开采、石灰厂安全生产严格把关，做好督导、巡查工作，施行矿长、厂长责任制，保质保量完成县里下达的指标任务。

直到今天，还常有人在夸熊镇长的工作魄力、亲民魅力、办事能力。称赞他担任镇长的几个年头里，为城关百姓办实事、办好事，解决了许多实实在在的问题，给大伙留下了良好的公仆形象。

良好家风须传承

父母共养育5个子女，我是长女，下有两个弟弟两个妹妹。我们虽出身于干部家庭，但父母从不娇宠，而且严苛教育。暑期假日，父亲让我和弟弟妹妹常回老家谢地村，与农家子弟一同上山砍柴，下地干农活，拾稻穗、割猪草。平时常教育我们要为人正直、善良，要艰苦朴素，勤俭节约，不许浪费粮食，旧衣服缝补、洗净后继续穿。在奶奶、姨婆、母亲的教导下，我们学习扫地、洗碗、洗衣、煮饭、缝缝补补的技能。父母鼓励说，做家务是孩子的必修课，我们兄弟姐妹都十分听话，也常常得到父亲的赞许与奖励。

父母总是早出晚归忙于工作，家里只得请年逾花甲的奶奶、姨婆相继前来帮忙照顾料理。我刚读小学时，奶奶就教我扫地做家务，她说："扫地要从里往外把屋角四周清扫干净。""洗碗要用淘米水，丝瓜瓤刷洗锅碗瓢盆，干净似镜子。"我就是听着这样的话，慢慢养成爱整洁的习惯。

小学快毕业时，因奶奶回乡下叔叔家帮忙，所以只好请城里的姨婆来家接班。母亲让我清晨跟着姨婆一块起床，学习生火煮早餐。闽西北山区用的是大锅灶，燃料是木柴，首先要用老松根做火引，其次添入少许干松枝，等火焰"噼啪噼啪"旺了后，才能把干柴送进灶膛里燃烧，大铁锅水沸腾了才下米煮饭。这粗细活，我学了很久才会做。母亲和姨婆还教我洗衣服时，先刷衣领衣袖，后刷裤管的双膝和裤角边，还说："衣服颜色浅，裤子颜色重，清洗时要先洗浅色后洗重色的衣物。"

当时，我家还算殷实，家里有台飞人牌缝纫机，母亲视若珍宝地将它摆放在她和父亲卧室的窗台下，常见下班回来的母亲坐在缝纫机前，"嘀嗒嘀嗒"给家人缝缝补补，或是缝制过年过节的新衣服。母亲的手艺很精巧，一块花布、蓝布，经她用尺子、剪刀、画粉，左右丈量、裁剪，再用双脚踩着缝纫机踏板上下活动后，用不了多久时间，就像变魔术一样变成合身的衣衫或长短合适的裤子。有时她会叫我在旁边看，再教我一些使用缝纫机的基本方法。通过言传身教和实际操作，我学着裁剪边角布料缝制成假衣领，在那个计划经济使用布票的年代，假衣领是省布省工、美观实用的时尚品。当时我曾利用课余时间，帮很多女同学缝制过五颜六色的假衣领，深得闺蜜们喜欢。若干年后，母亲在我成家时，送了一台上海牌缝纫机做陪嫁，它跟随我从故乡到闽西再到闽南，快四十年了，至今我仍在使用它。半个世纪过去了，奶奶、姨婆、母亲的教诲，让我终身受益。

我上初中时，大弟弟才上小学四年级，父亲鼓励我们姐弟俩参与劳动，锻炼意志。我们毫不犹豫地答应下来，并完成家里拾柴草的任务。寒暑假我们便和邻居同龄人，早饭后结伴，自备柴刀、扁担、麻绳上山砍柴。我们要步行五六里路，从城关到郊外的徐厝墩、肖公洞、新路口等山坳里，去捡拾我们需要的枯树枝。郁郁葱葱的森林中，总有不少干枯的枝枝丫丫，我们就用柴刀将其砍断成两尺长短，再用麻绳扎成捆状，最后用竹扁担两头一穿，然后一路摇摇晃晃地挑回家。肩上虽然有点微压,但大伙结伴而行,一路欢声笑语,十分快活。大伙带着干粮就着山泉水,开心地咀嚼,有时还采摘些山果吃,那说不出名字的野果味,至今还让我嘴馋。

漫长的暑假里,我们姐弟俩一半时间上山拾柴草,一半时间下地拾稻穗、黄豆、绿豆、花生和地瓜。当时是人民公社、大队、生产队的集体农耕时代,将乐城关北门的新华大队,西门的胜利大队,以种植水稻、花生、地瓜、豆类为主。东门的解放大队,因有不少莆田移民擅长种植蔬菜,故解放大队专门种菜,以保证当地部队、工矿企业以及居民的蔬菜供给,群众习惯称其为蔬菜大队。因此,我们这些学生娃,假期里有广阔无垠的原野,供我们玩耍、拾遗,快乐无限。

高一年暑假,父母送我姐弟到乡下姑妈家元里村,说是让我们提前体验知青生活。在那山环水抱的小山村里,我们跟着表哥表姐参加生产队的双抢劳动,接触了在那里插队的十几个外地知青。印象最深的是上海知青蔡丽娜,她住在村部楼上的木屋里,房间很整洁,桌上玻璃瓶里插着一束野花,床头简易书架上摆放着很多书籍,我第一次读到《红楼梦》就是在她那芸香四溢的小屋里。在元里村,我还认识了福州知青袁航、袁翔姐妹俩,她们教我学织毛线袜。刚上初中的弟弟,跟几个男知青混得很熟,应该是那娓娓动听的水泊梁山好汉故事吸引了他。几十天的日出而作、日落而息的乡村生活,确实为我和弟弟日后插队落户当知青奠定了坚实的基础。现在想来,正是父母的"战略部署",让我和弟弟能不惧艰苦农活,乐于上山下乡,以至于我1978年7月在知青点光荣入党,弟弟曾当选为知青代表光荣出席县里的三级骨干大会。

又是一个假期,父亲让我和同学雅兰到她父母工作的养路道班做季节工。雅兰的父亲是道班班长,母亲是炊事员。我们早上6点起床,7点出工,10点左右收工。午休后,大伙喝点绿豆汤,4点以后再出去劳作。夏天骄阳似火,把公路晒得发烫，要顶着火辣辣的烈日在烫脚的路上铺沙子、碎石，用锄头清理公路两旁的排水沟，真是件磨炼意志的活。对于还是在校生的我和雅兰，这高温下的作业，确实辛苦异常。但我知道孔头道班辖区的这段公路，是昔日父亲任副总指挥时修建的路段。我突然想：父亲造路，女儿养路，这是多么光荣的事呀！因此，我干劲倍增，尽管汗流浃背，脸上却挂着笑容。

我和大弟高中毕业后，跟随时代潮流，以17岁人生最青涩的年龄，先后奔赴农村插队落户，我在万全公社常口大队，他在黄潭公社元坪大队，都是父亲年轻时工作过的地方。我们离开家后，还是小学生的大妹，便主动承担起洗衣、煮饭的家务活，成了母亲的好帮手。至今她烧得一手好菜，小家庭收拾得干净整洁，是与她从小的历练分不开的。

小妹与我同一属相，且同月同日出生，只是年龄少我一轮。她与小弟相差两岁，记得那时我是初中生，每天早上去学校前，必须手端两搪瓷杯煮好的鲜牛奶，分别送到程厝小妹的保姆家和熊厝小弟的保姆家，幸好这两座大宅院都是坐落在前往将乐一中的路上。他俩在保姆家住了很长时间，曾听母亲说她一个月36元的工资，正好支付小妹小弟的保姆费。如今，刚领退休金的小妹，开起了一家街头奶茶馆，生意不错，来客都是穿校服的少男少女。小弟还在职场起早贪黑，追求他的新世纪梦想。

父母让子女从小学会勤俭节约，吃苦耐劳，传承良好家风，使我们真正步入社会后，能不怕艰苦，勤劳朴实，与人友善，助人为乐，为自己立足社会诚实做人、做事，奠定了良好的基础。

儿孙绕膝夕阳红

年近九旬的父母，已退休近三十年，他们有一份自足的退休金。5个子女都有一个和美幸福的家庭，内外孙7个，其中5个大学毕业后，都工作在行政机关和企事业单位。2021

年仲夏，他们最小的孙儿和孙女也已双双考上心仪的大学，乐得两位老人从自己节俭的积蓄中，拿出一笔钱，分别送每人3.2万元助学金，表示祝贺！已是曾祖父曾祖母的他们，有6个活泼可爱的重孙，这群小天使是曾祖父母的骄傲。

望着客厅镜框里28人的全家福照片，父母总是一脸欣慰的笑容。如今，他们和长子、次子、次女共同居住在一幢五层的楼房里，看似楼上楼下自立门户，但大家能互相照顾，尤其是年迈的双亲，需要的不只是子女生活上的照顾，更多的是儿孙绕膝的亲情。

二十余年前，颇有远见的父母，让愿意出资的儿女，集资在外祖父母留下的、地址在将乐城关新华街石桥巷口的老宅基地上，建起了占地面积约150平方米的五层高楼房，公共楼梯出入，楼下4间店面，楼上4层套房。父母择3楼套房居住，儿女分别在楼上楼下。真是小家庭，大家族，和睦相处，幸福安宁。

父亲退休后，生活很有规律。他早睡早起，饮食清淡，坚持每天锻炼身体。早在1978年秋，父亲在福州金鸡山疗养院疗养时，学会了一套太极拳，至今已娴熟地锻炼了整整43年。他早上五点醒来，先坐在床上舒展臂膀，接着用双掌十指从眉、目、鼻、口、耳由上至下按摩，再按摩头部、脸部和双臂、双腿及指间关节，大约半小时后，才下床步出卧室到客厅饮一杯温开水，休息片刻，便随着轻音乐和母亲一起打太极拳、舞太极剑，一张一弛缓慢柔美，是家中清晨的一道风景。

听新闻、阅书报，是他们早饭后的必修课，两位八十多岁的老人，不用配戴眼镜能看清书报中的文字，母亲还能穿针引线，使用缝纫机缝缝补补，真是奇迹。

父亲买菜煮饭，收拾屋子，洗衣叠被，样样自理，母亲和儿孙们争着帮忙，他还倔强逞能，从不服老。他们共同完成家务，温馨又从容。

晌午时分，他们携手散步到城东的上河洲市民公园，在古镛休闲亭，与一群相约而至的离退休干部，倚坐长廊，欣赏金溪两岸的自然风光，畅谈将乐城乡往事与未来，时有聚餐，乐在其中。他们珍惜晚年的幸福生活，还像过去一样关心着国家大事和风云变幻的国际形势。

他们是新中国最初的建设者，是社会主义制度的践行者。只有祖国强盛，人民幸福，才是他们这批老干部的初心和理想。

父母喜欢旅游，十年前曾走出国门，到泰国、马来西亚、新加坡领略异国风情，到香港、澳门观赏回归新景。还游览了千岛湖、滕王阁、洞庭湖，登上普陀山、井冈山，瞻仰韶山冲、南湖船，北京、上海、南京、广州也都留下他们的身影和足迹。每到一处，他们都会选购些纪念品，带回送给子女、亲友分享。如今年纪大了，更多的是在附近参加一日游，或走访老友。

父亲的另一个嗜好就是了解新闻，《福建老年报》每期必看，家里的电视机就如同一台新闻播报器，每天晚上先看《新闻联播》，而后接着看《福建新闻》《三明新闻》《将乐新闻》，直至睡意渐浓之后闭目养神，伴随着节目中的音乐慢慢进入梦乡，有时忘了关机，倒为老人起夜方便了照明。

他和母亲平日节俭过人，而每当家乡兴建校舍、铺路架桥，修缮庙宇，或是外地水灾、旱情、地震、疫情，他们都会奉献爱心，捐钱捐物，慷慨解囊，乐施善举。

都说往事如烟，渐行渐远，而父亲的故事留在儿女的记忆里还是如此清晰！

探亲陪护的时间有限，看着父亲已能让人搀扶着下床步行，我暂别父亲，只好将日后的相见托付给手机银屏。

不久，得知父亲出院回家，在母亲和弟弟、弟媳，妹妹、妹夫的悉心照护下，日渐康复。日前，母亲用手机与我视频，让我看到父亲已渐渐放下拐杖，可以慢慢步行出入卧室、客厅、餐厅、厨房。仅仅4个月，坚强的老父亲，就战胜了摔伤骨裂的病痛，勇敢地站起来，迈开步，真是奇迹呀！这不由让我想起一首熟悉的老歌："革命人永远是年轻，他好比大松树冬夏常青……"

初 为 人 师

1975 年夏，我随"上山下乡"的洪流，去到了闽西北山区一个偏僻小村庄插队落户，生产队安排我在村小学校担任民办教师。那第一次走上讲台，给乡村娃娃讲课的情景，至今记忆犹新。

记得那天我起得特别早，把本来已熟悉的课程反复看了几遍，这时天才蒙蒙亮。早饭后，就更坐立不安了，那种急切而又紧张的心情，恰似要上前线的战士。当我徘徊在校门口时，忽听轻轻一声："老师，今早是您教我们吧！"这第一声"老师"既亲切又震撼，我侧转身子，一个 12 岁左右的小姑娘，正闪着那对水灵灵的眼睛，期待着我的回答。我下意识地掖了掖挟在腋下的教案，对着那双漂亮的眸子说道："你叫什么名字，哪个年级的？""五年级的，我叫杨玉娘。"是的，今早我第一节课就是五年级数学。

这时，清脆的哨声响起，只见一群群儿童背着书包，挟着课本从四面八方涌向学校，我也连忙拉着小玉娘的手向教室奔去。

校长已等在门口，他个子不高，40 岁出头，一看就知道是个干练、严厉的师长。见我到来，忙把我让进教室，我用微笑与同学们示意，还没等校长开口介绍我这位新教师，教室内突然爆发出一阵爆竹般的掌声。面对这热烈的欢迎情景，我惊喜得不知所措，拿着教案的手在颤抖着，站在讲台前的校长笑了，我也激动地笑了。忽见台下举起了一只小手，啊，是玉娘，我忙问："有事吗？"小姑娘站了起来，看了看四周的同学，又看了下我身旁的校长，然后壮着胆子说："老师，这节课上音乐课好吗？我听过您唱歌，真好听。"少顷，她又看了下校长，尔后轻轻地说，"我们很久，很久没学唱歌了。"片刻的安静后，全班沸腾了，大家纷纷赞同，校长和我都被这意想不到的场面弄傻眼了。

听见"唱歌"两字，隔壁班的小脑袋也探了进来，他们也嚷开了，就像旱田需要雨露，纯真的孩童需要歌声。他们虽处穷乡僻壤，也爱唱歌，校长终于破例同意了。

这时，我想起孩提时，妈妈教我的《小燕子》那首歌。我要把这优美的歌曲，作为我第一次走上讲台，献给孩子们的礼物。愿这群山村的学生娃，像美丽的小燕子那样聪明、伶俐，对生活充满着美好的向往。看着孩子们阳光的笑脸和那渴望音乐的神情，我欣喜地把歌词工整地抄在黑板上，然后，一句一句地教唱，一遍、二遍、三遍……

瞬间，"小燕子，穿花衣，年年春天来这里，我问燕子你为啥来？燕子说，这里的春天最美丽"的歌声冲出教室，响彻校园，回荡在小小的村庄里。

这事虽过去了三十几个春秋，当年的学生如今有的是校长、军官、企业家，杨玉娘也已是一个销售行业的白领，他们像一群羽毛丰满的燕子，展翅飞翔在各行各业的领空。然而，初为人师的那一幕，仍像是发生在昨天的故事，时时萦绕在我的脑际，无法抹去。

闺　蜜

　　人的一生中，有许多共同成长的伙伴，男孩称其为发小，女孩则唤之为闺蜜。年逾花甲的我，回眸一路走来与我并肩前行的闺中伙伴，真有不少。她们那可爱的笑脸，熟悉的声音，是我童年、少年乃至今日生活中，最优美的一首诗，最悦耳的一支歌……

　　彩銮与我同龄，是闽西北将乐故乡的一个邻居。她奶奶是我外婆的闺蜜，我称她金兰姨婆，她裹着一双三寸金莲小脚，一头白发梳理得纹丝不乱，拢在后脑勺绾成一个髻，再用银簪穿一串盛开的茉莉花，斜插在发髻间。虽然她满口牙齿都已下岗，讲话漏风，字句不清，但周身穿戴干净整洁，暮年生活依旧精致。她人还没走近，就能闻到一股舒心的茉莉花香。记得当时我才上幼儿园，每天放学后，就直奔彩銮家玩。她家与我家只隔几幢老屋，而且都是有前厅、大天井，大厅、后厅、小天井，左右有很多个房间的宅院。我和彩銮、秋华、秋萍、秋琴、银招、小梅等几个同龄小姐妹，总爱在一起玩捉迷藏、躲猫猫游戏，一窝蜂七八个房间乱窜，最喜欢躲在金兰姨婆的老式大床蚊帐旁、屏风后，因为那里光线暗，不容易找到。看见我们跑进她屋里，金兰姨婆很高兴，有时她还会悄悄抓一把瓜子或炒黄豆给我们吃，在当时，那可是美食。

　　随着升小学、初中、高中渐渐长大，我虽从未和彩銮同班读书，但却是同届同学。她每天上学都要路过我家，两人便在门口结伴同行。寒暑假也会邀上秋华、秋琴等几个小伙伴上山砍柴或下地拾兔草之类。高中毕业后，我插队到离城关很远的万全公社当知青，她则在城关公社新华大队当回乡知青，因她家是农业户口。不久听说她和本队的一个程姓小伙恋爱结婚，巧的是，她丈夫是我小妹奶妈的儿子，那奶妈没有女儿，小妹断奶回家前，奶妈央求我母亲让小妹当她的干女儿，彩銮也就成了我小妹的大嫂。

1978 年秋，我从知青点入伍到部队，之后又随战友夫君回到他的闽南故乡，几十年工作、生活在外，但只要有回将乐娘家，我总会去看她，与她叙叙旧。彩銮有个优秀的儿子，名校毕业后曾一度在京城的外企当高管，前些年则带着妻儿回到家乡福建，在厦门的一家国企担任中层领导，如今已把彩銮夫妇接到特区，共享天伦。

爱姬是我小学、初中、高中同班同学，还是一个公社的插友。她年长我一岁，但我俩生日都是农历十月十六日。其父是闽东福清人，母亲是将乐白莲人，家住城郊。记得上小学时，她就自带饭盒，午餐在学校食堂完成。我家离就读的实验小学很近，只一条不足百米的巷子距离，有时就邀请她到我家配菜下饭，因学校伙房只提供师生蒸饭，没有卖菜。

中学时，她父亲调到水南石灰厂工作，家离学校更远了。她家的职工宿舍坐落在金溪河畔，依山傍水，风景很美，爱姬多次邀请同学去玩。春天里的一个星期天，我和淑丽、小华、晓兰、雅玲、文建、明辉等同学，相约从城关的东西南北汇集在三华桥头，然后集体步行走在雄伟壮观的三华大桥上，跨过碧波荡漾的金溪，一路欢声笑语，历经半个多钟头，才抵达爱姬家。她父母善良纯朴，从自家菜地里现采摘新鲜蔬菜、瓜果，双双下厨做出一桌丰盛的美食，招待我们这群学生娃，那份真诚的热情，至今记忆犹新。

高中最后一个学期，将乐一中 75 届分成读写专业、数学专业、医学专业、机电专业、农基专业 5 个班级，我和爱姬、淑丽、苏琴、雪萍、金珠等好友，都选择了读写班。蔡廷洪老师是班主任，伍建华是班长、苏琴是团支书，全班 34 个同学。蔡老师虽是福州人，但普通话标准，板书好，我喜欢听他的课。

他教我们语基、语法、修辞和写作，又教我们古文、诗词、散文朗读，还有公文、函件的拟写，林林总总的文学基础知识。学校还聘请电影院美工孙老师，来教我们美术字书写、素描的入门，记得当时我的一幅草原英雄小姐妹《龙梅和玉荣》的水彩画，博得孙老师在课堂上表扬，最终留在学校当纪念品。春季开学，夏季毕业，头尾四个月时间，我们在读写班学到了很多知识，也为我日后兴趣写作，爱好散文，奠定了良好基础。

1975 年 6 月 30 日，我们从各自喜欢的专业班级领到了高中毕业证书，还领到了一本红色封面的上山下乡知青证书。怀揣着这两个红本本，我们告别了华山脚下的将乐一中校园，背上行囊，带着锄头簸箕、镰刀箩筐，离开古镛城，随着一辆辆奔赴农村的卡车，去到了各自的知青点。读写班有 6 位同学前往万全公社插队，其中志诚、金珠和我在常口大队，而爱姬、金妹、建萍同学则在更远的洋源大队，两个大队之间相距 20 公里。

不久，因公社成立"毛泽东思想文艺宣传队"，我们这些知青义不容辞被选拔入队，读写班的六君子又聚集在一起唱歌、跳舞、演样板戏。记得一个寒冬腊月，宣传队的演员近 20 人，接任务去高坪大队演出。那天，气候阴冷，山路两旁的松林枝头挂满冰霜，一串串松针仿佛镶嵌在玻璃间，晶莹剔透，银光闪闪。我们每个人虽身穿雨衣，但头发、眉毛，都被轻轻飘落的小雪花染湿泛白。尤其是那一根根从路旁树杈间窜出的冰凌水柱，干净利落、冰清玉洁，若不小心碰着，脸上手上定会被划出血痕。知青队员中，有来自福州省城，也有来自上海、杭州，还有南平、三明，更多的是将乐小城，大家都没有见过冰天雪地的美景，因此，欢呼声、惊叫声在演出队员中此起彼伏，带队的公社干部笑我们是一群喜鹊，一路"叽叽喳喳"翻山越岭来到了高坪村。夜幕降临时，大队部的礼堂里座无虚席，舞台上方有两盏气灯，两束灯光照耀得满室犹如白昼。第一个走上舞台亮相的是我这个报幕员，随着我"今晚汇报演出现在开始"

话音一落，锣鼓响起，二胡、笛子曲艺悠扬，手风琴声送出腰扎红绸缎带的四男四女，他们跳起欢快的秧歌开场舞。顿时，台上台下沉浸在一片和谐、欢乐、美好的气氛中……

插队三年半，我们经历过耕地、锄草、育苗、拔秧、翻田、割稻、晒谷、送粮，稚嫩的双手曾留下过茧痕，庆幸的是劳作让我们学会了坚韧与自强，艰苦使我们收获了努力与创造。我们从知青点走上了光荣的工作岗位，爱姬在三明纺织厂成了一名纺纱女工。1982 年春天，她与同乡小彭结婚，我专程从闽西连城赶回，与淑丽一起做她的新婚伴娘。如今她已是两个外孙的姥姥，老彭和她开心地甘当女儿女婿的管家，安享儿孙绕膝的幸福生活。每当我重返故乡，第一个电话总是打给爱姬，向她报告我的归期。我喜欢她的淳朴与热情，欣赏她的厨艺与环境，这半个世纪的友情真甜蜜！

美清是我刚踏进初中的同班同学，她温文尔雅，圆嫩的鹅蛋形脸上，五官清秀，两条乌黑的麻花辫齐肩而垂，个儿适中，亭亭玉立。她讲话含笑，语气沉稳，我俩初遇就一见如故。与她相识五十余年，我们的友谊恰似一壶老酒，越品越醇，越久越珍贵。

我俩是地道的将乐客家人，两人父亲均来自农村，都是新中国成立之初的土改干部。两位母亲一个是初中毕业生，一个是护校毕业生，这可是 20 世纪 50 年代初少之又少的知识女性。也许缘于都是干部家庭出身，所以我俩情趣相投、爱好一致，只是性格她内敛、我外向，这样反而让我们彼此不产生矛盾，相处和谐。

学生时代，我们是同窗似姐妹，两家父母都视彼此如自己孩子。五十多年了，我们各自想法、见解，仿佛心有灵犀一点通。哪怕后来我们一南一北，工作生活相隔数百里，但只要一见面，就有说不完的千言万语。记得十几年前一次她来闽南出差，专门拐道来云城看我，县领导知道后，给她安排在县委招待所的单人套间，她让司机去住，自己则留宿我家，请我先生卷铺盖到四楼客房，她与我在三楼主卧大床上，一夜长聊到天亮。我们平时不常联系，但有事需要对方帮忙时，一个电话就够了。这也许就是人们传唱的"心中的那个知己吧"！

几十年了，我对美清唯有一件歉疚事，时常萦绕脑际总挥之不去。那是 1980 年金秋，我到连城机场工作刚两年，美清也早已离开知青点，她最初招干在大源公社妇联，又调到将乐县委组织部，后借调三明市委组织部。我们常有书信往来互相牵挂，谈人生谈理想。我多次邀请她找空闲到闽西军营看机场、看冠豸山，她总说好，但没有给我来玩的具体时间，我天天翘首期盼。一天父母来信告知奶奶生病，正好是国庆节放假，我便向车间领导请假匆匆赶回将乐老家。谁知那天上午我才离开连城汽车站，下午美清就风尘仆仆抵达连城，兴许我俩早已在清流县或明溪县的路途中擦肩而过，可彼此根本不知道。

我总想那天美清初次到连城，车站出口处看不到我去接她的身影，心中那份焦虑，真是难以言喻，又饥又渴人生地不熟。其实我压根就不知道她那天会来，否则我绝对不会回家休假。连城机场坐落在距县城约 10 公里的文亨镇，因为是军事基地，所以不能言明具体地点。平时我们进城都是坐军用大卡车，哪怕是出差或探亲，也是搭乘炊事班进城买菜或拉军需品的车辆在汽车站路口下车。20 世纪 80 年代不似如今有手机随时联络，小县城当时也没有公交车。那天，真苦了美清不知如何徒步抵达航修厂军营，当得知我又不在厂里时，她是多么的失望呀！好在感谢同宿舍的战友锦波姐帮忙，她带美清去浴室洗漱、去食堂就餐，把我的床铺收拾好供美清就寝。锦波和我同宿舍，住对面床，我俩是特设车间电气组同一个师傅的师姐妹。她不仅聪慧长相标致，做事讲话都精干利索，且善于助人为乐。次日早饭后，锦波又带美清去找同车间的战友碧宗，他是我的将乐老乡，美清和碧宗曾在同一个知青点插队。

我在多封书信中，曾洋洋洒洒描绘连城的美景，目的是吸引美清来欣赏，没想到她真的从将乐来连城了，东道主和导游却是锦波和碧宗。三天休假结束我返回连城，锦波告知一切后，我飞也似的跑到车间办公室，果然看到美清那隽秀字迹的书信搁置在桌面上。若不是节日放假，我肯定可以及时收到美清来信，也肯定会准时到连城汽车站等候迎接她。人生总有许多偶然和巧遇，此事虽过去很久很久，也许美清早已淡忘，但我每每想起则倍感歉疚。

记得高中最后一个学期，美清选择农基班，班主任是吴大兴老师，他应该是农大的高才生，兴许是教学需要，总见他经常带领班上同学到将乐一中设在梅花井村的农业实验田现场上课。从春季播谷种育秧苗，到夏季收割水稻，农田里的插秧、锄禾、耙草、拔稗，他们都在校办农田体验过。有时还从学校的旱厕，捞大粪装在粪车里，身强体壮的男同学前面拉粪车，后面跟着欢声笑语的女同学，一路浩浩荡荡，向着离将乐一中5公里远的农村实验田缓缓而去。

高中毕业后，美清插队在她父亲所在单位的光明公社，我曾从常口知青点坐客车去她那玩了几天。当时，她已从生产队借调到公社中心小学任民办教师，校园环境很美，在那里她利用业余时间学会了拉手风琴，样板戏《智取威虎山》打虎上山前奏那段，她拉得特别棒！她还学会打乒乓球、羽毛球，尤其是乒乓球，她的球艺堪称精湛！多年后她走上领导岗位，还曾代表三明市委组织部、市人力资源和社会保障局，参加福建省委组织部、人力资源和社会保障厅系统组织开展的乒乓球赛事活动，曾荣获省组织部系统团体前三名和人社厅系统女子个人冠军。至今，她仍坚持每周到省体育中心，打半天乒乓球。用她的话说：一是锻炼身体，二是愉悦心情，三是认识新友。

刚上初中时，她家住北门外的龟山砖瓦厂，因她母亲曾阿姨是厂里的财务人员，当时我想护校毕业的曾阿姨为啥不在医院穿白大褂上班？白衣天使是多么崇高和神圣的职业呀！

干吗到荒郊野外的砖瓦厂工作，美清姐弟仨上学，每天来回四趟，要走多远的路呀！

砖瓦厂的职工宿舍环境不错，背靠青翠的华山，面朝碧绿的溪流，几幢平房排列整齐，一户一扇门的套房，里外两间屋子，前后两扇玻璃窗，三合土碾压的地板，这在当时算是新式建筑。第一次到她家的印象还很深，一进门看到的是靠墙的屋子中央，摆放着一张大床，罩着白色的蚊帐，床上一对枕头两床被子，折叠的方方正正；床的侧面有四个大木箱，散发出阵阵好闻的樟脑香，樟木箱是我们闽西北山区当时储存衣物最好的家什。靠门的窗下是一张两屉桌，桌面上有一个简易书架，夹着几本书籍和字典，旁边还有笔筒和墨水瓶，最醒目的是那架黑色老式珠算盘，这应该是曾阿姨的办公桌。与大床相对的墙面下，是一张直径八十厘米的圆桌，四把三角形的椅子，来客了可当座椅，平时都插入圆桌的四只桌脚内，这是一种组合式双圆桌家具，当时很流行。只见罩有白色桌巾的圆桌上，摆着一个搪瓷托盘，里面有一个茶壶和四个玻璃杯。这入门第一间屋子是美清父母的卧室兼客厅。往里一间屋子，光线较暗，依墙摆着两张双人床，床的正前方墙面下，有张直径五十厘米左右的小圆桌，旁边有五六张小凳子，这间里屋是美清姐妹和弟弟的卧室兼餐厅。最里面是一间土灶铁锅、用柴草当燃料的小厨房，我曾在这里吃过几次午餐，是热情的曾阿姨亲手下厨煮的葱花鸡蛋面条。

随着时间的推移，这间屋里的家具不断变化，五斗橱、写字台、高低床、大衣柜、木沙发、藤茶几……因为那时改革开放的春风，让人们在提高精神生活的同时，也开始重视物质生活。尽管美清家后来搬迁多次，居住环境有了翻天覆地的变化，但我印象中，最温馨、最熟悉的还是北门砖瓦厂那间职工套房，那里有我们年少时最纯美的回忆。

桂香是高中时相识的好友，当时她从乡下的万安中学转到城关念高中。我俩虽不是同班同学，但比同窗关系更密切、更投缘。她热情真诚，落落大方。与她在一起你会很开心，她那股积极向上的正能量会感动你。记得她父亲是万安公社建筑队领导，父母都是江西人。高一年暑假，我和秋华去她万安的家中做客，得到她父母和一群弟弟妹妹的热情款待。巧的是她和我还有秋华都同岁，仨人生日各相差四天，所以至今，她的弟弟妹妹们若在路上相逢，都亲切地称我姐姐。

桂香刚来将乐一中读书时是在校的寄宿生，那年月老师上课认真，只布置课堂作业，现学现消化，没有家庭作业。大伙真是愉快学习、没有压力，放学后有大把时光可供玩耍。我家距离一中很近，只是一条小巷的短短路程，学校预备钟敲响，只需小跑几步还不会迟到。所以，我常邀请桂香等寄宿生来家串门，我母亲特别好客，下班后若看到有同学来玩，就会留她们吃饭，当时是计划经济物资匮乏，母亲也没有大鱼大肉招待大家，顶多是添个西红柿炒鸡蛋，糖醋熘黄瓜、红萝卜香菇豆腐煲之类，这样就已经很好了。多年后，在一次同学聚会上，高塘的红霞、金枝，万安的桂香、小华都感慨地说："米弥妈妈真好，经常请我们去她家吃饭。"

桂香家在乡下，只身一人来城关读书，寄宿生屋里人多很吵，为了更好地学习，她有相当长一段时间留宿我家，与我同住一个房间一张床。至今她总说：米弥父母待我就像自己的孩子，给我提供吃住生活，有半个学期之长。高二分班时，她和秋华都选择数学班学习，1975年夏，高中毕业后，她回万安公社插队，秋华则在城关公社新华大队和彩銮一样当回乡知青。后来桂香、爱姬、黄红都招工到三明纺织厂，桂香是细纱车间挡车工。我曾多次途经三明，专门到细纱车间看她，偌大的厂房"轰轰"作响的车间，只见头戴白色无檐帽、身穿白色工作服、外罩白色围裙的纺织女工，穿梭在空气中弥漫着白色纱尘的车床前，那千丝万缕的白色纱线，在滚动的车床间上下跳动，女工们左手握着梭子，右手的拇指和食指灵活地接着线头，我被她们不停地眼疾手快的工作精神深深打动，纺织女工真了不起！我在连城部队的工作强度与她们相比，轻松干净多了。

不久我接到桂香来信，内有一张红色的喜帖，她要结婚请我去当伴娘。我才知道准新郎是75届数学班与她一个学习组的同学小吴，他招工在三明化工机械厂，祖籍也是江西。他们的吉日良辰选在腊月底，正巧春节部队有假期，为了当伴娘我多请两天假提前回家。桂香、小吴虽然都是江西人，但婚礼仍然是按将乐客家人的习俗举行。记得那天午饭后，我就穿戴整齐兴冲冲跑去桂香家，帮忙她梳头、化淡妆，她父亲龚叔叔一脸乐哈哈！她母亲则两眼泪汪汪，当着我的面用江西话叮嘱她如何如何。她母亲还交给我一只红色手提袋说："这是用来藏亲戚送给桂香上轿礼红包的。"

夕阳西下时，一群来接亲的队伍走进了龚家，领头的是机电班的黄晓文同学，他身背一个军用挎包，里面装着的是给女方家来送嫁亲友的红包，他代表男方家来讲亲，为了少发红包他要多费口舌，要伶牙俐齿为男方省钱。可新娘子弟妹多，江西来的亲戚也多，大家七嘴八舌围着黄晓文要红包，什么梳头钱、洗脸钱、化妆钱、小舅子给新郎官的端茶钱，敬酒钱、脱帽钱、穿鞋钱……直到把黄晓文袋里的红包掏空后才能让新郎官牵手新娘子。

西装革履的新郎官，手捧一束红玫瑰笑盈盈地站在闺房门口。新娘子今天太漂亮了，刚烫卷的黑头发上缠一条大红色的丝带，上衣是枣红色滚花边的金丝绒民族装，配一条闪闪发光的赭红色金丝绒长裙，脚穿一双大红的高跟皮鞋，描弯的柳叶眉，粉嫩的腮红、口红和一双会说话的眼睛，把新郎官和来接亲的人全看呆了。这时，突然传来一个响亮的声音："舅舅来背外甥女上花轿啰！"只见身穿藏青色中山装的男人快步来到门外，一个马步弯下身子，房内几位说着江西话的女人，双手牵着盛装的桂香移步而出，扶她驮在舅舅背上，又是一句洪钟般响亮的声音："新娘子出嫁，拜别父母，夫妻和美，早生贵子！"

随着一阵"噼里啪啦"的鞭炮声响，送嫁迎亲的队伍把新婚夫妇拥进了一辆披红戴花的绿色吉普车，作为伴娘、伴郎，我和黄晓文有幸和他们同车慢慢前行，离开宾客众多的新娘家，走进喜气洋洋的新郎府，见证了一场20世纪80年代初隆重的婚礼。

1992年冬，在细纱车间干了十余年的一线工人桂香，荣调厂服务社。她从营业员做起，由于工作出色，次年就被任命为厂服务社主任，这一干就是9年，直到体制改革下岗。是金子在哪儿都闪光，她2000年8月成为三明纺织厂下岗工人，9月就信心满满走进三元区白沙街道白沙社区担任党支部委员。她走街串巷，熟悉辖区内的环境和机关单位，出色完成各项中心任务。2002年7月，她被上级组织任命为白沙社区党支部书记、主任，同年10月，她又当选三明市人大代表。在出任第十届、第十一届市人大代表期间，她这个曾经的下岗工人，考虑更多的是：如何帮助周边老百姓解决生活中的实际问题。她的"增设红绿灯点和天桥""拓宽人行道"等议案，得到政府采纳和实施，她这个社区主任为民办实事的担当精神深得人心。龚书记、龚主任一干就是8年，她在平凡而琐碎的街道岗位上，把工作做到最好，十年光阴奉献社区，她的敬业精神博得了一片掌声。

如今的桂香夫妇，忙碌在接送孙子孙女上学的途中，他们与儿子儿媳生活在一起乐享天伦。

我的这几个闺蜜，虽然大家退休后聚少离多，各自都随儿孙生活在福建的东西南北，但珍贵的友谊将永远伴随彼此一生。

杨时与客家擂茶

我的故乡在闽西北的将乐小城，那里云居着唐末南迁的客家众乡亲。孩提时，就聆听长辈们如数家珍般地称颂着我们的先贤，印象中最深的就是奶奶常说的杨时先生，他是北宋时国家大能人，他告老返乡时，最爱喝家乡的擂茶。

忆杨时先贤

北宋思想家杨时（1053—1135），福建将乐县人，北宋熙宁九年（1076）登进士第，北宋元丰四年（1081）授徐州司法。闻程颢、程颐兄弟讲孔孟理学于河洛，调官不赴，乃到颖昌拜程颢为师。师生相得甚欢，因学业优异，成为程颢得意门生，与游酢、吕大临、谢良佐并称程门四大弟子。

北宋元丰八年（1085）程颢逝世，北宋元祐八年（1093）杨时再度北上洛阳转师程颐。一日，他与游酢去向老师请教，见程颐正在厅堂上瞌睡，两人不忍惊动，故在门廊下静候。当时天上正下雪，待程颐一觉醒来，地上积雪已一尺多深。这就是典故"程门立雪"的由来，也为后人用来尊师重教之典范。杨时学识渊博，毕生精研理学，对理学的传播和发展起到重大作用。尤其是他的"倡道东南"，对闽中理学的崛起，建有筚路蓝缕之功，后人尊之为"闽学鼻祖"。他又与罗从彦、李侗并称"南剑三先生"（将乐县原属南剑州）。杨时提出"合内外之道"，即以主观（内）融合客观（外）的方法。认为"至道""天理"只能从内的体验，"默而识之"。杨时是闽籍客家人的先贤，学术活动有两个时期较为突出：一是北宋政和四年

（1114）到北宋宣和六年（1124）在江苏毗陵（今镇江、常州、无锡一带）著书讲学，各地学者慕名而至。他讲学之处后来成为著名的东林书院。二是南宋建炎、绍兴年间，在故乡将乐著书立说，其时虽已年迈，仍孜孜不倦，传世佳作有《二程粹言》和《龟山文集》。

杨时既是著名的理学家，又是一位具有安邦治国雄才的杰出政治家。他在朝廷担任秘书郎、著作郎、迩英殿说书、侍讲、右谏议大夫、给事中、工部侍郎、国子监祭酒等职时，正当朝廷内忧外患日益深重之际，他提出"修政事，明军法，攘夷狄，排和议"的主张。他不畏奸臣，据理直言。他担任地方官时，是个"晓习律令，关心国运民瘼，守正不阿，深得士民仰戴"的官员。在虔州任司法刚正不阿；在浏阳任知县，为灾民请赈济；在萧山任知县，筑"湘湖"修水利；在余杭任知县，顶住奸相蔡京为母浚湖筑坟，"借口便民，实为利己"的命令。杨时所到之处，"皆有惠政，民恩不忘""邑人重其名，多画像祀之"。他一生安贫乐道，清正廉明。

品客家擂茶

杨时晚年返回故乡将乐县，隐居在龟山村，著书立说之余，他爱喝一种名曰"擂茶"的家乡茶水。他称擂茶系"清肝明目，润肺健胃，养颜益寿之佳饮"，家中有来客，他便盛出一碗热擂茶，以示厚待，并笑曰："一碗擂茶表寸心，茶香水甜客家情。"自那以后，擂茶便成了将乐客家人最隆重的待客礼节。将乐擂茶源远流长，据考证，它是唐末客家人第二次南迁时传入的。

擂茶用料讲究，制作独特。器具有：口径35厘米、内壁有辐射状纹理的陶制擂钵，一根70厘米长的茶树枝或白蛇藤做成的擂茶棍，过滤碎渣的竹制笊篱等。擂茶的原料，以白芝麻、山茶叶、陈皮为主，并根据季节和需要变换不同配料，盛夏用鱼腥草、川芎、藿香、凤尾草；深秋用菊花、金银花、桂花等；寒冬用桂枝、桂皮、火麻仁、桃仁；初春用春茶、艾叶、藤茶、枸杞、大枣。将配料装入锅里用冷水煮沸，民间俗称：煎茶，再将用清水洗净的芝麻一碗，花生仁、绿豆少许，外加一点陈皮放进擂钵里，加些"煎茶"以湿润，两手握住擂茶棍，沿着钵壁有节奏地做惯性旋转，待钵内之物被擂成细浆，再将方才煮沸的"煎茶水"徐徐倒入擂钵内搅泡，继而用笊篱滤去渣滓，反复研磨二三次，一钵清爽可口的擂茶就制成了。

擂茶的药用功能颇多，酒足饭饱之后，喝碗擂茶，顿感油腻尽退，满腹畅舒。就像杨时先贤所喻：常喝擂茶有防风祛寒，清肝明目，润肤美容，延年益寿作用，是极佳的保健饮品。

现如今，请喝擂茶是将乐客家人最普遍、最隆重的待客礼仪。寻常百姓家，凡人们结婚、添丁、乔迁、参军、升学、提干、做寿、获奖，都用擂茶庆祝，请亲朋好友以喝擂茶的形式来分享家中喜庆的快乐。一场擂茶席，就是一幅淳朴的风俗画，男女老少围坐在一张大圆桌旁，边喝擂茶边讲好话，欢声笑语溢满厅堂。

客家人源自中原地区，其承袭了中华民族爱国爱家、敦睦邻里、务本业，勤开拓、敬祖先的传统美德，他们过着社会和谐的生养嫁娶、迎新送旧的生活。从故乡将乐客家人杨时先贤的辉煌业绩，到时下将乐客家人的"擂茶"佳饮，无不颂扬着一种客家人勤奋好学，正直善良，热情好客，吃苦耐劳的优良品德，也反映了客家人走过了漫长的历史发展道路，积聚了客家人悠久的生活经验，闪烁着客家人智慧的光芒。

海 韵

　　七月的晌午，骄阳当空，在文达老师的倡导下，我们文学工作者协会一行十人，驱车前往船场村的红树林风景区采风。听说那儿有一个"西岸花园饭庄"，主人父子均善笔耕，且多次邀请我们去做客。时逢周日，大伙不惧酷暑，来到了乡间，走进了农庄。

　　"西岸花园饭庄"坐落在东厦镇船场村西面的滩涂旁，依山傍海，曲径回廊。沿着村西海岸长百余米，分东西坐向，楼上楼下共十余间餐厅，室内均安有空调等现代化设备。一楼院子有个后花园，盛开着五颜六色的太阳花。未去皮的杉木栅栏上爬满了嫩绿的瓜蔓，竹篱笆墙上悬挂着几个成熟的碧莹莹的苦瓜，正迎风摇曳着，旁边一株怒放的茉莉花，与其紧紧依偎，它们共享一片阳光。虽是盛夏，这里却有满园春色，娇艳、妩媚、碧绿、清香，不知是主人精心培育，还是大自然本能点缀，别致的庭院，收拾得清新典雅，饱含诗意。

　　我们在主人热情的引领下，步入二楼东边的一个名唤"太阳花厅"的餐房，透过玻璃窗举目远眺，映入眼帘的是一望无际的大海，碧波、海鸥、白鹭、渔舟、红树林，好一派悠然的美景。转身再望，是袅袅炊烟升起的村庄，田野、稻浪、牧童、村姑、收割机，一片农忙的田园风光。眼前饭桌上更是丰盛，有刚出锅的海蟹、大虾、清蒸桂鱼、火爆海螺、龙凤鳗鲡、水煮花蛤、炒乌鲗、煎牡蛎，色、香、味俱全的海鲜大餐，让我等大饱口福。当日正是节气大暑，炎热无比，这里却有海风、冷气、冰啤、海味相陪，我等如仙子观海尝鲜，十分清爽惬意。

　　饭庄的主人是父子俩，父亲方先生，早年毕业于大连海运学院，工作在广州远洋公司，连任二十余年的远航外轮船长职务，足迹遍游世界港口。流利的英语，是他曾代表祖国与众多国家做贸易的资本。如今退休的他，不恋都市，重返故乡，把他多年的积蓄带回家乡投资。老人虽年近古稀，却精神抖擞，举止谈吐，无不透出一个博学、识广的长者风范。

儿子方绍东，是我们的朋友，他酷爱文学，视诗歌如性命。为了写诗，他放弃了城市里一份很好的工作；为了写诗，而立之年的他，尚未娶妻成家。毕业于厦门大学数学系的他，却成了一个诗人，出版有《杠上开花》《彼岸是水》《寓之无言》三本诗集。

为了宴请我们，老船长忙碌在厨房里已是满头大汗，我受大伙委托下楼来请老人入席与我们共进午餐。听了我的来意，老人马上搁下手中活要我稍候。当他再出现在我眼前时，真的"好亮"，他刮净了胡子，梳顺了头发，更换了一套时装，多重礼仪的老人呀！毕竟是漂洋过海见过世面的老船长。当我们一席后生用掌声迎他入座时，他兴奋似孩童般。一巡酒下来，老人精神焕发，话匣子一开，把我们带到了他昔日学习、工作的年代。初中考高中时，从小做过文学梦的他，曾有一篇题为《拔稗》的应试作文拿了满分。数十年后，老师、同学与他相逢，不叫他的学名，只管喊他"拔稗"。大学时期，他是校刊《诗歌》的主编，多年后，在一次远航中遇到校友，那位同学见面第一句话便问："你还在写诗吗？"

老人告诉我们，过去他忙工作，虽有很多灵感，却都停泊在异国他乡的港湾。如今他重返故里，要把昔日失去的诗魂再寻回，与他儿子携手，在办好西岸花园饭庄的同时，用笔一起讴歌自己美丽富饶的家乡。

西岸花园饭庄，是一个可人的去处，那里不仅有美味佳肴，且有舒适的环境。晨起看日出、数渔帆，入夜听涛声、观渔火，品着香茗话家常，海韵伴我走天涯。难道，这不是神仙般快活的日子吗？

我们期待着父子俩，能有更多、更精彩的诗文问世，也衷心祝愿他们的西岸花园饭庄越办越红火。

丹诏采风记

正月二十五晨，乍暖还寒，我和《漳江文学》编辑部的几位同仁，相约到"书画之乡"诏安县采风。

八时许，云陵饭店门口，只见文友小郭手中的一杆"漳江文学采风团"红旗迎风招展，陆续到来的采风团成员，随着一阵哨声慢慢上车入座。不一会儿，一行十五人的队伍乘着三辆汽车徐徐离开了云霄城。车内轻柔优美的音乐不绝于耳，窗外明媚碧绿的原野一览无余。我们若脱笼之鹄，陶醉在这春光无限的旅途中。

满庭芬芳迎来客

晌午时分，我们一行抵达诏安县城，久违的太阳也露出了笑脸，女作家李淑菲老师热情地迎领我们去她家喝茶做客。这是一栋拥有三层楼房的别墅，入门是一个偌大的庭院，满园春色扑面而来。小巧古拙的盆景榕树张臂含笑；铁树撑起一把绿伞，在阳光下闪烁；酒瓶兰轻轻摇曳，婀娜多姿；飘香的桂花、洁白的茶花、馥郁的玫瑰和火红的杜鹃，在园子里争奇斗艳。屋角一株新桃，粉色的花蕾间已吐出了嫩绿。满庭芬芳，沁人心脾。

我曾拜读过她的散文《风吹桂花香满庭》，今日初到她家，果真是一室书香琴韵，满园花团锦簇。她卷发披肩，短裙长靴，端庄中不失时尚，一杯地道的功夫茶，更让你品出闽南人待客的真诚韵味。

百年老店有传人

离开令人心怡的李家庭院，我们在东道主钟良成、吴惠聪、沈来有等先生的陪同下走进了"黄金兴"百年老店，这是一家创建于清道光年间的老字号，其招牌产品"咸金枣""梅灵丹"是食药皆宜的民间传统食品，具有健脾胃、祛风邪、醒酒止晕等功效。红墙绿瓦的"黄金兴博物园"内，芝麻糖、花生酥、绿豆饼、明糖子等"麦士"精品糕点琳琅满目。

独具风格的食品加之别有古韵的室内摆设，令人耳目一新。仿古的土灶，清代的大床、矮柜，老旧的木盆、木桶和发黄的篾篓、篾席，让人似乎走进远古的乡间。一张八仙桌上，白底蓝花的瓷碗、瓷盘有如出土文物，古意盎然，用光亮的铜壶煮一泡龙井茶，再品一块小桃酥，仿佛回到了一百年前。如今旅居香港的黄金兴老字号第四代传人，已返回故里，传承祖业，百年老店正续写着薪火不息的篇章。

青梅果酒香四邻

告别了百年老店，好客的许海源董事长又领我们去品青梅酒。步入明亮的展厅，四壁均是款式不一盛满琼浆玉液的酒瓶，最醒目的要数大厅中央的一个土质大酒坛。这个用黄泥烧制而成的酒坛至少能储藏上百斤佳酿，它稳坐在众多玻璃酒瓶之上，独领风骚。红纸黑墨书写的一个"酒"字，裁剪成方块紧贴在酒坛正中，那股"土气"十足的模样，你马上会联想起《水浒传》中的一百零八条梁山好汉，会想起武松打虎时三碗不过冈的情景。而曹操"青梅煮酒论英雄"的典故更给这陈年佳酿增添了人文色彩，浸润英雄情韵。

品一口清香醇美的青梅酒，使人顿感神清气爽；开一坛艳压群芳的"美人酒"，更使人馨香满怀，遥思万千。

晓平书屋翰墨香

正午刚过，文友们带着三分青梅酒意，信步来到了丹诏书画社的晓平书屋。现为中国书法家协会会员的钟晓平先生，将自己一间临街店面布置得古朴典雅，翰墨飘香，名人字画，自家佳作悬挂得满室生辉。

置身在文化品位如此浓郁的书屋里，人们谈论的自然是文学和书画，相互赠送的也是各自早已准备好的《漳江文学》和《丹诏风韵》，以文会友乃千百年来文人墨客的君子之交，淡雅有韵味。主人敬了一巡功夫茶后，展纸研墨，邀请云霄客人即兴挥毫。几经谦让，青年书法家林榕庆老师、周和国老师率先挥毫献艺，其行草豪放大气似行云流水；著名书法家方文达老师的隶书端庄遒劲、飘逸隽永，更令众人叹为观止。三幅书法佳作，展示了艺术家的睿智才情，也传递了云霄、诏安睦邻文人的兄弟友谊。

悬钟古城看残墙

下午两点时分，梅岭镇沈海玉女士带我们登上了悬钟古城。这是一个依山傍海的村落，残垣断壁间，依稀能看到昔日古战场的遗迹。抗倭名将戚继光将军曾率兵在此击败倭寇，其英雄壮举彰显了一个不屈民族对疆土的坚守、对家园重建的信心。将士们的那股浩然正气仿佛还在眼前，镌刻在残垣断壁间。

漫步在林荫掩映的村前巷尾，仰头观赏那拱形城门，抚摸那灰青色条石砌筑的城墙，我们无不为古城精湛的建筑技巧拍案叫绝。一块块条石紧密相连，没有现代钢筋水泥混合浇铸却牢固至今。同行的健峰大姐为游览悬钟古城拍手称快，她兴奋地说，闽南四大古城：惠安的崇武古城、漳浦的六鳌古城、东山的铜钵古城她都去过，唯有悬钟古城今天才初次相见。她用照相机记录下了古村落的容颜：村头的那口古井、村西关帝庙中"义存千古"的金匾，村南"果老山""仙姑亭"，还有那星罗棋布的摩崖石刻。

攀上山顶，极目远眺，隐隐青山、迢迢碧水，感叹数百年来悬钟古城在保国安民、抵御外敌入侵中谱写的壮丽诗篇。如今的悬钟古城，老井依旧，残墙依旧，不同的是村庄新添了楼房，水泥大道上奔跑着汽车。村民安康和谐的生活，似阵阵春风令人陶醉。

望洋台下戏浪花

翻过悬钟古城的后山，沿一条细窄的羊肠小道，我们攀上了高入云天的望洋台，陡峭的一块巨石上，雄浑饱满的"望洋台"三个半米见方的红字，据说是明嘉靖五年（1526），时任福建布政司右参政蔡朝巡视此地，为鼓舞驻军士气而挥毫留下的墨宝。

站在望洋台上，壮丽的美景让你眼前一亮，碧海连天，烟波浩渺，鸥鸟飞翔，船帆点点……太美了，大伙快活地直奔下洁净的海滩，赤脚踩在松软的细沙上，跳跃、奔跑，又喊又笑。有的拍照留影，有的追逐爬行的沙蟹。和国先生为我和淑菲女士抢拍合影时，一个海浪击来，洒得我俩满身的浪花，冰凉的海水又咸又涩，我们却欢喜得手舞足蹈，仿佛回到了久别的童年。

百舸扬帆待启航

戏浪的余兴未退，我们又驱车几公里，走上了"观礼台"。这个高大的钢筋水泥建筑物，可遮风避雨容纳百余人，系我驻军首长在此观看三军指战员，实地作战演习的看台。观礼台下是一个唤作宫口村的渔港，远远望去，宫口村小洋楼鳞次栉比，长长的海堤，犹如一条无轨铁路。从宫口村码头一直延伸至海的中央，海堤两岸停泊着上百艘等待出海作业的渔船。时近黄昏，只见缕缕炊烟在村庄上空缭绕，宁静的港湾，夕阳下的帆船，古朴的村庄，宛如一幅泼墨写意的山水画。

鲁青老师走近我，指着观礼台下不远处，笑着说："你看那儿像不像一只海龟？"是啊，水天一线的海面上，有块小小的陆地，上面均是大小不一的卵石，那形状真像一只伏卧在水面上的海龟，有头有脚还有一条短短的尾巴，卵石间依稀可见不少毛茸茸的绿草，给这只石龟增添了活力。众所周知，东山岛的澳角村有"狮屿""虎屿"，然而诏安的宫口村则有个灵活生动的"龟屿"。夕阳的余晖洒在海面上，金色的"龟屿"恰似一个美丽的神话，让你浮想联翩。

田厝公园话农家

踏着夕阳的余晖，我们来到了田厝村的农民公园，醒目的烫金牌匾上镶嵌着四个大字：农民公园，多豪迈的名字。

位于深桥镇田厝村的农民公园占地数十亩，公园四周是两米高的围墙，有一扇偌大的双开铁门，成林的木麻黄树高大挺拔、英姿勃勃。公园里春花烂漫、绿草如茵，近处的圆形石桌旁围坐着两对下棋聊天的老伯，远处林荫道上，跑着几个嬉戏玩耍的孩童。傍晚的景色很美，日落之际天空一片艳丽的云霭，晚霞辉映着这片和谐、静谧，充满生机的园林，如诗如画。

春日游丹诏，一路是新奇。今夜提笔，暖意盈怀……

游再金山庄

　　位于云霄县火田镇岭顶自然村的"再金山庄"，是个令人向往的地方。在云霄一中74届高中同学网站《校友论坛》上，早已贴上庄主何再金"欢迎老同学莅临山庄"的邀请。时下正值春光明媚，结伴踏青是件美事。由老班长方维和牵头，一拨来自漳州、诏安、云霄的男女同学、特邀师长和部分家属，利用"五一"小长假，浩浩荡荡进军岭顶，去看陶渊明笔下的"美池良田"，去品尝甘露泉水酿就的醇香米酒，还有那正宗特色农家菜。

　　龙年4月雨天多，幸好4月30日是个大晴天，正是出游的好日子。上午九时，维和兄携夫人粹芝姐，已从漳州抵达云霄并摁响了我家门铃。我先生高志强是个同学群里的热心人，他响应号召，立即背起照相机，揣上速写本，肩扛一箱矿泉水，头戴一顶斗笠，脚蹬一双球鞋，急急忙忙挤进了维和兄的旅行车。作为家属代表，我是扯着志强的衣角上的车。这次与我们同行的还有芗城的孜敏，云霄的素颜、巧英、坤莉、耀龙和长乐夫妇等，大伙虽都已年过半百，但脸上却洋溢着灿烂的二度春光。

　　我静静地聆听着他们的一路欢声笑语，聆听着他们滔滔不绝的青春回忆，聆听着他们讲述再金山庄主人的故事……

　　再金山庄的主人姓何，名再金，是位乡村教师。1974年高中毕业的他返乡务农，是火田公社圆峰大队首批回乡知青。因为年轻有文化，表现出色，1976年春，他被大队推荐为乡村民办教师。改革开放后，通过进修、考试，终于转正为一名在编的公办教师，1982年在山村建立了幸福美满的家庭。前些年，妻子承包了岭顶村一片山坡和 20 亩湿地，再金利用业余时间，与妻子起早贪黑在荒坡上辛勤耕作，种植了满山的果树，20 亩湿地变成了一个波光粼粼的小湖泊，养鱼又养鸭。依山傍水盖起了新居，夫妻俩从此"你挑水来我浇园"，演绎了一出新版的《天仙配》，建起了同学们戏称的"再金山庄"。

娓娓动听的故事，随着徐徐向前的车轮还在延续，不一会儿工夫我们就驶离国道，行进在新建的水泥村道上。只见村道两旁那一棵棵伟岸挺拔的杨树，披着绿装，好似两列迎宾的卫士；迎风摇曳的翠竹犹如一群婀娜多姿的少女在翩翩起舞；满眼翠绿之中，几丛火红的三角梅在春光中绽放，给这青山绿水的原野平添几分艳丽。

不经意中，车子猛地摇晃颠簸了几下，拽回了我放飞的思绪，原来我们已从平坦的水泥路进入了一段较为难行的土坯路。可能是前些日子山洪的冲刷，道上露出无数大小不一的嶙峋石块，汽车轮子不时发出"嘭嘭"的声响。盘山路弯弯绕绕、崎岖不平，蓦地，只听"吱—咔—嚓"一个长长的声响，大家惊叫了起来，只听维和不慌不忙地说："不好，车胎破了！"大伙急忙下车一看，果然右侧后轮胎瘪了。此时正值晌午，万里晴空，艳阳高照。春夏之交的闽南已是烈日炎炎，灼热的日光，烤得路面热浪滚滚。维和二话没说，抢起工具，趴在地上开始紧张地拆卸漏气的轮胎。坤莉也赶忙过来帮助，我们这些姐妹们撑开花伞，替他俩遮挡烈日，哥俩配合默契，展示了娴熟的修车技巧。维和用千斤顶架高空间，便钻进了车身下，仰躺在碎石嶙峋的路面上，熟练地操作起来。骄阳无情人有情，此时志强带来的矿泉水派上了用场，只见粹芝姐一手举起花伞为维和遮阳，一手将开盖的矿泉水送到他的嘴边，心疼地说："喝点，多喝点吧！"甘甜的矿泉水一半入了口，一半滴洒在他的胸前，也算替维和冲了个凉！当维和换好备用轮胎从车下爬出时，已是满身油污，汗流浃背。

班长就是班长，能屈能伸是个领头雁。半路上抛锚修车算个啥？这对于曾穿越"死亡之漠"罗布泊，登上海拔八千余米世界屋脊，与珠峰亲密接触的"驴友"维和来说，今天只是小菜一碟！

沿着蜿蜒的山路，我们继续前行，登上一条更为险峻的陡坡。在这里居高临下，绵延群山和原野村落尽收眼底，真是一览无余，风光无限！

汽车右拐进入了通往再金山庄的小道，路过一条单车道的石拱桥，桥下溪水潺潺，两岸山花烂漫。坐在我身边的孜敏姐情不自禁地感叹道："这么清澈的溪水，这么优美的风景在漳州是很难看到的！"这时车上不知谁说了声："再金山庄到了！"我眺望窗外，依稀可见几座房屋和一湾湖水，随着车子的前行，渐渐地能看清湖面上有一叶小舟，上面坐着一个人在撒网捕鱼。我们的汽车在一排新居前徐徐停下，我迫不及待地跳下车，尽情呼吸着清新的空气。

这时，一个50岁左右中等身材的农村妇女，手拎着一个开水壶笑着朝我们走来，她招呼大伙："快请坐，先泡茶喝，再金去抓鱼了，一会儿就回来。"我想，这热情憨厚的妇人就是再金夫人吧！女主人话音刚落，门前跑来一位中年男子，他右手提着大半桶活蹦乱跳的鲫鱼，左手不停地擦着汗，乐呵呵地对大家说："稀客、稀客，终于把你们请来了！"我见此人身材瘦小，但健康乐观，笑眯眯的双眼透出几分智慧和精干，脸颊的汗珠和双脚的泥巴，昭示着他的勤劳与坚韧，不用介绍，他一定是庄主何再金！

志强还是把我和再金互相作了介绍，接着，再金便热情地迎我们走进了一间约20平方米的厅堂。只见桌上早已备好茶水，同学们也把各自带来的干果、糕点、水果等摆到桌面上，再金爱人赶忙去削自产的木瓜招待客人，大家品着功夫茶，边聊边说、滔滔不绝，仿佛回到纯真浪漫的学生时代……

谈笑间，厦选、章生、友国、旭生、长乐、丽华丽珠姐妹，陪同方登祥老师和福建农林大学的卢教授一起来的车队，也风尘仆仆赶到，小小的山庄顿时又沸腾起来！

看到志强他们一帮老同学在叙旧、寒暄、又说又笑，也因为屋内有几支"烟枪"在燃烧，我便悄悄溜出户外透透气。我环顾四周，好不惬意，这真是一块得天独厚的风水宝地啊！

再金的一溜五间平房，背山临水，坐北朝南，房前是一块偌大的空地，一湾泛着涟漪的水塘；对面是连绵起伏的群峰、蜿蜒的山峦，远远望去酷似一条卧龙；正前方的山坡杉树成林，挺拔苍翠；左边的山坎间依次是桂圆、荔枝、木瓜、香蕉和枇杷园；右边酷似"龙头"的一条山涧，流水潺潺，源源不断注入湿地和水塘。你看那碧波荡漾的水面上，"白毛浮绿水，红掌拨清波"，小舟在水面摇晃，鱼儿在水中穿梭。翠竹林间，一群小鸡"叽叽喳喳"在觅食，房前屋后，淘气的小狗摇着尾巴、追着跟你套近乎。

离此不远处，就是名扬四方的佛教圣地甘露寺，寺内还珍藏着唐武则天女皇的圣旨金匾，流传着一段：唐总章二年（669 年），玉钤卫翊府左郎将归德将军陈政奉诏率兵南下，入闽平"蛮獠啸乱"，镇守故绥安县地，与儿子陈元光在这云霄火田开屯建堡、且耕且守，营居闽粤交界处，开漳建郡，倡兴庠序，传播中原文化那可歌可泣的故事。

再金山庄真可谓"夹岸数百步，中无杂树，芳草鲜美，落英缤纷""土地平旷，屋舍俨然，有良田、美池、桑竹之属。阡陌交通，鸡犬相闻"，好一派如诗如画的田园风光！这时，志强也情不自禁地来到户外，打开速写本，描绘这美丽的景色。

我正怡然自乐时，忽闻"开饭了"的呼喊，回头望去，只见屋里屋外三张方桌上已摆满了各种农家美食，那香喷喷的番鸭八珍汤、白斩土鸡、自制香肠、红烧鲫鱼、猪肉荽菜煨咸饭真叫人垂涎欲滴，而那晶莹剔透的陈年米酒更是醇香甘甜，不饮先醉。我和姐妹们忙着端碗盛饭，弟兄们争着摆放酒杯，年过古稀的方登祥老师和卢教授入座正席，大伙济济一堂，举杯畅饮，好不热闹！

酒足饭饱后，几位略带醉意的男同学，与何再金一起在房屋东边，共同种下了一棵象征师生友谊永存的常青树。又在大门口张贴了由章生撰文的红对联，"宝珍山中聚高朋胜友，棠棣寨里奏流水高山"，还为山庄留下了几件刘正明、吴章生作词，书法家黄铁汉老师执笔的墨宝。之后，是一串响彻山谷的鞭炮声。这震耳欲聋、吉祥热烈的响声在岭顶上空久久回荡……

带着点滴收获，带着丝丝醉意，我们一行"再金山庄"的首批游客，依依不舍地告别了如诗如画的山庄，告别了热情好客的主人。一路上我在想，这里仍是一块尚未雕琢的玉石，一片等待开垦的处女地，一个农家乐旅游胜地的雏形，她需要好好保护、规划和建设。我们期待岭顶通往外界的这条道路更平坦、更宽广，也衷心祝愿再金山庄的明天更美好、更辉煌。

库 区 新 歌

　　五月的闽南，风和日丽。我有个心愿，想到库区移民点走走，听说那儿有不少令人感动的故事。云城位于福建南部沿海，县城不大，库区移民点就有 59 个，享受每月 50 元移民津贴的有 15385 人。这是一个为数不小的群体，舍小家顾大家，背井离乡举家迁徙，在陌生的环境里，自强不息，辛勤劳作，用智慧和汗水迎来了田园的丰收，过上了富足幸福的生活。

和 谐 新 湖

　　在云霄工作、生活快三十年了，我还是第一次来到新湖村，这真是一个秀美的村庄。村口有条宽广的水泥大道，一棵枝繁叶茂的大榕树像把巨伞守在村口，庇护着下端一个台阶式的石碑，石碑上面刻着"新湖村"三个端正的大字。站在高高的石阶上，举目望去，整个村庄尽收眼底。坐西朝东的村子依山傍水，错落有致的楼房鳞次栉比。远处一面鲜艳的五星红旗迎风招展，那是孩子们学习知识的地方，是新湖人的希望所在，也是新湖学子步入知识殿堂的摇篮。

　　沿着干净、整洁的村道，款款走进艳阳高照的村子。只见村道两旁的农家，院里栽瓜种豆，门前花木娇艳，五月的鲜花芳香扑鼻，嗅一嗅真是令人心旷神怡。瞧，村东头的一个坡坎上，一群妇女正赤脚蹲在一个约有 10 平方米的方形水泥池边，有说有笑地在搓洗着衣衫，那份轻松、悠然令人羡慕。满满的一池清水任凭她们一起一落地浆漂衣衫，不断溢出的流水顺着水泥池边缘，缓缓地淌入下方的一条水沟，水沟的左右是禾苗青青的稻田和菜园。我好奇地走近这群脸上洋溢着笑容的浣衣女，她们告诉我：这洗衣池是县移民局的同志帮助修建的，水源是从山那边引来的清泉，全村有两个这样的洗衣池，分别安在村东和村西。

在村小学校附近，有一座新建的公共厕所，深蓝色的屋顶，白色的墙壁，浅色的地板砖，规范、标准、新颖，听说正待验收，马上就可以投入使用了，新湖村的小学生们好福气呀！书声琅琅的小学校，现有在校生88人，学校不大却培育出不少人才。2008年至今，该村考取本一的大学生有4人，考取本二的有3人，其中有两人考上石家庄陆军学院。不少历届大学毕业生，现已是各行各业的精英。

新湖村人口878人，人年均收入8100元，堪称是一个富裕之村。早在1978年秋，刚从马铺乡新林村移民来新湖定居时，新湖人过的是穷日子。当时条件差，很多青年都娶不上媳妇。最典型的是36年前，村里有个姓方的青年和邻村的一个姑娘相恋，他们正准备一起去公社结婚登记时，女方父母却拦在路上，坚决反对，还破口大骂："嫁女儿谁也不会嫁到你新湖村那'马齿沙碾不出油'的穷地方……"一桩美好的姻缘就因为"穷"而告吹了。

为了改变贫穷落后的面貌，县移民局的同志带领新湖村民首先解决吃水难、灌溉难的问题。因为水源，新湖人吃尽了苦头，曾为了农作物灌溉之事和孙坑村结怨积仇。水是生命之源，如今家家户户有了甘甜清洁的自来水，这让新湖人的眼睛都亮了。之后是投资数十万元人民币进行道路改造，先将坑坑洼洼的小路，修成平坦的水泥大道。再筑沟让脏水、生活废水转入下水道。这一项项颇费财力的工程，新湖人在历尽艰辛后都做到了。

如今，走进新湖村，你看不到脏、乱、差，映入眼帘的是村口雕有艺术造型的喷水池。夜幕降临时，五光十色的水花随着音乐快速飞动，赤橙黄绿的彩灯在月夜里争奇斗艳，给人以现代文明美的享受。几年前，新湖村还创办了自己的企业——新林电子有限公司。这是一家来料加工的企业，可以解决村里近百人的就业问题。东钰皮件有限公司则是不久前招商引资的项目，它是村民和台商合办的企业，注册资金50万元，现已投资172万元，它的建成又能让120个村民有了稳定的经济收入。两个企业的崛起，给农闲时的村民带来了实惠，人们在家门口就能找到致富之路。新湖村的村民们都过上了滋润而殷实的日子，外村的姑娘也争着当新湖人的新娘。一年一度的社戏也搭台公演，并邀请孙坑等邻村乡亲共同观看，夜幕下一曲曲潮乐悠扬喜庆，洋溢着一派和谐的景象。

这些年，新湖村多次被评为县级文明村。2010年荣获"福建省十佳小康示范村"；2011年荣获县"争先创优基层党支部"；2011年党支部书记方连诚荣获"福建省平安库区创建先进个人"。2012年，新湖村移民点已通过"福建省生态村"验收，现在新湖人正朝着创"国家级生态村"的目标努力奋斗。

走进杉脚

沿着崎岖的山路，我们又去看一个名唤"杉脚"的移民点。汽车缓缓地行进，山道两侧树木葱茏，野花盛开，绿荫几乎遮蔽了山道的上空，无数的小鸟在树枝上"叽叽喳喳"。轻推车窗，山野的空气格外清新，这里不仅有泥土混着枯叶的芳香，还有缕缕阳光透射进密林的斑斓。

杉脚村坐落在一个山坳里，村里道路均是水泥质地，路面不宽但很干净。村子的房屋依山而建，都是土木结构的二层小楼，敞开的大门可见一楼的客厅、厨房，老式的红砖地板，洗得光亮洁净。室内摆设简朴，楼上普遍是卧室，一溜十几户人家的二楼走廊都是相通的，很像客家土楼的建筑格式。

听村委介绍，杉脚、长科、智民三个自然村自古没有陆路，人们出行来往，全凭一叶扁舟在水中穿梭。为解决这一问题，2004 年移民局投资 98 万元人民币，修好一条环绕库区的盘山公路。从此，长科、智民、杉脚、坑口、石芹等库区移民点有了一条"金光大道"，交通更加便利了。杉脚人种植的一株株、一盆盆"桂花""含笑""五宝茶花"就可以让拖拉机、农用汽车载到城里的花市上换取人民币。

杉脚村有路了，有了一条通向致富的道路，全村的男女老少，再也不用因雷雨天出行难而发愁了。俗话说得好：要想富，先修路。有了一条四通八达的道路，杉脚村的人迈开了大步，他们正沿着这条康庄大道，去创造更加美好的明天。

文 明 狮 山

位于云陵工业园区的狮山移民点，是一个秀丽、有文化品位的村落。这里有新修的村办公楼、农家书屋、休闲公园，还有一幢幢崭新的农家小楼，走进狮山村会让你仿佛置身在一个现代化花园小区。

五月的骄阳，给这个生机无限的村庄增添了火红缤纷的色彩。走进村部办公楼，一楼那宽敞明亮的"农家书屋"，是那样的醒目，琳琅满目的书架上，藏书四千余册，有科学种植、农家饲养、自然科学和史学典故等，真是一屋子百科全书！雪白的墙面上张挂着《图书借阅规章制度》，还有一间宽大的阅览室，可同时为 50 位村民提供阅读；二楼有一间规范、标准的可容纳百人的会议室；三楼有党团活动室。与办公大楼并排的右侧，是一个尚未竣工的公园，名叫"狮山休闲公园"。偌大的公园里，各种健身器材恰到好处地安放在绿荫下，鹅卵石铺成的小路曲径通幽，人工制造的假山、小桥伴着叮咚的流水，翠竹婆娑起舞，殷红的花儿，鲜绿的草儿点缀其间，真是风景这边独好！瞧，工人们还在一边忙碌着栽种扇尾葵、梧桐和冬青树，整个公园花木葱茏，显得优雅恬静。

狮山移民点，是由天鹅、大路、建益等几个自然村组成，全村 243 户 1050 人，均是 1984 年从马铺公社石字大队搬迁来的库区移民。峰头水库的水资源，之所以能像母亲的乳汁般养育着 43 万云霄人，全凭库区人做出远离故土的无私奉献。这些勤劳、善良的库区人，迁移到陌生的山乡开荒种地，养儿育女。生活刚刚安定又赶上了铁路从门前经过，他们再次搬迁，重建家园。如今党的移民政策让他们住上了新农村安置房，每家每户别墅似的三层小楼，有天、有地、有院落。新村规划蓝图中有商场、医院、学校和幼儿园。政府已投入 270 万元人民币，让家家户户有自来水，人人享受新农合医保，水泥路村村通，垃圾治理到位，还有农民公园和文化中心，有绿化、亮化工程，库区移民后期扶持工作在狮山村已经取得了令人瞩目的成就。

狮山村毗邻云陵光电园区，为奔小康，狮山全村 40 岁以下的青年都参加光电技术培训，人们在家门口上班挣钱。狮山村的家庭主妇们自制的"仙草果"，是四乡八邻盛夏解暑消渴的冷饮佳品。不少村民家里有汽车、摩托车，电视、电脑家家普及，他们过上了和城里人一样文明、殷实的现代化生活。

温馨竹港

沐浴着落日的余晖，我们又来到了陈岱镇的竹港村。这是一个渔村，也是三峡库区移民安置点。这里的村民以海上养殖为业，村两委团结一心，富有感召力，是三峡移民的贴心人，竹港村是三峡库区移民温馨的家园。

早在 2004 年 7 月，三峡库区大搬迁，云霄县有 64 名三峡库区移民的安置任务。面对来自重庆的移民，不少安置点有顾虑，不敢接纳，可竹港村的党支部书记林文卿却主动请缨，欢迎来自千里之外的三峡移民到竹港安家。竹港村将国道 324 线边上的一块平地，定为安置点盖新房，供 32 位三峡移民居住，又匀出 20 亩肥沃的耕地供他们种植。获悉三峡库区移民要来的那天，村委们敲锣打鼓，步行几公里到镇政府去迎接，还安排8个村委直接与32位移民"结对子"做知心朋友，给这些来自重庆的外乡人带去温暖，让他们消除了人生地不熟的顾虑。

举家搬迁，总有不少家什，有些移民随身带来了摩托车、自行车，可这些车辆都没有当地牌照，当他们行驶于东山、诏安和云霄的公路上，难免会被交警部门拦截或罚款。面对这一问题，竹港村委便分头行动，替移民们排忧解难，联系有关部门重新给摩托车挂好当地车牌。逢年过节，结对子的村委们会主动将移民请到家里做客，教他们做闽南的菜肴、食品、糕点。

2008年春，有个移民想养殖，可筹不到资金，村委小许就帮他联系信用社贷款，但资金还欠缺两万元，小许就自己解囊相助。有些村民好心劝道："借外省移民这么多钱，若他跑了，你可就亏大了。"小许却说："要想留住人家，就要相信人家，人都是以心换心的。"果然半年后，这个移民养殖成功赚了钱，很快如数归还了两万元借款。如今，这个养殖户也成了村干部，他不但和小许成了知心朋友，也成了三峡移民安居竹港村的领头雁。

七个春秋过去了，来竹港定居的32位三峡移民与当地村民和睦相处，他们不但在这里落地生根、进财添丁，而且能融入闽南人的生活，安居乐业。他们在竹港是"先落户，安稳住，已逐步在致富"。

一路见闻，让我看到了库区移民安居异乡，不但有富足的物质生活，还有丰富的精神生活，那洋溢在他们脸上的笑容，欢唱出的一曲曲幸福新歌，是多么动听和谐。

米酒香飘千里外

龙年金秋，我路经江西，在一个友人家里第一次品尝到了"米酒小二郎"佳酿。酒盛在高脚玻璃杯中，纯美得就像会动的琥珀，香醇的米酒入口顺畅，呷一口唇齿留香，满室芬芳。我的那位老友热情且神秘地笑道："请戴上老花镜看看这酒的产地，没准吓你一跳。"果然好不惊喜，原来这美酒是产自夫家故乡福建云霄的白石村，真可谓是酒香传到千里外。

时隔一年的今天，仍有酒香盈袖。带着一份好奇，今年开春，我和爱人翻山越岭，前往地处云霄火田镇龙船山腰、海拔近千米的白石村，走进了深藏在苍松滴翠、奇葩流红、石奇泉清、岩秀谷幽中的白石酒厂。一个置身在原生态环境中的酒堡，没有尘埃，没有俗气，难怪能酿出那样馥郁的美酒。

白石村坐落在层峦叠翠间，村口有一条清溪汩汩流淌，村后有16棵硕大的重阳树做屏障。小小村落，可谓茂林修竹，满目苍翠；青山隐隐，碧水迢迢；农舍田畴星罗棋布，诗一般轻柔舒展，犹如一幅静谧的水墨丹青。

在酒厂的作坊间，我们见到了何坤河厂长，他是一个健谈开朗且精明干练的私企老板，因彼此年龄相仿，有着很多共同的时代经历，故话很投缘。他向我们讲述了白石村和他的故事。

20世纪50年代出生的何厂长，是土生土长的白石村人，他经历过"大跃进"时期的童年，三年困难时期的少年，"文革"时期的青年。初中毕业后，他在这崇山峻岭的小山村里，算是个文化人，1976年他担任生产队长，当时人民公社制度下的生产队队长，可是有实权的真正"村官"。全村百十户人家，在他的口令声中日出而作，日落而息，春播夏种，秋收冬藏。集体制是按工分取酬，大伙饿不了也富不了，人们过着平淡无奇但融洽和睦的日子。那年头没有电灯电话，更没有电视影像，晚饭后的人们，三五成群借着月光，挤在用石头垒起的平屋里谈古论今，或是听老阿婆"唱歌册"。

1981 年，改革开放的春风吹进了白石村，生产队的田地、山林分到了各家各户，生产队这个中国农村最基层的劳动组织，宣告解散，何队长也因此下岗，离开白石村到火田镇园岭林场当了一名护林员。春去秋来，1994 年，由冬坛、厘仔平、安缸、店仔、横山、白石六个自然村组成的白石行政村正式成立后，何坤河这个老生产队队长，以名列第一的选票当选村主任。他不负众望，在他的带领下，六个自然村的农民，有人承包了山林竹林，有人种上了茶叶果树，有人则圈养家禽，也有人引泉入室，在家里酿起了米酒。人们八仙过海各显神通，目的是改变贫穷的日子。很快，几个自然村的矮屋旧厝不见了，取而代之的是红墙碧瓦的楼房。村里凹凸不平的土路变成了干净整洁的水泥路，家家户户也都配备了各种电器。看见村民们都过上了好日子，何主任很开心。然而在 2000 年丰收季节，当了近七年村主任的何坤河，却意外让出了村主任的位置。他豪爽地说："现在白石六个自然村的乡亲们，都走上了致富之路，我也该交班了，让年轻人来挑起这副重担。"

卸去了村主任的担子，何坤河开始步入了酿酒生涯。白石老酒早在明清时期就享有声望，方圆几百里，诸如与之毗邻的平和、诏安、漳浦等村镇，人们都喜喝这醇香厚重的白石米酒。白石米酒的酿制工艺很复杂，它是用秋后新收的糯稻作原料，先将糯米用泉水洗净，然后浸泡致米粒涨大，再盛入杉木大桶，将其放在煮沸的大铁锅里，依次用大火、文火、小火蒸，利用水蒸气的热力使糯米变熟。等香喷喷的糯米饭冷却后，用酒曲按比例勾兑冷开水，慢慢地倒入糯米饭中，双手不断地掺和均匀，尔后将微有发酵的糯米饭，装入陶土烧制的酒坛，最后再用黄泥巴将坛口密封，二十天后米露酒就酿成了，这是最传统的做法。

面对小作坊酿酒，远不能满足市场需求的现状，何坤河萌发了建酒厂的念头，于是他看中了离村仅千米之遥的龙船山，那是一个山坳地，绿树、墨竹环抱，一泓清泉日夜响叮咚，正是酿酒的好地方。拿定主意后，他向村委会承租了这块山地。一时间，这个昔日没有人烟的处女地大兴土木，热闹非凡，厂房平地而起。他四处奔走纳贤请良，大型酿酒设备随着大卡车千里迢迢来此落户，从江西瑞金高薪聘请的酿酒师傅，也风尘仆仆地赶来报到。2000年秋高气爽的一天，鞭炮响彻山谷，白石米露酒厂正式挂牌成立。2003年有了第一个"白石酿酒"商标投放市场，2007年又注册了"小二郎"商标，2011年6月，荣获湘、鄂、赣、渝、闽五省（市）白酒行业评比银奖。

时光荏苒，短短几年，白石酒厂生产的黄酒，如同插上翅膀，腾飞在销售市场的天空，远销江西、广东和本省等地，深受人们喜爱。

美 丽 云 城

2013 年 9 月 29 日，是个秋高气爽的日子。沐浴着早晨八九点钟的太阳，云霄县老年大学的两百余名师生，应县城建局之邀，分乘五辆大客车，在习习清风中，沿着宽广的环城路，去看碧绿的漳江、富丽的半山御园、美妙的郊野公园、多功能行政中心、雄伟壮观的火车站、花园式的污水处理厂和正在建设中的火田新城镇。每到一处，都令这些年过半百的人兴奋、欣喜，赞不绝口。大伙都说：家门口的城市建设，真是日新月异。逛新城后，才倍感家乡云霄是座美丽的小城。

亲水慢道映漳江

逛新城的师生，看到的第一个景点是：位于漳江右岸，云陵镇渡头自然村东侧的江滨公园。当人们有序地从五辆豪华大巴中走出时，浩浩荡荡的一支队伍十分耀眼。你瞧，那些衣裙亮丽的大姐大妈们，有的背着照相机，有的举着手机正在抢拍镜头。大哥大叔们也不落伍，像过节似的西装革履、衬衫夹克，十分整齐。男男女女每人头戴一顶由老年大学赠予的银灰色太阳帽，面对碧波荡漾的漳江，行走在画廊般优雅的亲水慢道上，人们的脸上写满阳光，都是笑意。

一阵微风，吹来一股沁人心脾的桂花香味。站在台阶上的城建局工作人员，笑迎着大伙，他用标准的普通话、响亮的声音给大家介绍江滨公园的远景规划和近期工程。占地面积近37 亩的江滨公园，拟完成防洪挡土墙、沿江驳岸，修建亲水平台、木栈道、廊架、广场，还有夜景照明、广播、绿化等多项工程。13公里长的亲水慢道北起溪口村，南至佳兜村。沿途是西林村、渡头岩、云山书院。总投资约两千万元人民币，真是大手笔呀！

江滨公园和亲水慢道的建成，不仅能改善市民的人居环境，而且将使沿江两岸成为生态休闲、运动游乐为一体的黄金水岸。

安居工程乐万家

告别了清幽的亲水慢道，跟随滚动的车轮，人们又来到了几个安居工程点。首先映入眼帘的是一片开阔地，只见推土机和挖掘机正在作业中。方同志兴奋地告诉大家：该项工程总用地面积约5万平方米，建筑面积近14万平方米。将建成十幢商住楼以及小区配套的幼儿园、农贸市场、大型停车场和中心广场。2015年12月全面竣工，需投资3.5亿元人民币。

这是一项民心工程，因为多年来，处于低洼区的渡头村，每逢雨季，低矮的民房几乎都会进水。政府之所以采取旧城改造，目的就是让更多受灾群众改善住房条件。950套的安置房，就是为被征户准备的。

沿将军大道前行几百米，又见一处建筑工地，远远有林立的高楼，瞧，上面的脚手架还尚未拆除。中间是高高的大吊车机器轰鸣，四周是施工人员来往穿梭，一个热火朝天的建设工地。忽然，参观的人群中多了几位穿红旗袍的姑娘，她们迈着好看的台步，笑盈盈地领着众人步入一敞亮的售楼大厅，原来她们是半山御园售楼处的迎宾小姐。位于云城西郊，金霞加油站北侧的半山御园，计划投资10个亿，建成1500套高品位的商住宅，为云霄新城锦上添花。

离开半山御园售楼部，大家又走到了元光中学北侧的"云霄县第三期社会保障房"工地。这里群楼如林，一幢幢电梯楼外墙装修已接近尾声。该项目用地 65 亩，建筑面积约 9 万平方米，其中廉租房 180 套，租赁房 324 套，2013 年底全面交付使用。

遥望拔地而起的商住楼、廉租楼、租赁楼，真令人欣慰。政府下大力度改造旧城，扩建新城，其目的就是让更多的贫困户、低保户有房住、住楼房。只有安居才能乐业，这是民心所向，也是民意所在。

郊野公园伴将军

距第三期保障性住房不远处的山脚下，有块巨石，上面镌刻着四个遒劲的大字：郊野公园。占地面积 1500 亩的郊野公园，经将军山、基园山到蕉坑，蜿蜒数公里。她以自然景观为特色，突出园区功能，设有四季花卉区、野营区、烧烤区和农耕体验区、生态休闲区、动物养殖区及森林恢复区。另外还有郊野绿道、停车场、观景亭台等配套设施，主要是为人们假日出游提供一个亲近自然、感受自然、保护自然的绿色休闲空间。

沿着向东渠郊野慢道款步而行，的确令人心旷神怡。往前百米远，便是长眠于青松翠柏间的陈政将军墓园，下方是一汪清澈的湖水，是县游泳协会锻炼的碧池。左右两侧有石阶和刻有众多将军亲笔手迹诗文的碑林。秋天这里桂花一路芬芳，春天这里满园桃红李白。如此美妙恬静的仙境，陈老将军肯定欣慰、惬意，倍感热闹，不再孤寂。

行政中心多功能

旧城改造，拓宽城区，政府行政机构往南迁移。县委、县政府两院，还有诸如青少年活动中心、妇女儿童活动中心、体育场、新闻媒体、工商、公安、司法、医疗、教育、图书、环保等多个行政部门将集中在一个区域办公，其占地面积约

95公顷，总投资11亿元人民币，所有工程基建将于2014年末彻底竣工。不久的明天，一幢幢崭新的行政高楼，将林立于莆美岩下的宝树村旁。

新行政中心，以其最先进的技术设备和多功能的综合性大楼、优美的办公环境立足。来日，相信我们的公务员定会以最真诚的微笑，最认真的工作态度，热情地服务于广大群众，充分发挥政府职能部门真正为民办事的作用。让人民群众真切感到办事不再走弯路，不再受阻碍的好处。

迎来送往有通途

听说云霄快通火车，人们都很惊喜。带着好奇，出城区两公里，果真看到了一座雄伟壮观的火车站。这是云霄人盼了几辈子的梦想，今天终于实现了，真让人激动和欣喜。

很多老人一生还没见过火车，今天站在七星山旁和林太师公一起，亲眼看见高大的火车站候车厅，开阔的火车站广场，钢铁质地的火车轨道，太让人感动了！有几位古稀学员冒雨走入火车站广场，以"云霄火车站"五个红色大字作背景拍照留影，雨水和泪水模糊了他们的视线。获悉云霄站将于2014年元旦前夕通车，人们又一次欢呼声起。

火车开通，不仅方便了出行的人们，也将因此迎来八方宾客，可以推动云霄的旅游事业发展。也能让云霄的枇杷、杨桃、龙眼、荔枝等水果，泥蚶、虾蟹、蛏蛤等海产品，跟随奔驰的火车远销大江南北，将促进云霄经济的腾飞。火车还可以带你去看外面的精彩世界。

古郡新城至火田

秋日的骄阳，放射出炽热的光芒。正午时分，逛新城的全体人员抵达最后一个景点：位于云霄城北8公里处的火田镇。

在一个视野开阔的广场上，镇党委何同志热情洋溢地致辞欢迎。站在骄阳下的人们，静静地聆听他描绘火田新镇的建设远景。

素有"开漳圣地，水果之乡"美誉的火田古镇，其开漳文化浓厚，古迹众多。优美的环境，丰富的资源，是旧镇新城化的基础。目前，火田镇被列为漳州市小城镇综合改革建设试点镇。县委、县政府正全面推进火田小城建设的新部署，高起点规划、大力度打造一个宜居、宜业、宜商的"生态火田，盛唐新镇"。依托开漳文化、温泉生态、田园风光等旅游资源，开发"漳州故城，温泉旅游"，把火田小城镇打造成为海内外5000多万唐兵后裔寻根谒祖、开展文化交流的窗口。

美丽的云霄城，就像一座春天的百花园，万紫千红绽放在开漳圣地，芬芳四溢飘香在百姓人家。

一 位 母 亲

　　母亲节期间，一个朋友感叹："天下最了不起的母亲，莫过于我的保姆。她是一个坚强、默默奉献的母亲！"朋友轻轻地叙述这位保姆苦尽甘来的故事，感动得我迫不及待用笔记录下来。

　　40 年前的一个雷雨夜，云城电厂的一名工人，在野外抢修被雷电损坏的一段线路时，不幸触电身亡，留下 3 个孩子和即将待产的妻子。电工的因公殉职，给这个原本美满的家庭带来的是灭顶之灾。悲痛欲绝的妻子阿珍，几天后平安产下了一个男婴。丈夫走了，留下 4 个儿女，自己又没有收入，这位 30 岁刚出头的母亲欲哭无泪。那时她的 4 个孩子中，最大的女儿才 12 岁，长子 10 岁，次女 6 岁，还有一个襁褓中的婴儿。

　　面对着一群嗷嗷待哺的孩子，她得出去挣钱。于是，她揽了好多份替人洗衣服的工作来干。当时的云城，自来水还没有普及，人们喝的大部分是井水，用的是河水。清晨或黄昏，云城的漳江边举目望去都是大姑娘、小媳妇在河里浣衣。刚出月子的阿珍为了养活 4 个儿女，只得硬撑着虚弱的身体，肩挑两箩筐脏衣服去河里搓洗。数九寒冬双脚浸泡在冰冷的河水里，正常人都难受，莫说一个才刚生完孩子的产妇。等洗完一大堆衣物上岸，两只脚仿佛灌了铅似的挪不动步子，她咬紧牙关，坚持将两筐湿淋淋的干净衣衫挑回去。那份压力，逼得这位母亲喘不过气来。

　　洗衣服挣钱毕竟有限，为了活路，她要重操旧业，替人家看管孩子当保姆。因为阿珍 11 岁时就辍学，从乡下来城里替人看孩子挣钱贴补家用，当一个周岁刚断奶幼女的保姆，这故事发生在 20 世纪 70 年代，如今听来有点滑稽，真是不可思议。瞧这年头独生子女 11 岁还不依偎在父母怀里撒娇，或是要爷爷奶奶哄着完成一日三餐。阿珍当了 8 年的小保姆，直到那个被看管的小女孩背上书包上小学一年级，19 岁的阿珍才在东家的做媒下，嫁给了年轻有技术的电厂工人。刚刚过上好日子的阿珍，却又失去了丈夫，落入困境的她实在是不得已，只好效仿自己的父母，让正在上小学四年级的长女辍学，和她一起在家照顾 4 个孩子。两个不满周岁的男娃是别人家雇带的，一个 6 岁的女孩和一个吃奶的婴儿是自家的娃，里外 4 个婴幼儿仅凭阿珍一个人是忙不过来的，12 岁的女儿是最好的帮手。就这样，阿珍清晨起来忙完一群孩子的吃喝后，又挑着两筐揽来浆洗的脏衣衫到河边去。白天和长女一起当几个孩子的保姆，晚上等几个孩子熟睡后，还要在灯下完成从县绣花厂揽来的针线活，常常是挑灯夜战到鸡鸣三更，为的是多挣几个钱。

因为阿珍的丈夫是因公殉职，电厂考虑到她一家生活贫困，便在次年破格招收她年仅 11 岁的长子到厂里做勤杂工，一个月也有几十元的收入补贴家用，只可惜 11 岁的读书娃从此便也辍学了。就这样年复一年，日复一日，阿珍一直替人洗衣服，一直替人管孩子，一直在灯下做针线活。为了撑起这个家，她一头乌黑的秀发变成了两鬓斑白。其间，她婉言谢绝了好几位想和她牵手重组家庭的青壮年，她要依靠自己的力量，把 4 个孩子拉扯大。她从不在亲友面前喊累哭穷，硬是挺直腰板做事、做人、管好家，她含辛茹苦让两个更小的儿女完成学业。阿珍这个保姆出身的母亲，自己没有读书是因为家贫，长女、长子辍学是因为家遭灾祸，在艰辛的日子里，她把读书的愿望全部寄托在次女和次子身上。

如今的阿珍，是儿女们心中最好的母亲，再也不干保姆活了。她的长女早已成家，日子过得殷实；两个外甥女都考上了大学；长子已是电力公司的中层领导，孙子去年也考上了名牌大学；次女师范学校毕业，现在是一所小学的副校长，她的孩子也上了重点中学；小儿子则是四个子女中唯一上过大学，而且获得博士学位，目前是一所高校的副教授。儿孙们都很争气，也十分孝顺，让她过上了幸福安详的晚年。

　　苦尽甘来的阿珍，是一个自尊、自强的母亲，她凭借辛勤的劳作，赢来人们对她的敬重，换来子女们的健康成长。母亲，对于阿珍这个干了一辈子保姆活的女人，意义太大了。她爱自己的孩子，也爱别人的孩子。那个她 11 岁时看管过的孩子，40 多年后，仍自豪地脱口而出："天下最了不起的母亲，莫过于我的保姆。"这是多么令人欣慰的肺腑之言呀！

梁 山 茶 韵

　　茶农周朝龙先生是个有胆识、有韬略的新农村致富带头人。与他仅一面之缘，却给我留下豁达、儒雅，思路新、策略好的印象。不惑之年的他，有着丰富多彩的经历，是梁岳莲花峰崖流出的泉水，荷步红树林间育出的稻米，滋养他成为一个敢于创新、勇于探索的汉子。淳朴的气质，率真的性格，使他成了荷西村近千户人家的主心骨、领头雁。他种植的梁山茶叶和他的人品一样出众，受到了同行的好评，得到了社会的认可。梁山茶韵也留在百姓人家的雅座、厅堂。

　　20世纪60年代出生的周朝龙，上有三个兄长和三个姐姐，父母都是地道的荷步村农民。一家十余口人，仅靠生产队出工劳作的那点工分，生活十分艰苦。1968年春，为了帮助家里多挣几个工分，年仅15岁的大哥小学刚毕业就和大人们一起，参加生产队劳动，下地种田插秧，上山植树采茶，稚嫩的臂膀也得学会分担家庭的责任。"贫穷"是那个时代成长的孩子，永远抹不去的记忆。

　　1978年，改革开放的春风吹遍了神州大地，荷西村也沐浴着这大好春光，每个村民都分到了属于自己耕作的田地和山林。那时的周朝龙刚满13岁，他放弃了升初中就学的机会，扛上锄头、簸箕和父兄一起，日出而作，日落而息，忙碌在田间地头。像成千上万的中国农民一样，周朝龙的大家庭，在他父亲的带领下，植树造林、围海养殖，凭着满腔的豪情和一身的力气，走出了一条致富之路，也成了当时荷西村第一个摘去贫穷帽子的首户。

　　2000年金秋，36岁的周朝龙受荷西村父老乡亲的重托，担起了村党支部书记的重任。年轻的村支书率领众乡亲，集思广益，拓宽致富之路，放手让大家八仙过海，各显神通。2003年春，他看好家乡的山峦，决定在梁山这块宝地上干出一番事业。起初他想在梁山种白藤，但欲种未施，尔后又想种毛竹，也是未了心愿。有人建议他种桉树，这是常绿乔木，树干高直，木质坚韧，可供建筑用，尤其是树皮和树叶都可入药，叶片尚可提取桉油。应该说桉树利用价值高、生长期快，是能在最短的种植期内获取最高经济效益的植物。为此，他立马从外地采购了近千株桉树苗，但在破土下种前，他拜访了林业部门的专家，当得知桉树有破坏土壤和水质的不良后果时，他毅然选择了放弃，尽管已投资了数额不小的树苗款也在所不惜。用他的话说："为了子孙后代，我不能贪眼前的利益，宁可挣十万，也不挣一百万！"

人总有欲步又止的时候，当他徘徊在梁山的十字路口时，突然被石门荒坡上几十株老茶树深深吸引，顿时眼前一亮，他对着大山发出了心中的呐喊：我要在梁山种茶。

远在明朝正德年间，就有先民在梁山种茶，《大明漳州府志》就有记载。巍巍的梁山风光秀丽，山脚是一汪碧波荡漾的海湾，有一片绿色的海上森林，习习海风蕴藏着温湿和腥膻，萦绕在层峦叠翠的山峰四周，茶树生长在这种富含海洋气候的环境里，叶片更嫩绿，茶味更芳香。唐代诗人卢仝的千古绝唱《七碗茶歌》曰："一碗喉吻润，二碗破孤闷。三碗搜枯肠，唯有文字五千卷。四碗发轻汗，平生不平事，尽向毛孔散。五碗肌骨清，六碗通仙灵。七碗吃不得也，唯觉两腋习习清风生。"看来，这茶的功效真大，从古到今都是人们喜爱的佳饮。

过去，荷步这个大村庄，十户家庭，没有两户家中备有茶具和茶叶。如今日子好过了，家家户户都有茶壶、茶瓯、茶盘和茶叶，这茶文化不仅只属于城里人，它也是咱农家人的必备品。种茶是件积德的事，既利己又利人。想必市场要远大于其他行业，种水果一年才一季，而种茶则是一年四季的收成呀！

种茶的决意已定，他首先想到的是改建石门荒坡上尚未完工的几间石头茶房，接下来是将位于梁岳山脉各个荒坡上的数十株品种良好的老茶树重新围场、修剪、套种、施肥和灌溉，只有扩大种植面积，才能让昔日的柴火山变成绿色的茶园。

俗话说：万事开头难。刚种植茶树的头几年，周朝龙的确遇到了很多烦心事，尤其是采茶误工大，梁山坡陡，道路崎岖，仅凭落后的生产力，每人一天双手并用只能采摘茶叶20斤。种植面积太大，范围又广，每天用工需要五六十人。其次，头疼的是请制茶师傅难，因为梁山茶业用的是传统的武夷山制茶工艺。在闽南地区，要请到懂闽北茶艺的师傅很难。寻寻觅觅中，好不容易有个华安籍的师傅应聘，他又只能闲时来，采茶旺季，他得先制作自己茶园里摘采下的茶叶。无奈又请了个南靖师傅，一天工钱一千元且包吃包住。忙了几天后，他也像华安师傅一样，跑回去打理自己的茶园了。制茶师傅就像走马灯似的更换，茶叶采摘是有时间的，一旦采下就得及时烘干、炒透进入制作流程，否则今天是嫩绿的新茶叶，明天就是枯黄的落叶或老树叶。由于制茶师傅经常变换，导致同是一座山上采下的茶叶，却在工艺制作上有质的差异，不但经济效益受损，且声誉也大打折扣。

为了保证梁山好茶这个品牌，周朝龙下决心要让自己人掌握茶叶制作的工艺。为此，他首先想到的是自己当兵复员的儿子。具有高中文化程度、又有"复员安置证"的儿子，若想在政府部门谋一职业不是件难事，可为了梁山茶叶的传承，他让儿子放弃就业机会，选择去福建农林大学茶艺专业深造学习，他要出资送儿子和自己胞姐的女婿一起到省城求学。

2012年秋，两个年轻人带着荷西村父老乡亲的希望，带着壮大梁山茶园的梦想，走进了高等学府，他们要在那里学到制茶的真本领回报茶山。相信通过三年的大学生涯，他们虚心地求学，刻苦地钻研，一定能取得优异成绩。将来身怀一技之长的兄弟俩，一定能够支撑起梁山茶业的一片蓝天。

梁山茶园，种茶面积近千亩，一年四季绿染山坡。梁山出好茶，梁山脚下更出好人家。提起周朝龙的家，熟知的人们都会竖起大拇指，四个兄弟都是好样的，大哥是军人，二哥是公务员，三哥是个脚踏实地的农民，小弟周朝龙不但是茶农，还是村民致富的领头雁。用高级品茶师方德音先生的话说："梁山茶香韵味浓，薪火相传有前途。"

碧 海 紫 波

在美丽的漳江湾出海口，有位农家，是方圆百里的紫菜养殖专业户。他出生在 20 世纪 70 年代，成长在改革开放的时期，像众多下海的弄潮儿一样，他打拼、搏击，在惊涛骇浪中创造辉煌。他把自己发明的紫菜养殖专利，与众乡亲分享，带领村里 40 余户村民，在海水养殖紫菜领域，闯出一片蓝天。他就是云霄县东厦镇郊洋村村委谢镇福。

年逾不惑的谢镇福，中等个子，方正的国字脸上，浓眉大眼。几句对话，便知他是个不善言辞且耿直厚道之人。

谢镇福毕业于云霄二中，只有初中文化。出身农家的他，年少时，为了求学，每周要自备番薯、大米、萝卜干、小鱼干作为在校寄宿的口粮，需步行近两小时翻山越岭，才能抵达位于陈岱镇的中学。学生时代的他，成绩优异，只因家境贫寒，兄弟姐妹多，领到初中毕业证书后，就没有升学，成为老师们心中的遗憾。

18 岁那年，谢镇福怀揣梦想，和村里另外两位同龄人，远离故乡，到泉州港湾的白沙镇海边，去学习紫菜养殖技术。他不愿像自己的祖辈一样，只限于捕鱼、捞虾、讨小海维持生计，他要利用家门口这片辽阔的海域，养殖村里人尚未从事过的紫菜行业。紫菜是一种低盐、海水含氮量高，且富含碘、多种维生素、矿物质的海藻品，是现代人们餐桌上最易烹调的佳肴。紫菜牡蛎煲，能入宴席；紫菜蛋花汤，居家寻常菜；如今诸多日本料理、韩国料理的精品美食店，都离不开紫菜这一重要的食材。常言道：种花是为了环境的芬芳，养殖乃是因市场需求。青春年少的谢镇福，决心要掌握紫菜养殖这门技术。

拜师学艺，并非易事。在白沙镇的一个小渔村，三个年轻人租住在一间屋子。紫菜生产期是在秋冬两季，越寒冷，紫菜长势越好。白露时节，就要开始在架好的网帘海水内播撒紫菜苗，海面上寒风凛冽，刚刚离开学校的学生娃，一时间要高强度地劳作在寒冷的海上，那份艰辛可想而知。每天跟着太阳起，伴着月亮归，令他们累得直不起腰。为了尽快掌握技术，三个小伙伴在小渔村认真向师傅学习紫菜的收割、裁剪、清洗细沙、除净杂物，之后用打菜机脱水滤干，再将干净的紫菜下膜、烘烤。整套操作工序，用心牢记，用笔写好，用手实践。冬去春来，三位郊洋村的小青年，为了掌握好海上养殖紫菜的技术，起早贪黑跟着师傅刻苦学习，直到收获了一季又一季的紫菜后，才踏着春天的脚步归来。

20 岁那年，风华正茂的谢镇福，满腔热忱要在郊洋村那宽广的海面上，用学到的紫菜养殖技术进行播种、耕耘，他想闯出一条父辈们还没有走过的道路。在征得家人同意后，他租了六亩海域，用借来的 1 万元人民币作为海水养殖紫菜的最初投资。购买浮子、浮杆、固定桩和尼龙网帘，建造大型土灶，以供烧柴升温的烘焙炉，添置不锈钢的紫菜成品烤膜，大型鼓风机、烘干机，还有电机过滤池、脱水池等海水养殖紫菜的基础设备，当这一系列购置停妥，买紫菜苗的款项短缺了。

秋分已过，正是育苗旺季，谢镇福东拼西凑了一笔钱，坐上长途汽车，远赴浙江宁波购买紫菜幼苗。为了节省开支，他没有入住旅店，而是星夜赶回，当抵达家门口时已是旭日升起。他顾不得休息，便马不停蹄地扬帆起航，用小木船，载着来自千里之外的紫菜幼苗，徐徐地驶向养殖场设备早已安装完善的海域，然后轻轻地像天女散花一样，将紫菜幼苗星星点点地播撒在六亩海域的碧水里。当他把最后一棵幼苗放入海水后，突然觉得头晕眼花、直不起身子，连摇橹的力气都没有。他静静地坐在小木船上，闭上眼睛，任凭海浪轻轻拍打。晃了一会儿，他仿佛记起，自己从昨日下午至今米水未进，肚中早已空空，加上长途跋涉，能不患晕吗？当看到晨曦下网帘里跳动的紫菜苗，他又抖擞起精神舒心地笑了。

紫菜苗自播撒入海水，需要48天的生长期，为了这48天早点到来，他有如期待一位即将出生的婴儿那样，焦虑不安，翘首祈盼。终于有一天，他等来长势良好的头水紫菜，蓝天碧水下，只见网帘里，色泽淡紫，好似少女们飘逸的长发，随着海浪，荡起美丽的涟漪。这一情景乐得他喜出望外，也让他摇橹的双手颤抖，激动的泪花在他年轻的脸上闪烁着。

丰收的喜悦，洋溢在他和众多参与劳作的养殖者脸上。养殖紫菜成功的喜讯，一时间在郊洋村传开，只有170余户渔家的小村落，顿时沸腾了，人们不敢相信，祖祖辈辈生活多年的这片碧海蓝天，也能养殖紫菜。老人们闻讯乐了，年轻人闻讯不外出打工了，不少乡亲主动上门请教，也想加入海水养殖紫菜的行列。

正当谢镇福养殖事业趋于稳定的21世纪之初，一个来自西伯利亚的台风，把他刚要收割的150亩海域紫菜全给刮跑了。连同所有浮子、浮杆、缆绳、网帘、固定桩、固定杆等养殖设备，都被来势凶猛的台风一次性摧毁。海面上一片狼藉，整个养殖场全面瘫痪。高达十余万元人民币的损失，对于刚步入而立之年的他，无疑是当头一棒。2000年左右，10万元人民币在农村可建起一座楼房，在县城也能买间套房，天灾让他才起色的事业瞬间跌入低谷。儿子尚年幼，家庭经济压力告诫他不能气馁，只有重整旗鼓，他暗下决心，一定要研发出能抵御台风侵袭的养殖设备。

光阴似箭，经过10年不懈努力，谢镇福终于在他40周岁那年，发明创造出"一种紫菜半浮流养殖装置"的设备，并于2012年4月7日向国家知识产权局提交了发明申请，2013年4月17日荣获中华人民共和国国家知识产权的发明专利证书。他发明的这项"实用新型涉及一种紫菜半浮流养殖装置"，具体为：包括数量相同的若干固定桩和浮子，每个固定桩通过固定缆绳与浮子连接，浮子之间接有浮杆，浮杆上装有网帘，在网帘的长度方向上按一定间隔接有浮杆，通过浮杆之间的连接实现网帘横向的连接，在网帘的长度方向，利用网帘与网帘的边绳进行连接。在该装置长度方向两端的外围，每根浮杆设有相应的支撑杆，支撑杆通过牵拉，缆绳与相应的浮杆进行连接。

这项发明，结构简单，易于设架和撤架，成本低廉，可较充分利用有效的养殖面积，可实现带收割机的船体进入本养殖装置，进行紫菜收割，有利于提高紫菜在养殖和收割过程中的机械化水平。更重要的是，一旦台风来袭，能迅速撤架，保存设备不受损。

一个只有初中文化的渔夫，不但成为海水养殖紫菜的专业户，而且还创造发明出一种成本低廉、易于设架和撤架的实用型"一种紫菜半浮流养殖的装置"，并荣获国家个人发明专利。这在背山面海的小小郊洋村，堪称是件喜事、大事。

如今的谢镇福，凭借自己的努力，在海水养殖紫菜领域已辛勤耕耘了近三十个春秋，年收入约六十万元人民币。他的紫菜市场销路好，每年广东、江苏大客户的签约订单供不应求。福建的各大超市，也有他优质的海藻养殖佳品。更可敬的是他用自己发明的专利，带领乡亲们共同致富。郊洋村的海面上有大大小小四十余个紫菜养殖场，站在村子后山的龙泉岩上俯瞰山下，那星星点点的紫色波光，辉映在海面上，真是一道亮丽的风景。

夏 日 娇 花

初识紫薇花，是在一个酷暑的正午。那天我出城在郊外路经一户农家，烈日下只见农家院墙外，有一树紫色的花儿，怒放得恰似一群多姿多彩的美女。她们在旷野中、蓝天下踏歌起舞，那份美艳令我驻足留步，忘却了是置身在三伏天的中午。

那娇嫩的花瓣儿犹如婴儿的笑靥，是多么令人欢喜爱怜！我悄悄走近她，生怕脚步声吓着她；我用手指轻轻抚摸她，又怕指尖的温度烫着她。

有人喜爱严冬傲雪的寒梅、深秋含香的秀菊、新春灿烂的杜鹃、盛夏娇艳的彩莲，可我更欣赏这高洁而淡雅的夏日紫薇。

我昂起头，屏住呼吸，静静地观赏着这丛盛开在炎炎夏日里的紫薇，似乎听到花枝伸展和花苞绽放的声音。树梢枝头上一簇簇花瓣儿舒展得很优雅、很浪漫、很梦幻，嫩绿的枝叶映衬着紫色的花朵，如诗如画。当一阵和风吹来，她们微微摇曳，好似一朵朵紫色的伞花徐徐降落，我张开双臂，她们就快要拥入我的怀里。

我轻揉双眼，只见树梢上的一团团花骨朵含苞待放，摇头晃脑，她们真像一群幼儿园的孩童，天使般顶着花环，追逐游戏，展翅在蓝天白云下。枝头那一串串繁花初放，犹如校园里天真无邪的少女，三五成群，背着绿色书包，穿着紫色花裙，阳光下正徜徉在知识的海洋里。再看那盛开的鲜花，争奇斗艳，好比村姑少妇，又如立足于各行各业中的佳丽，她们婀娜多姿，秀美清丽，且拥有知识与智慧，光鲜夺目的她们着紫色霓裳，在年富力强的当下，自强不息，拼搏进取。最让我心醉的是那一簇簇，在阳光照耀下透着晶莹的大朵大朵的花儿，她们绽放的笑脸成熟、端庄，虽然有些许花瓣儿即将飘零，但她们落落大方，像是爱跳广场舞的大姐们，正披着宽松的紫色长裙，在晨曦中、夜幕下翩翩起舞……

紫薇娇嫩多姿，雅而不俗，静静地盛开。看，大自然里还有千千万万像紫薇花这样，在各个花期，把最美的姿态绽放在养育她的天空和大地。"桃李无言又何在，向风偏笑艳阳人"。

感谢这个难忘的假日，让我有幸与紫薇结缘！

海西钢构安居列屿

有个美丽富饶的滨海乡镇——列屿，它坐落在云霄县东南部，与东山湾、古雷港遥遥相望，依山傍海的天然位置，自古享有"山海田、鱼米乡"的美誉。

列屿，物产丰富，四季如春。独特的地理环境，便捷的水陆交通，成为许多投资者的创业热土。近年来，随着沿海大通道的贯通，国家一级渔港的建成，漳州核电、海西钢构等大型企业相继前来落户，列屿这座滨海小镇，顿时呈现出一片热火朝天的繁荣景象。规模工业瞬间得到迅速的发展，福建十八重工股份有限公司更似一颗璀璨的明珠，镶嵌在列屿的碧海青山之间，闪闪发光。

碧海青山迎贵客

半山村位于列屿镇西北端，山环水绕，风景优美。天坪山下沧海茫茫，石笼山上果树成行；险峻陡峭的崎山，松青柏翠；狮枋山、湘北山与仙人亭山相依相偎，层峦叠嶂；鲤鱼溪、梅山大溪源远流长；山清水秀的半山村，几年前添了一条走出大山的疏港公路，昔日"荆棘蔓条拂行装，荒草萋萋碍行路"的村落，如今有了宽敞的道路，客商们慕名而至。2010 年 5 月，福建十八重工股份有限公司这位贵客，就从海上花园的鹭岛来到这块处女地投资兴业。

与半山村相邻的青径村，也是一块风水宝地。它位于列屿东北部，北邻东厦镇郊洋村和漳江口红树林景区，东为东山湾西海岸，史称"其岛屿有石关、石帆、大桑、小桑、双屿皆砥柱中流，为云霄门户"。可见，古时漳江口的青径村就是云霄故郡的"门户重地"。青径村土地肥沃，草木茂盛，传说是"插进竹筷也返青，放入柴节也成林"的宝地。青径村背靠连绵起伏的群山，面朝波涛汹涌的大海，观海听涛，山岚泉涌，多美的村庄呀！2010年8月，这个具备码头泊位优势的青径村，再次赢得了鹭岛客人的青睐，福建十八重工股份有限公司决定在这里建设它的"二号基地"。

十八重工安新家

几年前的一次偶然机会，我有幸在厦门湖滨路的十八重工股份有限公司总部，第一次见到了董事长鞠伟民先生。英俊、魁梧的鞠先生，举止儒雅，器宇不凡。从他的谈吐间，方知他有着二十余年的军旅生涯，从师级干部岗位转业后，他依然保留着那份军旅情结，相约曾经的战友，用昔日服役部队某"十八团"的番号命名，创办了十八重工股份有限公司。

"十八重工"企业的创办，"海西钢构配送中心"的成立，是顺应了钢结构产业高速发展的历史进程。在城镇化和工业化的背景下，国家倡导建立低碳、环保、节能的新型建筑模式，这将更有利于钢结构产业的快速发展。集厦门造船厂、福建船舶工业集团、闽船钢构和福建通州船业有限公司为一体的福建十八重工股份有限公司，既拥有悠久的历史背景和深厚的文化底蕴，又具备坚实的技术力量和企业基础。它需要高大、宽敞、占地数千亩的厂房、车间，而如此庞大规模的用地规划，在寸土寸金的鹭岛是很难实现的。卓有远见的"十八重工"精英团队，把目光投向云霄列屿，这是何等智慧的选择呀！

2010年11月16日，"十八重工"第一座占地近4万平方米、高 25 米的一号车间在列屿镇拔地而起，巨大的钢构厂房高高地屹立在大坪山下的半山村，让原本寂静的村庄，新添了一道亮丽的风景。"团结紧张""快马加鞭"的军人作风，让企业在不到半年的时间里，分别在半山村和青径村建立了一号基地和二号基地，使之成为"十八重工"建功立业的新家园。

团结奋进创佳绩

"十八重工"之所以能在很短的时间内，创造辉煌的业绩，得益于企业有一支学历高、业务精的管理团队，以及爱岗敬业、敢拼会赢的员工队伍。董事长鞠伟民先生是经济学硕士，副董事长鲍广鉴先生是博士生导师，总经理邹鲁建先生是高级工程师，且有着 30 余年从事船舶及钢结构工作的经验；技术总监是拥有 40 余年钢构从业经验的荷兰籍高管；近 400 名员工中，大专及以上学历者 80 余人。这是一支高素质、敢拼搏的企业团队！

公司以"时不我待，跨越发展"的精神，全力推进海西钢构配送中心项目的发展步伐。从 2010 年 5 月 28 日注册创办，2010 年 6 月 18 日奠基，同年 11 月 16 日，一号车间顺利落成，第一条日本进口的国际一流先进钢构生产线正式投产，之后 7000 余平方米的预处理车间建成。仅 6 个月时间，实现了"当年征地、当年建设、当年投产"的目标，创造了云霄县工业发展史上的"海西速度"，被评为当年"大干一百五十天"竞赛活动第一名，受到了漳州市、云霄县各级政府的表彰。"十八重工"的海西钢构配送中心项目也被列为"2011—2012 年福建省重点工程"项目。

"十八重工"创办初期，就制定了具有差异化的发展战略，定位为大型、高端的钢结构产品研发、制作和配送企业，组成了以国内外钢构专家为主、具有国际视野的高管经营班子，同时购置了世界一流的生产设备。尤其是引进美国潘廷豪生产线设备后，大坂村的一号基地年产量高达 8 万吨大型钢构件，短短几年，就为祖国的大江南北和世界级都市输送了众多的"海西钢构"产品。

半山村的一号基地，是工人师傅们制造、加工钢构件的作业区。他们凭借精准的技术，将那一根根细长的钢管、钢索，一块块厚重的钢板、型钢，用焊、铆、栓等工序相连接，制造出重载、高耸、大跨的钢结构成品件，保质保量从云霄列屿盛装出发，源源不断地从陆地或从海港启程，为城市建设添砖加瓦。自 2010 年 12 月至今完成的工程有：福建省最长的泉州市人行天桥，福建省最宽的漳州市人行天桥，漳州市体育馆，厦门市帝景苑，深圳莲塘人行天桥，安哥拉人行天桥，迪拜轻轨车站和新加坡圣淘沙过山车等。

"海西钢构"创下了年产钢构量 8 万吨，年销售收入 6 个亿的喜人佳绩，成为云霄县的纳税大户。随着一个个高质量工程的竣工，"海西钢构"的优质产品得到了国内外行家的广泛好评，订单也雪片般地从四面八方飞来。

"海西钢构"正扬帆

百闻不如一见。走进"海西钢构"厂区便看到道路两旁的植物绿意盎然，花红叶翠间有股芳草的淡淡清香。电焊总监康冶伟师傅，笑盈盈地拿出几个安全头盔分发给入厂参观的人们戴上，之后领着众人首先来到一车间，只见宽敞明亮的厂房里，整齐有序地堆放着厚厚的钢板、长长的钢管和一圈圈细细的钢索。康师傅告诉我们，这是焊接和下料的作业区，平时这里有近 200 个工人在作业，今天周末工人们休息，只有少数人在加班。接着又来到二车间，这是专供成品油漆、拼装的作业区。三、四两个车间在一个斜坡的平地上，是生产和安装过山车、桥梁等重型钢构的工作区。康师傅指着边上的一大块平地告诉我们，五车间将建在这里，规划用地近千亩，不久，又将有一座厂房拔地而起！

走出作业区，沿着一条弯弯的坡道前行，映入眼帘的是一幢壮观的行政办公楼。周边艳丽如霞的桃花，洁白似雪的李花，峻峭的岩石，苍翠的松柏倒映在办公楼前那湾碧绿的湖面上，犹如一幅迎春的水墨画。现代化的钢框架高楼与春天里的大自然美景相辉映，给人以春光无限、生机勃勃之美感。

康师傅告诉我们，企业领导十分关心员工的生活，食堂伙食不错，员工的三餐全都免费供应，社保、医保、意外险都是厂部为之缴纳，逢年过节有福利，有聚餐。职工宿舍有集体、婚房两种，全厂近 400 名职工中，有 20 余对夫妻职工，他们以厂为家，努力工作。

人性化的企业管理，让广大员工共享发展的成果，树立主人翁思想。近年来，争相应聘的人员倍增，流失的员工递减。占全厂 40％的本地员工，更是把心留在家门口，享受着打拼与亲情两不误的快乐。出现了夫妻、姐妹、兄弟、父子同在厂里工作的景象。他们用辛勤的劳动换来幸福的生活，改变了乡村的面貌。

鞠伟民董事长的一首《醉花阴》道出了"十八重工"团队的情怀：

元日暖阳春江透，金鸡鸣澄宙。山河换新绿，艳花锦绣，普天乐同奏。

峥嵘岁月人抖擞，誓大干撸袖。梦回玉宇间，长调重拍，起舞再奋斗。

实力雄厚的"十八重工"海西钢构企业，将强有力地发挥自己的产业优势，以创造更大的价值与产业延伸，扬帆起航在"绿色、低碳、节能"的海洋上，乘风破浪，去迎接更加灿烂而辉煌的明天。

老年大学漫记

　　春日的一个上午，我漫步在云城繁华热闹的云漳路上，在劳动服务综合大楼处，忽闻一阵悦耳的歌声从远处飘来，那悠扬熟悉的红歌旋律，令我情不自禁地寻觅着歌声飘出的地方，我移步向东前行约五十米，歌声如雷贯耳。啊！好壮观的一座校园屹立在蓝天白云下，两扇银色铁门敞开着，拾级而上，是一个千余平方米的花园式操场，迎面是一座雄伟壮观的教学楼。校园中央的旗台上，一面鲜艳的五星红旗，正迎着春风高高飘扬。嘹亮的红歌就是出自这座美丽的校园——云霄县老年大学。

　　带着好奇，我匆匆走进校园；带着一份敬意，我走访了云城老年朋友的这所求知学园。

风华正茂二八春

　　从学校办公室主任张合波处得知，今年28岁芳龄的云霄县老年大学，创办于1990年10月，她恰似风华正茂的青年人，青春洋溢，血气方刚。她曾经4次变换校址，从无到有，从小到大，直至现在拥有独立的校园。从最初的60平方米办学场所，到如今的占地面积1680平方米，建筑面积3120平方米的一幢四层教学楼。从最早开办一个班级，学员40余人，到今天的14个班级，20门专业课，学员、会员一千余人。真是翻天覆地的变化，堪称朝气蓬勃，欣欣向荣的一所现代化老年大学。

　　1990年10月18日，云霄城关中山路老干部活动中心门前热闹非凡，随着一阵震耳的鞭炮声响，"云霄县老年大学"

揭牌成立。学校设在县老干部活动中心，实现了零的突破。2004 年 10 月，老干部活动中心乔迁，老年大学也随之搬到江辉路新址。三楼一间大教室和一个办公室共 200 余平方米供老年大学使用。条件有所改善后，学员增至 150 余人，开设 3 个专业 9 门功课，5 个班级。成立了学会和合唱队，聘请了 12 位专业教师。

2010 年 8 月，中共云霄县县委、云霄县县政府将位于城关中山路，原县文化馆一幢 1500 平方米建筑面积的五层楼房，安排给县老年大学使用，从此，云霄县老年大学有了独立的校园。环境的改善，大大激发了师生的工作和学习热情，学员、会员增至 400 余人，开设 12 门功课，8 个班级，在原有合唱队的基础上，又添了腰鼓队，学会增至 5 个。

2014 年 9 月，因中山路旧城改造需要，云霄县老年大学再次搬迁至如今的云河路 1 号，原云陵第一小学。宽敞明亮的四层楼房，共有大小教室 30 余间。二楼有 4 间标准的多媒体教室，现代化教学设备一应俱全。三楼的书画展厅，山水、人物、花鸟、行书、隶书、楷书琳琅满目，都是出自年过半百的学员之手。四楼的两间排练厅，落地镜台里展现着优美、轻盈的舞姿，均系奶奶、姥姥辈的舞蹈爱好者。文化艺术团合唱队的近 50 位男女学员正在一楼活动室练唱《山丹丹开花红艳艳》，随着音乐教师的钢琴伴奏，两个声部的男女声合唱和谐，悠扬嘹亮的歌声飞出教室，回荡在校园的上空。

当我走到教学楼三、四层时，映入眼帘的是一个个专业学会的活动室、展厅。据悉，云霄县老年大学现有诗词、书画、潮曲、潮艺、声乐、民乐、舞蹈、摄影、健身、营养、象棋、旅游、谜语、乐聊等 14 个学会，聘请社会上德艺双馨的贤士任会长。近年来，由学会承办的广场舞展演、潮曲专场演唱、声乐民乐演奏，太极拳、柔力球表演，书画摄影作品展，深受观众喜爱。相继出版的校刊、诗刊、诗集、文集，也进一步提高了云霄县老年大学的知名度。从老年大学丰富多彩的文化、体育活动，看到了老年学员的风采，看到了他们生活、生命质量的提升。

现代老人展风采

"晚霞绚丽焕桑榆，老树逢春叶茂株。喜看奇葩开现代，来年一现百花图。"多美的诗文呀！这首诗是郭拱明校长献给"现代老人"的绝句。从学校宣传栏里看到，2015 年和 2016 年评出了两届"现代老人"，他们那鹤发童颜的容貌，求知进取的事迹，深深地感动我。

年近九旬的离休干部董楚扬先生，是云霄县老年大学首任常务副校长，他从 1990 年 10 月至 2013 年 3 月漫长的 23 个春秋里，为老年大学的起步、发展做出了重大贡献。他对诗词颇有研究，出版了《闲咏集》《晨光集》两本诗集。他退休后开始学书法，作品曾参加省、市、县老年协会举办的书画展。

施武弄先生，退休前是县教育局领导，退休后任元光书画院院长、老年大学书画学会会长。他的书法作品被众多典书收录，出版个人书法作品集，举办过个人书法展。他还是一位诗人，很多诗词作品被省、市诗词集编入书册。他对国画研究颇深，擅长画花卉鸣禽，其作品多次参展。

学校书法课教师黄铁汉先生，工作责任心强，在没有教辅材料的情况下，认真查找资料，自编教材。把自己的书法知识和创作经验无私地传授给老年书法爱好者。他是云霄县书法协会连任四届的会长，作品多次荣获全国、省、市大奖。曾出版两本书法作品集，举办过个人书法展。

能歌善舞的张淑琴女士，退休前是云霄县党校的讲师，如今是县老年大学舞蹈课教师。她为人热情大方，工作踏实肯干。她编排的舞蹈优美、新颖，有着潮曲童子功唱腔的她，此时在舞台上唱功和舞姿，风韵不减当年。

吴德元老师，是云霄县老年大学的美术教师，从领导岗位退休后，一直默默地为云霄老年大学做无私的奉献。他曾一度身兼数职，既要忙碌教务处的日常工作，还要筹办校刊、展览等其他事务，他做事认真，做人实在。古稀之年开始学电脑、发微信、用手机拍照，做什么都是乐呵呵的，是一位名副其实的"现代老人"。

有着四十年教龄的退休教师张竹老师，是一个活到老、学到老的老先生。他退而不休，挥毫不辍，他的小楷书法和他的人品一样端正，八旬老人的他，仍不断书写佳作在全国、省、市获奖。

这些"现代老人"，只是云霄县千万离退休人员的缩影。他们年富力强时，把旺盛的精力用于家乡的社会主义建设，如今年老了，仍在老年大学这个其乐融融的大家庭里，发挥着光和热。

奉献余热领头人

在参观校园时，我与部分工作人员、教师、学员交谈中，得到了不约而同的评说："办好老年大学，得益于县委、县政府领导的重视是前提，最关键的还是学校有个敢于担当、勇于创新、乐于奉献的领头人，他就是常务副校长郭拱明先生。"

郭校长几十年从事教育和党政工作，有着较丰富的教学、行政工作经验，且多才多艺，工作富有创造性。他自2013年3月担任云霄县老年大学常务副校长至今，他带领师生深入乡村、学校、机关调研，探索老年教育工作新路子。他积极主动向县委、县政府提出一整套"关于加强县老年教育"和"创建省级老年大学示范校"的建议，行之有效地解决了在创建"省级示范校"中存在的校舍规模、人员经费、设备完善不足等问题。

郭校长善于团结班子、调动师生的积极性，大胆创新老年教育。从学校工作思路的确定，到建立健全各种规章制度；从课堂教学到学会活动的双轮驱动工作方案；从加强思想政治工作教育，到每年一度评选"现代老人"活动；从坚持每年举办一届文化艺术节，到加强校园文化建设；一步一个脚印，使云霄县老年大学从内涵和外延都得到质的升华。教师、学员、会员爱党、爱国的热情在这里得到提升。

在学校的荣誉室，我看到"省级老年大学示范达标校"的牌子。郭校长曾带领云霄县老年大学全体师生，经过3年的不懈努力，终于在2015年11月，顺利通过省级老年大学示范校达标验收，圆了多年的梦想。他们的做法得到福建省验收组领导、专家的好评，郭拱明常务副校长也因此被福建省老年大学协会授予"全省老年教育突出贡献者"荣誉称号。在三明市召开的"福建省老年大学年会"上，唐丽真副校长代表云霄县老年大学做创建示范校典型发言。

校园里的所闻所见，令我感动良久！是啊，"莫道桑榆晚，红霞尚满天"，老年教育工作是夕阳工程，又是朝阳事业。漳水欢歌美，云山夕照红。云霄县老年大学这朵绚丽的老年教育之花，必将在温暖的阳光照耀下，开得更加鲜艳、灿烂。

现代老人

提起汤红吉，凡在云霄县老年大学工作的教师或是就读过的学员，无人不晓。今年85岁高龄的老汤开朗、乐观，求知欲特别强。他是云霄县老年大学创办25年来，一直坚持到校学习的学员。用他的话说："是老年大学让我告别病榻、赢得了健康。是老年大学让我学会了摄影、书法和绘画，还能登上戏台唱潮曲，下到场子打门球。"从他爽朗的笑声，稳健的步履中，谁能猜想到他曾是提前五年退休、出了名的老病号。是的，是老年大学这所知识的乐园，让众多和老汤一样的老人，离退休生活充满阳光。

新中国成立之初，20岁的后汤村人汤红吉，是一名土改干部。1952年入党的他，被安排在县委办公室担任助理秘书。因工作成绩出色，1956年组织上安排他到陈岱镇担任党委书记。1958年秋，他被保送到厦门大学"工农预科班"参加为期两年的中文脱产学习，对这来之不易的高校求学，他十分珍惜且刻苦努力。由于成绩好，他被推荐到党委书记陆维特教授身边，利用课余时间兼任秘书工作。这段大学生活为他返乡参加社会主义建设及1980年担任云霄县莆美镇党委书记，1981年担任云霄县党校常务副校长，1982年担任云霄县纪委副书记奠定了良好的工作基础。

1983年冬，因一次突如其来的大病，汤红吉七天七夜水米难进，食物入喉马上呕吐出，眼睛怕光不能睁开，身体只能平躺仰卧，一翻身就头晕目眩，一坐起就天旋地转。医院诊断为急性迷路神经炎，加之心律不齐、气喘、胸闷，相当长一段时间他都在住院治疗。往返市、县各大医院四处求医，服药片、喝中药，中西医轮换诊治，生活起居都需家人照料，根本就无法到县纪委正常上班。鉴于此，他自己提出申请病退，组织上考虑他的实际状况，批准他因病提前退休。

退休最初几年，老汤很不适应，基本上足不出户，情绪也低落，因他长期治病吃药，家庭开支有了负数。五个子女只一个有工作，其余都是农民，妻子也是地道的农村妇女，没有经济收入，一时间原本性格豪爽的他变得郁郁寡欢。

1990年深秋，同是正科级退休的原县妇联主席汤乔凤登门探望，告诉他县里将成立老年大学，希望他走出家门一起去参加学习和活动。10月18日，云霄县老年大学在鞭炮声中挂牌成立，汤红吉等46名离退休干部成了老年大学的第一批学员。这一学就是25年，除了双休日和寒暑假，老汤几乎天天到校，起初是推着自行车当拐杖使，一步一步从后汤村走到学校。之后是骑着自行车上学，现在则是骑着电动车来老年大学听课。

云霄县老年大学从最初的一个班级、5门功课，到如今的14个班级、20门功课，老汤算得上是元老级学员和老班长。他既学书法又学绘画，作品多次参展；学写韵律诗，作品曾发表在《福建老年报》上；学潮曲，能粉墨登场演唱；学摄影，作品曾获奖；学保健养身，卸掉了老病号的别名；学电子琴，能教孙女。老年大学让他的晚年生活充满着琴棋书画，诗书礼乐。2015年秋，他荣获云霄县老年大学首届"现代老人"的称号。

如今老汤不仅自己坚持到校学习，还邀请邻居同事、亲朋好友来老年大学听课，他常说："只有放下身段，才能赢得快乐和健康！""老年大学是我的第二个家园，在这里我学到了很多现代化知识，倍感大家庭的快乐与温暖！"

这就是汤红吉坚持25年上老年大学的感悟和心声，他真是一个活到老，学到老的现代老人。

岁月如歌航修情

　　1978年深秋，芳龄19的米弥，第一次远离家乡镛城，从闽西北一路风尘仆仆向闽西连城的文亨乡奔去。那里有一个军用机场和一份神秘的工作，令她匆匆告别知青点，告别乡村小学民办教师的讲台。她，从此成为福州军区空军某部的一员。

　　与她同行的还有一位知青，他叫小黎，闽东人。其父母20世纪50年代双双从沿海支援山区建设，一家子已在镛城生活多年。他年纪比米弥小，看上去恰似一个稚气的初中生。两人的父母都在县政府工作，且两位母亲还是同事。因此，旅途中，她这个大姐总是给予照顾。从镛城到驿站燕城，他们沿崎岖公路，随长途汽车走了大半天，傍晚时分，才见到在车站等候他俩的宋干事。

　　招待所坐落在碧波荡漾的燕江畔，灯火明亮的餐厅里，已有十余个和他俩年龄相仿者，大伙坐在一张靠窗的大圆桌旁正待用晚餐。宋干事介绍说："大家都来自镛城、燕城的不同知青点，明天你们就将成为同一个部队的战友，当一名光荣的航修战士，为保证军用飞机在祖国的蓝天平安翱翔，贡献你们的聪明才智和青春力量。"

　　三天前，米弥在镛城的县委大院，已见过宋干事和眼前的部分青年男女，据知青办的同志说：他们是插队在南口公社小拔知青点的部队子女，都是从省城来的，从小都生活在部队大院。就他们的着装和言谈举止，在山区小城里也更显时尚和文明。

　　友善和蔼的宋干事，是个英俊、豪爽的军人，四个口袋的绿军装穿在他身上，既得体又精神。他是20世纪50年代末入伍的江苏洪泽湖老兵。苏北人那耿直、豪爽的性格写在他宽厚的笑脸上，有这样的领队带大伙步入军营，堪称是众人的福气！

次日上午八时许，一辆有帆布敞篷的军用大卡车停在燕江招待所门口，宋干事指挥众人有序登上了敞篷车。绿色的军用车内，有两排固定的绿色铁质长椅，大家依次坐稳后，随着徐徐行驶的汽车离开燕城向着连城方向，在盘山公路上开启了他们人生第一个绿色的旅程。正午时分，一路驰骋的卡车慢慢停稳，忽听见宋干事喊道："孩子们，快下车，你们到家啦！"

初 识 军 营

在敞篷车内晃悠了大半天的姑娘小伙们，闻声都迷迷糊糊地走出梦乡，抖去一身的尘土，急速地拖着行李跳下车。深秋的暖阳，银光闪闪，米弥用手背遮挡刺眼的光线，轻轻地舒缓坐了太久的双脚，深深地吸了一口清新的空气。忽然眼前一亮，好大的军营呀！

宋干事接着说："这里是福州军区空军航空修理厂，明天大家都写封信给父母报个平安。"

人们下车的地方，是汽车队的停车场，泥土渗沙的车场地面上，已整齐地停放着七八辆军用汽车。水泥板屋顶下，是一个百余平方米的汽车维修工场，有一个供洗车和换轮胎的水泥沟，还有很多汽车修理工具，井然有序地摆放在柜架上，地上有油污的抹布，还有呛鼻的汽油、机油味。一条两车道的土路，将车队、停车场与正对面的一个标准篮球场分开，只见篮球场上有几个穿运动短衣裤的小伙子在打球，围观的人群中，不断发出"好球"的叫喊声。

长长的土路两侧，是一排排白墙灰瓦的部队营房，一座座排列有序，绿色的冬青树修剪齐整，黄色的野菊花绽开笑脸，给这秋天的军营，平添些许芬芳和色彩。站在停车场，举目望去，四周十分开阔，错落有致的厂房，锅炉房高耸的烟囱，行政办公楼和厂区内别致的林荫小路。围墙外则是一片希望的田野，农夫、村姑劳作在田间地头的背影，袅袅炊烟从村落间徐徐升起，这情景又仿佛是刚离开的知青点。

两位英俊的年轻军人笑盈盈地走来，宋干事便说："王队长、孙指导员，从现在起是你们的领队。"宋干事和大家打了一声招呼后便离开了停车场，他的任务已告完成。

王队长中等身材，四方脸盘，浓眉毛、高鼻梁，两只眼睛炯炯有神，看样子刚过而立之年。一种英气勃勃，孔武有力的风采，尽显在这个来自太湖之滨的年轻军官身上。他用浓重的江苏无锡普通话说："男同志跟我走，你们的住处离厂部还有一段路程。"这会儿，瘦高个的孙指导员也用上海口音开腔了："女同志的宿舍就在前面不远处，跟我来。"

沿着一条斜坡的土路，姑娘们拖着大包小包的行李跟随其后，不一会儿，便看到了呈阶梯式的三排平房，每排平房有三间屋子，而每间屋子约六十平方米。孙指导员让米弥和小田住第一排的第一间，这是一间坐北朝南靠路边的向阳房。推门而入，只见白色墙壁粉刷一新，灰色的水泥地板干净整洁。屋内有四扇三开窗，八张上下铺木床摆放有序，一眼望去，只剩正对着房门的一张空床位。小田利索地把行李搁到了上铺，米弥没有选择地开始收拾下铺，挂蚊帐、铺垫褥、罩床单、枕头被子叠放齐整，一会儿工夫，就收拾得清清爽爽。

只听一声"又来新的了"闽北口音从门外传入，随之走进了两位姑娘，面带微笑的她们径直走到了对面床铺边，高个子姑娘自报家门："我姓肖，来自建瓯县。"另一位女孩则用较重的福州腔说："叫我小程，我从光泽知青点来，家住榕城。"原来她俩是对面床上下铺的伙伴。小程是个省城姑娘，中等个儿，身材匀称，她热情地领着新到的几个姐妹去洗漱间、热水房和食堂熟悉生活环境，让初来乍到者有回家的感觉。

夜幕降临时，喧闹了一天的集体宿舍，渐渐静了下来，大家年龄相仿，都是插队知青，关好门、拉上窗帘，闺房内一个个换上了睡衣。她们或斜躺在床上看书，或整理衣物、被褥，更多的是在灯下写家书。米弥、小程的床铺之间，有张暗红色三屉写字桌，依窗摆放，窗户上方一盏日光灯放射出柔和的光芒。米弥伏案借助灯光已写完两封书信，一封是给父母家人的平安信，另一封是写给远在光明公社插队当知青的闺蜜美清，厚厚的五张信纸中，描写更多的是航修厂军营的神秘，红领章、红帽徽、绿军装军人的神武英俊。

文 亨 街 景

在客家人聚居的闽西革命老区，有一块连绵几百平方公里的伞状峡谷平原，即是连城县。距县城五公里的罗姓小镇文亨，就是福州军区空军航修厂的所在地。

航修厂的围墙外，是文亨村民的稻田、菜园、农舍，举目望去从平川延至山间，好一派壮观的闽西田园风光！新进厂的青工们，都想走出墙外，去看看美景，去逛逛文亨市场。每逢周末，姑娘们三五成群，兜里揣上几角钱，沿着食堂那条斜坡而下，一路经军人灶、汽车队、篮球场、电镀房、服务社、计量室、厂部之后再左拐，就看到围墙下那扇敞开的小门，稻禾的芳香、蔬果的清香从门外随风飘入，令人心旷神怡。

小门外，一条一米多宽的乡间小路，蜿蜒曲折，左右都是田埂地。步行百余米路程，穿过几间农家院落，便走到了文亨街。这与其说是街市，倒不如说是圩场。一条两车道宽的公路，将两边的村镇公署、民宅、商店分开，每逢周末，这条公路成了人欢马叫的集市，尤其是供销社门口这段最繁华。只见地摊上摆满了老乡种植的时令蔬菜、瓜果，还有自酿的米酒，自制的粉条、糕点，自编的斗笠、草帽、蒲扇，自家晒的香菇、笋干、地瓜干，以及鸡、鸭、鱼、肉琳琅满目，这是改革开放初期的农村街景，刚学会做生意的老乡们，扯着嗓门，高声叫卖着。

供销社是小镇的百货公司，里面大到凭票供应的缝纫机、自行车，小到针线、纸笔墨，应有尽有。在那物资匮乏的年代，走进供销社购买紧俏物资，成了群众的奢望。离供销社五十米的斜对面，是文亨邮电所，这是间集书报刊物订阅发放、电话电报业务、包裹邮寄领取为一体的邮电通信中心。长长的玻璃柜台内陈设有邮票、书刊、信封、信纸，靠墙有一个报架，上面夹着各种报纸、杂志，这个不大的邮电所，可是人们与外界联系、传递信息的唯一途径，也是航修厂军人和新工人最喜欢光顾的地方。

天气晴朗的一个周末晌午，米弥身着一件蓝色的卡上衣，内加白色的确良假领，一条灰色带隐条纹的长裤，脚穿一双黑色中跟皮鞋，手上挽着一只浅绿色双塑料环的红平绒提袋，小程也换好米黄色套装，小肖则是穿一件红黑相间的大格子上衣，一条黑色灯芯绒裤子，一双黑色平绒北京布鞋。三个姑娘兴高采烈地走出厂区，沿着泥土芳香的乡间小路，第一次随众人来到了文亨街头。她们在长长的街市上，寻找连城特产地瓜干。一个老汉的竹箩筐里，装着大半箩筐的红心地瓜干，个儿不大，晶莹透亮，看着就让人嘴馋。三个姑娘品尝后每人买了五袋，每袋一斤装。之后，就急匆匆朝邮电所径直走去。

营业厅里，已有不少寄东西、发电报、买邮票的人，看上去，应该都是航修厂的新工人。她们三人排队依次填写包裹单，把刚买的地瓜干寄回家乡，让亲人品尝。米弥从布袋里拿出十余封信，然后贴上八分钱一张的邮票，小心翼翼地投入信箱。

离开邮电所，她们很自然地逛进了供销社。营业员阿兰是个三十岁左右的闽南籍军嫂，她很热情地介绍着商品。姑娘们买了肥皂、香皂、牙膏、草纸、毛巾、手帕和百雀羚香脂等物品，米弥还买了毛笔、墨汁、字帖等文化用品。

闽西的深秋凉风瑟瑟，一片片落叶飘树下。看似寒意袭人的街头，因有航修厂一拨又一拨年轻军工的光顾，街市倒显得热闹繁荣，生气勃勃。

冠豸山下

位于汀江、九龙江源头的连城，拥有"价值连城"的稀世之宝，不是和氏璧、蓝田玉，而是险峻山峰冠豸山，自古被誉为"上游第一观"。连城是红色苏区，自有红色基因传承与光大。20世纪50年代末的福建省省长江一真先生是连城人，改革开放时入闽主政的福建省委书记项南先生也是连城人，他们如冠豸雄峰一身正气，为民办事，两袖清风，甘当公仆。他们如石门湖水般纯净的心灵和高尚的品德，深受八闽百姓的爱戴，更是连城乡亲的骄傲。

平地兀起的冠豸山，壁立千仞，险峻雄奇。更有一泓幽水的石门湖环绕山脚，山水相依，披翡镶翠。它集岩、洞、泉、林于一身，合生命之根、生命之门于一地，堪称"阳刚天下第一，阴柔举世无双"。钟灵毓秀的冠豸山，早在宋代就有书院建在山中，明末清初尤为兴盛，留下了许多珍贵的摩崖石刻。东山草堂内至今尚留存着民族英雄林则徐的"江左风流"和清朝礼部尚书纪晓岚的"追步东山"题匾。还有被尊为"文坛祖母"冰心的亲笔字"冠豸山下"，更为明山秀水增添光彩。

风景秀丽的冠豸山下，散落着许多珍珠般可爱的客家村庄，还有连片的军营。如福空连城场站、雷达八团、高炮十团、福空航修厂及军用机场有序布局其间。

连城军用机场建于1958年，是由八闽儿女组成的万人民工队，建造完成的工程任务。当时新中国成立不久，台海两岸局势紧张，连城军用机场的建成，给祖国母亲献上了一份厚礼，给福建军民增添了勇气。它是为祖国统一，台湾回归，最早的实战预备基地，称得上是一支待命的先遣部队，随时发出战斗的怒吼，似支支利剑，飞过海峡，完成使命。

航修厂一时间新添三百余名军工，也是强军的需要。充实和加强航修队伍，完成歇航的歼六、歼七军用飞机的检测、修理任务，保证战鹰按时重返蓝天，守护祖国的领空。

深秋季节，厂里为了新工人能保证一周一次的热水澡，联系连城场站给予支持，提供方便。从航修厂步行到场站，要经过一个露天电影放映场和四站连，再穿过一条公路，横跨一条溪水清澈的石拱桥，径直前行 1 公里左右，才能到达一个有岗亭哨兵，操场开阔、礼堂高耸、营房整齐的军营。

周末全天候开放的热水澡堂，为众多航修厂军人和新工服务，只见从航修厂通往场站的路上，成群结队的小伙子肩上搭条毛巾，手上拎着一袋干净衣裤和洗漱用具，悠哉悠哉一路吹着口哨哼着小曲。姑娘们提着 20 世纪 80 年代初最时尚的红色或蓝色塑料水桶，里面搁着换洗衣物和香皂、花露水、头梳、发夹等一同前行，漂亮的衣裙、青春的笑容，一路上，吸引着多少兵哥哥的眼球，成为军营里一道亮丽的风景。

场站是飞行员后勤保障的大本营，内设很多机构，有卫生队、休养所、通信营、警卫连、汽车连、场务连、气象台等单位。军人多，澡堂、浴室也多，帮助兄弟单位的航修厂解决暂时的洗浴问题，属举手之劳。

初次走进集体澡堂，看见一个个在水龙头下冲洗的赤身裸体，来自建瓯的小肖姑娘吓了一跳，她本能地退出浴室，脸红耳赤地对同伴说："我不洗了，还是回去吧！"省城女孩小程大声地说："走了这么远的路，不洗澡，你来干吗？"肖姑娘轻声嘟囔道："在老家，我是用大木盆关着房门一个人洗的澡，现在人这么多，我不好意思脱衣服。"米弥大步走向一个靠墙角没开启的水龙头下，并招手两个小姐妹，里面还有空位子，这里偏僻，不被人看见，之后便示范性地鼓励肖姑娘，在"哗哗"的水花声中冲洗多日的疲乏和一路的尘埃。

新工集训

"哒—嘀—哒"，嘹亮的军号声在清晨六时响起，那激昂的旋律，唤醒了部队的军营，这亲切的呼唤，将新的一天开启。军号声过后，三排房的女工宿舍，姑娘们拉开了窗帘，阳光洒满一地，打开门窗，极目远眺，麻雀在桉树枝上跳跃，蝶儿在花丛中嬉戏。梳头、更衣、整理铺盖，之后，便手端脸盆，争先恐后朝洗漱间走去。

洗漱完毕，赶到食堂，售饭窗口已排起长长的队伍。五分钱的早菜加一两稀饭一个馒头，新的一天就这样在紧张中拉开了序幕。刚才还是熙熙攘攘的饭堂，不一会儿工夫变成了全厂军工集会的场所。"新军工入厂欢迎大会"就选在食堂召开，几百名新工自带方凳齐整整落座，全场鸦雀无声。

首先是政委、厂长致辞；"热烈欢迎航修新人的到来！"会场内响起了雷鸣般掌声。接着童副厂长风趣而郑重地说："修理飞机不同于修理拖拉机，拖拉机坏了可以停在路上，而飞机如果出现故障将导致机毁人亡。你们责任重大，一定要学好本领，为航空事业贡献力量。还有一个规定：三年学徒期，不准谈恋爱，希望大家严格遵守！"顿时，场内一阵哗然……

短暂而热烈的集会后，军训开始。

孙指导员站在女工队面前，目光深邃而悠远，他还没开口说话，脸就红到耳根。然后慢条斯理地说："今天开始军训，上午八时到操场集中进行队列训练，大家要着装整齐，要穿平底鞋，不能缺席。"

"稍息""立正""向前看齐""报数"，随着一声响亮的口令，男学员分成十个纵队，女学员分成五个纵队一字排开。宽广的操场上，井然有序，群情激奋。

教官是一个英俊威严的年轻人，笔挺的绿军装，"一颗红星头上戴，鲜艳的红旗挂两边"，圆圆的脸盘，双颊绯红，洁白的皓齿，声音洪亮。"全体听口令，向左转，向右转！"队列中，有不少人方向转错了，有的变成脸对脸，有的则是背靠背，人群中发出了"哈哈"的笑声，一时间队伍乱了套。忽听一声"不准笑！"教官的声音如雷贯耳，操场上顿时一片寂静。整整一个月时间，三百多个学员，早上出操，上午正步走，下午匍匐前进，到郊外的旷野训练摸爬滚打，瞄准射击。

打靶场是年轻人最感兴趣的地方，因为他们有些人插队时已是大队基干民兵，更多的父辈是现役军人，枪对他们来讲并不陌生，唯有如米弥、小肖、小程少数来自地方的子女，她们对枪属新鲜而好奇。训练瞄靶，大家都很认真，手托着沉重的步枪，左眼闭右眼睁，把视力集中在一个点上，实弹射击那天，他们尽最大努力取得了较好的成绩。

正团级单位的航修厂，除了军改工的一线师傅，其他都是穿军装的现役军人。据说这次招工，是为了解决在闽部队子女离开知青点，返城就业问题。三百余名新工中，80%是军人的子女，20%是地方的子女。其实，能走进这所部队性质的福空航修厂工作，来自地方的孩子们，更为不易。相信他们在知青点的劳动表现一定是成绩突出者，否则贫下中农是不可能推荐他们的。

1979年元旦前夕，隆冬的闽西原野上已罩上一层薄薄的霜花。经历过军训合格后，新工们便转入了专业理论学习阶段。米弥和部分新工，被安排到距文亨乡五公里的洞库教导队集训。所谓洞库，是一座被挖空的山洞，里面存放军用飞机的大机库。平时机库大门紧闭，远远望去，仍然是一座完好无缺的山峦。机库周边绿树成荫，山峦起伏，还有一个天然的温泉池，一股淡淡的硫黄味，弥漫在整个山坳，温泉中升腾的雾气，透过窗棂，若隐若现，恰似梦幻中的仙境。这里前不着村，后不着店，只有一个警卫连和一个教导队，日夜守护着机库和这片圣地。

教导队有一前一后的两幢楼房，宽敞的操场上有篮球场、羽毛球场和乒乓球台。成丁字形的伙房、食堂在左侧，一字形的澡堂、公厕在右旁。最开心的是，这里的温泉澡堂每天24小时开放，比步行到场站一周一次的热水浴强多了。

教导队学员近百人，队长姓张，1968年入伍的江苏涟水人。他中等身材，肩膀宽阔，躯干结实，走起路来，脚步轻快，沉稳有力，讲话语速快，给人英武威严之感！而河南籍的赵指导员，为人热情，一张黝黑的脸庞，一口洁白的牙齿，眼睛不大，双眉微锁，笑起来眼睛眯成一条线。张队长和赵指导员配合默契，把教导队百来号学员管理得秩序井然，文体活动丰富多彩。广东籍的邓教员，是机械制图的课任教师，斯文而豁达。教材料学的陆教员，山东人，他讲课风趣幽默，深入浅出，学员易懂。两位教员课堂上认真教学，一丝不苟，课后和学员们一起打球娱乐，同唱《战友之歌》。

历时三个月的教导队生活，新工们初步掌握了飞机构造及原理知识，能独立完成较标准的机械制图，期末考试，学员们交出了一份满意的答卷，为日后下车间实际操作，打下了良好的基础。

教导队的生活是令人难忘的。一百多名青春年少者，在这里共度1978年的除夕夜，同迎春节钟声响！那热气腾腾的蒸饺，香喷喷的大块肉、红烧鱼，想起它还会让人垂涎欲滴！学习之中，米弥结交了几个闺蜜，有来自燕城的广东梅县籍姑娘小黄，有来自建阳的江苏镇江籍部队子女小陈，还有来自云霄的上海籍女孩小葛。几个同龄人，晨曦里聚首在操场的一角看专业书，背古诗词；暮色中，漫步在军营外的小路上，谈人生，讲理想；共同憧憬着美好的未来。

拜 师 学 艺

　　人间美景四月天，在柳枝吐绿，百花盛开的季节，三百余名航修新工，换上了藏青色的地勤服，迎来了工种分配下车间拜师学艺的时刻。米弥要好的伙伴中，小程分配在厂部计量室，小肖在一车间，小黎和米弥在三车间，小黄、小葛在四车间，小陈在五车间。大家为工作岗位的明确而兴奋，脸上都写满了快乐与欣喜，也眷恋培训班结下的姐妹情谊。

　　一个晴朗的上午，米弥和同宿舍的几个姐妹，满面春风地走出女工院，正式下车间上班。她们沿着汽车队旁边的道路款款而去，途经四车间车工组、钳工组，五车间机修组、电工房，厂部总机房、广播室，绕过大樟树遮盖的警卫连，横穿水泥路面的林荫道，越过二车间机房、一车间机库，终于抵达目的地三车间。只见车间门口，有数十个穿绿军装和空军蓝色地勤服的兵哥哥们，正笑脸相迎。

　　特种设备车间简称三车间，是专门维护、修理飞机上的无线电、仪表、电气、军械、校验设备，检修外场等具体工作的车间。纵横两排的工作室，都是白墙灰瓦的平房。坐北朝南的一排共六间，东边四间是电气组，西边两间是军械组。坐西朝东的一排有十间，南边两间是车间办公室，紧接着是仪表组、无线电组、校验组、外场组。两排厂房呈 T 字形，前窗面朝宽广开阔的机场和高大伟岸的机库，后窗外则是绿茵茵的草地，还有姹紫嫣红的花圃。春风吹拂下的三车间，环境优美，令人陶醉。

　　车间张教导员，看上去三十多岁年纪，身材魁梧，两条眉毛又粗又浓，一双眼睛总带着沉思的神色，刚刮过胡子的鬓角和下颌微微泛青，给人第一印象是严肃干练，精力充沛。他面带微笑地对着身穿绿军装，蓝地勤服的近百人队伍，用饱满的男中音说："我代表三车间欢迎新军工入伍，你们的到来，为三车间壮大了队伍，也增添了多姿的色彩，相信你们会为特种设备车间的明天，贡献聪明才智和青春力量！"他的声音洪亮，普通话纯正，一听就是个地道的北京人。他示意鼓掌欢迎车间主任讲话，在热烈的掌声中，一位瘦高个，微微驼着背的军人笑盈盈地和大家招手，他的军装明显地旧了，但浆洗得非常清洁，衣领风纪扣扣得严实，脸庞瘦长，额上有三条挺深的抬头纹，目光犀利。他拖着长腔自我介绍："我姓尹，来自江西井冈山，六十年代的兵，在三车间服役快二十年了。"听着尹主任如数家珍般地介绍车间的各种仪器、设备、功能、性能指标，那娓娓道来的字字句句，可以肯定他是特种设备车间专业技术过硬的能人高手。两个主官，一个来自首都，一个来自圣地，都是充满正能量的地方、充满正能量的话语。能不令人肃然起敬吗？心想：遇到好官了。

　　尹主任一宣布完各工作组的新工人名单，散会的人流便涌向左右。只见电气组门口，已有四个身穿白大褂，像医生模样的大哥哥笑盈盈地迎候着大伙，米弥一行九人和他们微笑招呼后，便走进了工作室。

　　这是一间约四十平方米的长方形屋子，门朝南，窗朝北，左右安放着两台仪器，屋内散发着浓浓的汽油味。其中的一个师傅介绍说：左边这台是油泵检测仪，右边那台是助力器检测仪。师傅还强调说："上班时间一律穿白大褂工作服，不能抽烟，工作室禁止明火。"之后，众人又步入紧挨着的另一间工作室，这屋子更长，有里外两间。朝南的一扇四开窗，内装有一层玻璃窗，一层铁纱窗。左右两侧是由六张三屉办公桌拼接起来的工作台，台面上铺着一层厚厚的黑色胶皮垫，摆放着六盏高度一致的台灯，干净整洁。里屋是间不足十五平方米的工作室，有南北东三扇窗户，屋子中央安放一台挺笨重的仪器，师傅介绍："这是变流机检测仪。"

跟随几位师傅，大伙到了第三间工作室，这和第一间工作室大小一样，只是南北都是四开窗，屋内光线亮、空气好。和第二间工作室摆放一致，白墙下两排工作台，没有里屋。最后一间工作室和第一间类似，朝南是两扇对开的深褐色木质门，北边一扇四开窗，区别在于室内没有仪器，只有两排工作台。听完四间工作室的功能介绍，众人跟随师傅又走回到第三间工作室，师傅说："今后我们开会议事就在这间屋子。"话音未落，只见其他几个师傅已快速地搬进了多把木椅子，九个新工人在互相谦让中各自找到了座位，大伙自然地围坐在一起。刚才一路介绍的那位师傅背靠北窗面对大家说："我姓谷，1970年的兵，老家在陕西西安。欢迎你们九位新同志！电气组组长外出学习，目前由我牵头，希望今后大家配合支持。"

谷师傅年过而立，身材魁梧，举止儒雅，仪表堂堂，低沉的嗓音，富有磁性。给人印象威严中饱含亲切，随和中蕴藏智慧。新工中的小王、小姜成了他的徒弟。

程师傅是个刚从军校毕业的年轻人，说话如机关枪，走路似一阵风，他的徒弟是来自光泽留守处的小江，一个细长身材，散发着青春活力的小伙子。第三间工作室，就这师徒五人，他们主要维修飞机上操纵系统助力器等部件。

第四间工作室的师傅姓胡，是一个身材壮实、眉清目秀、动作灵活的南昌人。他带的是小田、小董两位女徒弟。

刘师傅，中等个子，一头浓密的黑发，眼睛不算大，却很有精气神。他自我介绍时，显得有些腼腆，声音不敢放开，眼睛向下看，两颊绯红。这个来自江西于都革命老区的年轻人，徒弟最多，一男三女，米弥也在其中，他们师徒五人在第二间工作室，修理飞机上的油泵，变流机部件。

刘师傅对几个徒弟带教既认真又耐心，他首先教徒弟们熟悉修理工具的摆放和使用。每人的工作台下方都有一个单独放置专用工具的抽屉，它是根据解刀、钳子、镊子、榔头、尺子等用具的长短大小，特制的一个类似工具箱的抽屉。各种工具要各就各位，摆放整齐。其次是教他们如何用解刀、钳子拆卸油泵机件，将解刀柄握在右手心，大拇指、食指、中指相互夹紧，往左是旋开，往右是旋紧，不能太使劲，力量要均衡，否则旋太紧会滑丝，导致螺帽松开，产生隐患，造成事故。又教他们在旋紧螺帽后，千万注意一定要打上保险扣，这样才能防止螺钉松弛，不出差错。

修理油泵有个关键环节是打磨碳刷，拆下来的碳刷基本都有凹凸痕，要用小号的细砂纸，根据碳刷损伤程度慢慢打磨，至精确标准。起初三个女徒弟嫩姜似的十根指头，经过一个上午或下午的打磨碳刷，双手仿佛是刚捡完一筐木炭或是煤渣似的，又黑又脏。偶尔窗外南风飘进，碳粉微尘拂向眉眼，轻轻一擦，顿时变成一张大花脸。修好的变流机检测，需通电实验几十分钟，即使是关上小屋的那扇木门，轰鸣声仍然是震耳欲聋。

四个徒弟中，师姐小朱不仅人长得标致，且手艺也掌握的最快。刘师傅同一时间同样方法教四人一个工作环节，只有她干净利索第一时间掌握，米弥总慢她一个节拍，似懂非懂中又不好意思多问师傅，只好悄悄站在师姐身后先观摩再实践。她俩白天八小时在一间工作室修理油泵、变流机，夜晚住对面床在一间卧室，看书、习字、织毛线衣，米弥在电气组工作的岁月里，从师姐身上学到了很多很多……

洞 房 新 居

冬去春来，时间一晃就来到 1982 年春天。三年学徒期接近尾声，这时的航修厂，热闹兴旺，人们工作热情高涨。昔日的学徒工，也到了谈婚论嫁的年龄。在共同的工作环境里，朝夕相处的年轻人，相互学习，相互帮助，建立友谊，萌生了纯洁的爱情。只见厂区的树荫小路上，机场的跑道旁，成双成对的人影与星光月亮做伴，欢声笑语不时地随风飘荡。一个美好的未来，正款款而至。

因为几百名新工的到来，航修厂的业余文化生活堪称：丰富多彩。政治处负责下的阅览室、图书室相继开放；交谊舞会、月光音乐会、文艺演出，也时常举行。不久，厂领导派小高、小徐外出学习电影放映技术，从此，航修厂也有了自己的电影组，每周一两次的露天电影放映，成了全厂几百号人的期待。广播室的音乐节目也办得富有特色，《年轻的朋友来相会》《在希望的田野上》《望星空》《十五的月亮》等歌曲，响彻军营上空。

在汽车队对面厂部仓库的侧墙上，有一处由政治处小高主编兼美术设计的文艺专栏，不定期出刊，其中的稿件大都来自厂部和各车间，而米弥就是三车间投稿最勤的作者，一个投稿，一个编辑，你来我往，增进友谊。二车间的小储，端庄秀丽，热情大方，她和小高均来自闽南云霄，她看到喜欢文学的米弥与喜爱绘画的小高志趣相投，便产生促成一桩美好姻缘的想法，乐于助人的她便成了红娘，鸿雁传书……

宋干事是领着米弥来到航修厂的军人干部，对姑娘的家庭与人品十分了解，他不但关心米弥的学习、工作，还像亲人般关心她的生活。三年学徒期已过，不准谈恋爱的禁令也已解除，米弥的婚姻问题成了宋干事的牵挂，他极力在新提干的军人中物色对象，推荐给米弥。

一时间，闽西山区的优质杉木，成了人们购买的抢手货，打家具蔚然成风。大衣柜、三门橱、五斗柜、梳妆台、高低床、写字台、床头柜、菜橱成了人们当下的追求。最别致的是航修厂式的软沙发，聪明的准新郎们，相互帮忙打沙发，首先是选用浸过水的松木板材，镶拼成沙发框架，再将上好的弹簧用铆钉锁紧在固定部位，之后布上棕榈再蒙上一层粮站装大米的麻布，四周用小铁钉固定，最后一道工序，则根据各人爱好剪裁一件漂亮的沙发套罩上，一张三人位或双人位的沙发椅就大功告成了。若是在枣红色灯芯绒布沙发罩上再披层白色纱巾，那档次倍增，美观脱俗。

急欲成家的人们，利用下班后或星期天，自己油漆家具，自己粉刷墙壁，自己搭建简易厨房。女工院围墙外最后一排营房，成了小伙子们迎娶新娘入住的洞房。十二间平房，每间不足十五平方米，却是十二对新人的洞房新居。爱巢虽小，却充满着温馨与甜蜜。文亨街旁的八排营房，也是航修厂的家属区，很多军转干部返乡后留下的空宅院落，也分配给了新婚夫妇入住。

婚礼一场接着一场，人们吃喜糖、喝喜酒、出席热闹的婚宴，只需送上两条喜鹊闹枝头的枕巾，或是两个红双喜的热水瓶，抑或是一对鸳鸯戏水的脸盆，最好的也只是一对景德镇的青花瓷花瓶，最大的现金贺礼是一张十元面值的人民币。喜庆的婚礼上，新郎、新娘喜气洋洋，在首长、战友们共同的祝福声中，举杯畅饮，醉入洞房。

女工院的姑娘们相继搬出了围墙，她们有了爱人，也有了爱巢。时隔不久，就传来了婴儿的啼哭声，传来了谁家喜添贵子、千金的喜讯。随着孩子们一天天长大，航修厂第二代的园园、芳芳、丹丹、宁宁、楠楠、榕榕、凯凯、强强、贝贝、佳佳、兰兰、欢欢，开始要进托儿所和幼儿园了。

1985年春天，米弥与他心仪的对象成了家。新婚不久的米弥，因工作需要，离开电气组，调到厂部幼儿园，充实管理工作。面对一群天真可爱的娃娃，她心中充满喜悦和怜爱，用昔日当乡村教师的经验，把最温暖的爱、最单纯的启蒙教育，献给这些祖国的花朵——福空航修厂的新一代。

厂幼儿园坐落在大路旁的男工宿舍与卫生所之间，其实是将几百平方米的长方形大礼堂，用砖块隔出靠后的部分，再隔成三间教室，它能容纳近五十个厂里干部、职工的娃娃。平时在没有会议、活动的情况下，宽敞的大礼堂就是孩子们课后游戏的乐园。三间教室既是课堂也是卧室，条件有限，但厂领导已尽了最大努力，家长和孩子们也很开心。

"六一"儿童节来临之际，米弥和尚老师等保育教师，组织孩子们排练出一台精彩的节目。恰逢儿童节这天正好是周末，又是个阳光灿烂的日子，孩子们换上节日的盛装，高高兴兴地在一旁等待化妆演出。大礼堂的舞台平时是厂里的年终大会或是建军节、国庆节、元旦、春节，叔叔阿姨们表演文艺节目的地方。今天这个舞台第一次让孩子们展示才艺，可把娃娃们乐坏了。米弥老师家的高叔叔，用画笔将舞台背景描绘得如同美丽的童话世界。金黄色的星星，银白色的月亮船，里面坐着两个有翅膀的天使娃娃；兔妈妈背着一箩筐的萝卜、白菜和蘑菇；小松鼠、大熊猫、小猴子们在绿色的森林里捉迷藏；一群燕子穿着花衣衫在蓝天飞翔……

音乐响起时，只见两个浓妆艳抹的小朋友，牵着小手走到舞台中央，"我叫张睿，今年五岁""我叫楠楠，今年四岁"，接着两个小主持人异口同声道："爷爷奶奶，叔叔阿姨，爸爸妈妈们，大家好！"台下响起了雷鸣般的掌声！"请听小合唱，《我们的祖国是花园》。"话音刚落，从舞台两侧摇摇晃晃地走来了一群可爱的宝宝，他们和着音乐，奶声奶气地放声高唱："我们的祖国是花园，花园的花朵真鲜艳，娃哈哈，娃哈哈……"

为了和孩子们共同庆祝"六一"儿童节，厂长、政委、政治处主任，各车间教导员、主任都来参加。航修厂的第二代首次登台表演节目，乐得隔壁卫生所的护士阿姨们、医生叔叔们都来围观，男工宿舍很多叔叔也来看热闹，加上小演员的爸爸妈妈们，大礼堂里人挤人都是观众。看见人多，孩子们歌声更响亮，舞步也更欢快，直逗得台下掌声阵阵，笑声连连。

迁徙返乡

儿童节过后不久，厂里有了许多传闻："福州军区要解散了！""福空航修厂并入南空了！""连城航修厂要迁入向塘了！"一时间闹得全厂人心惶惶，人们争先恐后申请调动、转业，大伙都在寻求出路，选择离别。返乡的人流一浪高过一浪。

部队迁往江西向塘，这是方向，也是最终。早在几年前，焦副厂长、陈科长等一行先遣人员已奔赴向塘工地，筹建新厂。时间悄悄过去五年，新厂基建想必竣工，迁徙向塘是水到渠成之事，此乃军令，必需服从，但大伙没想到会这么快又这么急。

1985年的秋天来得特别早，徐徐的秋风送来凉意与清爽。这时的航修厂，人们开始拆卸仪器设备。航材股、器材科昔日堆满空木箱、空硬纸箱的仓库，成了众人光顾的地方。身强力壮的男子汉们，甩开膀子，打包笨重的设备，包装精密的仪器。"半边天们"也不示弱，她们在车间上下收拾细软，寻找遗漏。小巧的工具、图纸、文件资料、说明书之类造册登记，乃至窗帘、工作台布也不舍弃，都分门别类归档入箱包装好。汽车队的司机们更辛苦，他们满载设备、仪器，日夜兼程，驰骋在福建连城通往江西向塘的公路上，一趟又一趟……

厂、车间领导以身作则，最早整理行装，带领妻儿老小离开工作、生活多年的闽西热土，一路颠簸前往陌生的赣水之畔新建的向塘航修厂。干部、职工们也紧随其后，打点家什，包装行囊，待命启程。

搬迁筹备组最初计划走铁路派专列，可连城至永安百余公里没有铁路，为了一步到位，最后选择用汽车全程直达江西向塘。感谢当时兄弟部队给予的大力支持，漳州高炮团派来一个汽车连的兵力，车型都是红岩、戴高乐品牌，永安运输营也调来一个连的解放牌汽车，加上厂里汽车队的车辆，搬迁的车队似一条长龙，蜿蜒挺进在巍峨的冠豸山下，浩浩荡荡，向着江西迁徙。

就在这个秋天，米弥夫妇接到了返乡工作的调令。早已捆绑包装好的组合家具，没有随大部队运往向塘，而是朝着相反的方向，一路驶向闽南。与其同行的还有厂部计量室小程一家三口，两家人的终点站都是闽南云霄。

四十万人口的云霄县，背山面海，物产丰富，堪称"鱼米之乡"。米弥工作在云霄卫生中等专业学校，小高安排在县卫生防疫站，小程在县计生办，小黄在县罐头厂。

初回地方，有许多不适应。工作环境尚可，就是语言不通，常困惑着米弥、小程两个好姐妹。米弥家乡闽西北是客家语，小程老家是福州话，而云霄讲的是闽南话。不会方言，不能与邻里沟通交流，就是上街买菜也成问题。米弥有次下班路经市场买回一条活鱼，每斤4.5元人民币，而小高买回同样的活鱼，每斤只需3.5元人民币，就因为问价语言不同，差价就如此悬殊。

其次是没有专业特长，没有文凭学历，在机关事业单位很难立足。1986年10月，云霄县首届文书培训班在县委党校开课，在卫校办公室工作的米弥，虽已身怀六甲，但仍坚持参加为期6个月的学习，并坚持到下午参加结业考试，晚上分娩当妈妈，且取得了全班笔试最好成绩。为了弥补学历缺憾，1988年6月，女儿才一周岁，她就参加成人中考，二进党校完成两年的函授学习任务，1990年6月，取得政工管理中专学历。1994年6月，她又参加成人高考，三进党校学习，三年后取得经济管理的大专学历。为了晋升中级职称，必须提交一份外语合格证书，无奈之下，米弥选择熟背《日语》上下册近百篇日译汉课文来应付考试。做饭时背《日语》，洗衣服时也背《日语》，数十天如和尚诵念经文一般反复练习，终于用土办法取得了日语考试合格证书，于1999年10月获得讲师资格的中级职称，不仅工资倍增，且能有资质立足于校园。

在防疫站从事健康教育工作的小高，没有医学基础，给工作带来诸多不便。为此，1989年6月至1991年6月，他参加武汉同济医科大学"健康教育专业"为期两年的函授学习，取得了大专学历。2008年又取得党校法律专业的本科学历，同年12月，取得了二级美术师的副高职称，工资待遇5级。退休前，同事们戏称其为"三高"，即：姓高、职称高、工资高。2013年6月至2014年6月，为了提高其美术专业理论知识，他带薪自费到北京清华美院、中央美院两所高校参加为期一学年的"油画专业"和"国画专业"进修学习。一个人只有学无止境，不断继续教育，充实自己，才能工作得心应手，生活充满乐趣。

工作之余米弥夫妇各有兴趣，一个带着画笔四处写生，一个伏案看书习文。家里没有麻将声，不玩"六合彩"。两闺女受其影响，小学、中学、大学一路绿灯，姐妹俩都在毕业前夕，考取公立中学教师职位，成为光荣的人民教师。他们这个建立在连城航修厂的小家庭，一直保留着航修厂大家庭"团结、紧张、严肃、活泼""勤奋努力，积极向上"的光荣传统，在建设家乡、服务社会的工作中，永葆军营进取本色，做好自己的各项工作。他们这个从连城部队返乡的家庭，曾荣获"福建省五好文明家庭"称号，夫妻俩一个是"福建省三八红旗手"，一个是"福建省健康教育先进个人"。

战 友 团 聚

自1985年岁末，连城空军某部迁往江西向塘后，昔日的航修厂人，只能南疆北国在书信、电话中互叙战友情，或是寄上一张贺年卡，表示思念之意。大范围的战友团聚，得感谢福州的战友，是他们牵头组织，才有了今天第八届郑州的战友聚会。那一次次聚会的欢欣，重逢的喜悦，仿佛昨日，令人激动，铭刻心中。

米弥生活的闽南云霄，只是一个不满50万人口的县城，可这座小城却云集着从连城返乡的航修人超过一个班，他们中有的在行政事业单位，有的在工商企业，有的自己开酒家、办工厂。三十余年了，云霄连城航修厂战友会，还是初心未改，团结向上，只要一声招呼，大家又聚在一堂互相帮忙。

云霄系漳州市辖区，相距近百公里路程。而漳州市区内的福空航修厂战友则是云霄的两倍，他们一个个工作兢兢业业，在各自的岗位上贡献智慧与才干。两地战友若聚会，或到市里大团圆，或到小城小聚会。吃着刚从海里捞出的虾蟹、泥蚶，喝着纯正的糯米酒、杨桃汁，那份惬意与开怀，写在了两地战友的笑脸上。

1997年新年伊始，福州梅峰宾馆迎来了"原福空航修厂第二届战友会"在此召开。从祖国东西南北赶来参加聚会的战友们，一个个笑逐颜开。宽敞明亮的一楼大堂里，只见握手、拥抱者又蹦又跳，大家久别重逢，情不自禁又喊又叫。开心、欢喜的场面，令众人脸上闪着激动的泪光。聚会只两天，周到的组委会却精心安排大家游西湖、爬鼓山、逛东街、看左海，满满的幸福令人流连忘返。

2000年8月1日，米弥和小程两家人带着各自的闺女，从云霄专程前往江西向塘过"八一"，原本傍晚六点抵达的车次，因晚点直到晚上八点才到达向塘站。车站等候多时的小乔和司机，热情地迎接他们乘军车一路向航修厂驶去。夜幕里，只见厂区内灯火如星光闪烁，一栋栋整齐的楼房间，一条条平坦的大道旁，香樟和玉兰，散发出淡淡的芳香，沁人心脾。

汽车停在食堂外，推门进去，偌大的餐厅里张灯结彩，充满着节日的气氛，一股诱人的肉香、鱼香味儿扑鼻而来。这时，一身戎装的潘厂长笑盈盈地快步走来，"欢迎你们第一次回新家，欢迎两位小客人和我们一起庆祝建军节！"只见一大圆桌丰盛的佳肴，有的盖着盘碗，揭开后还直冒热气。入席后，才知道潘厂长等几位领导还空着肚子，他们足足等了两个小时。这让第一次进军营的两位小姑娘，颇受感动，孩子们说："将来我们也要参军修大飞机。"

次日清晨，小肖带着女儿楠楠来到厂招待所。1978年秋在连城航修厂最早相识、同住一屋的三位姐妹，久别重逢，她们忘情地相拥在一起，倾诉着各自工作与家庭的点点滴滴。昔日厂幼儿园的娃娃楠楠，如今已是亭亭玉立的少女。听到小肖一家的日子红红火火，小程和米弥都十分欣喜。

晌午，他们一起去拜访退休的三车间何师傅。年逾花甲的何师傅，虽然一头银色的短发，但精神抖擞，十分健谈。看见福建老乡来访，特别开心。16岁参军的何师傅，曾上过抗美援朝战场，她转战南北，是我军早期的航修战士。1970年调入连城航修厂，是三车间无线电组的技术骨干。她的一双儿女都是1978年秋进厂的新工，如今均系厂里的中坚力量。

绕过一片绿化带，他们又来到了昔日电气组的同事小江的家，其妻小姜曾是米弥四个春秋的舍友，她是山东人，父母在福州部队干休所。小姜能歌善舞，能一口气将歌剧《江姐》的精彩片段唱完。她用脚踩着节拍，一会儿歌唱，一会儿念白，有板有眼，字正腔圆，曾是七姐妹宿舍里的一个活宝。小江是浙江人，工作兢兢业业，是当年电气组的强劳力。1985年搬迁新厂后，他就独自挑起了电气组组长的重担。1978年秋进厂的9位电气组新工，只剩他们这对伉俪还坚守岗位，撑起电气组一片蓝天。

三车间仪表组的小黎和外场组的小连，在一个酒家设午宴为米弥一行接风。小黎是米弥的正宗铺城老乡，小连是小高的云霄乡亲。小黎1978年进厂不久，就和航修厂一拨有志青年，考进了南京航空学院（现南京航空航天大学）。毕业后，仍回归车间，在仪表组施展才华。小连一直在外场组顶风冒雨默默奉献，他俩性格相同，为人憨厚。小连年长小黎三岁，早在连城航修厂的文亨八排房娶妻生子，妻是航修厂四车间江西南昌籍刘师傅的二闺女，一个美丽大方的二车间女工。小黎在随大部队进驻向塘后，娶了一个漂亮贤惠的湖南籍姑娘，她在向塘周边工作，他们的女儿刚上小学，活泼可爱，有个好听的名字：雪飞。看到他们干净整洁的家庭环境，相亲相爱的幸福生活，昔日的老大姐真是开心！

午后，小高接到了朱政委的电话，邀请共进晚餐。在南昌市的一个繁华街区，阔别17年的老战友终于又见面了。朱大哥一身得体的便装，清爽精神，容光焕发。嫂夫人风韵犹存，和在连城航修厂财务科时一样聪慧能干。他们有一个伶俐可爱的闺女，模样秀气乖巧，讨人喜欢。席间，小姑娘轻声细语地说："将来我要到你们福建的厦门大学读书。"多美好的志向呀！衷心祝愿她日后实现心中的理想。

2002年国庆，米弥夫妇专程去江苏看望战友。他们从厦门乘坐特快，第一站是南京，火车抵达省会金陵时，已是万家灯火的夜晚。在南空后勤部门工作的原连城航修厂三车间的小陈，二车间的小崔热情周到地为他们安排食宿和游玩。次日上午，小陈带他俩去拜访老领导张政委一家。首长夫妇看到来自福建的战友，高兴与欣喜写在了笑脸上。看见首长和夫人身体康健，精神焕发，真是开心。昔日小高在电影组和广播室工作，系政治处人员，因此，张政委不仅关心他的政治生活，也关心他的个人生活。当年小高、米弥在女工院后面那排家属区的新婚洞房，就有张政委亲自送来的一对陶瓷花瓶，为新房增添了喜庆。张夫人还亲手为婚床缝合两条新婚棉被，为新人祝福。忘不了当时，和蔼可亲的嫂夫人笑盈盈地说："缎被面上的龙凤呈祥，好比你俩比翼双飞，幸福美满……"

在金陵城郊的一个农庄池塘边，小崔、小陈、米弥三个姐妹正在垂钓。晴空万里，有几片飘动的白云；一潭静水，有几只嬉戏的蜻蜓。四周的苇草有些枯黄，两岸的柳叶随风散落。小高拿着速写本，为她们仨钓鱼姿势写生。忽听一声"上钩了"，只见小崔的鱼竿往下一沉再往上一提，一条活蹦乱跳的鱼儿被钩了上来，搁在岸边的小水桶里，顿时水花四溅。不一会儿，小陈也钓上一条大鱼，看来她俩真有经验，总有鱼儿上钩。在午后的秋阳下，静坐岸边大约一个钟头，有点灰心的米弥，终于也钓起了一条至少有三两重的鲫鱼。平生第一次垂钓，没有空手而归，舒心惬意的郊游，让人兴奋和难忘。

江苏的第二站是去苏北的洪泽县，探望昔日从镛城带米弥、小崔，从燕城带小陈进厂的宋干事，同行的有张政委夫妇、米弥夫妇、小崔和小陈。

那是一个阳光明媚的上午，经过两个小时的汽车行程，他们一行六人终于在洪泽湖畔，见到了分别近二十年的原航修厂政治处宋干事。大伙的来访，使宋干事乐不可支，宋干事在航修厂一直干到协理员，正营级干部待遇。转业后他担任洪泽县烟草公司主官，宋夫人赵芳则和随军在连城时一样，在洪泽县医药公司上班。米弥曾经辅导过功课的昔日小学生宋清、宋军姐弟，如今一个在银行上班，一个在烟草部门，都已成家立业，为人父母。

阔别多年的战友，今朝相聚，千言万语都写在彼此开心的脸上。午餐尽是美味的洪泽湖特产，金黄香辣大闸蟹、鲜美活鱼锅贴、芡实白鱼羹、油炸银鱼酥，爆炒虾、蚌、螺，满满一大圆桌色香味俱全，真可谓酒足饭饱，唇齿留香。

沐浴着午后的骄阳，宋干事一家三代陪同六位远客乘坐快艇，环游洪泽湖，欣赏一望无际的湖光水色。蔚蓝的天空下，太阳照耀着湖面，活像反光的镜子，把山峦、船只倒了个儿，复制在湖面上，像一幅画。阳光强烈的时候，湖面闪烁着白光，让人睁不开眼。几朵云儿从天际飘来，遮挡住阳光，这时湖面粼粼碧波，晶莹柔美得恰似无边的锦缎……

傍晚时分，张政委夫妇、小崔和小陈乘坐最后一班洪泽县开往南京的客车返回了。留下米弥夫妇，准备第二天和宋干事等前往涟水县拜访张队长一家。

次日清晨，只听窗外轻轻地飘来一声"小高、米弥起来吃饭了……"多么轻柔而熟悉的声音，就像每次回娘家铺城时，母亲的声音。醒来时才知道是住在江苏洪泽县的宋叔叔家，方才亲切的呼唤是赵阿姨的声音。

记得当年，宋干事为米弥在航修厂的年轻军官中，提到过很多的名字，想介绍给她成为另一半。也许是缘分未到，她却喜欢上兴趣绘画的小高。当她把小高带到宋家公开秘密时，宋叔叔专门宰了一只自家养的公鸡，备了好几样酒菜，还请邻居陈干事陪席。陈干事曾从云霄知青点将小高带进连城军营，那时他是政治处宣传干事。席间，宋干事举起酒杯，语重心长地对小高说："我今天是按苏北老家的仪式，为你们举行订婚宴，吃了这餐饭，喝了这杯酒，小高日后不准欺负米弥，你们的事就这样定了！"想到这里，米弥的眼睛湿润了，原来我这次是回苏北娘家呀！

早饭后，宋干事叫来一辆七座的旅行车。宋干事夫妇，宋清和女儿琦琦、米弥夫妇、司机共七人，向着涟水县一路驶去。途经淮安时，大伙下车到周恩来总理纪念馆参观，瞻仰年少时周总理生活的宅院，读书的学堂，聆听伟人成长的故事，感受淮安人杰地灵的文化底蕴和秀丽风景。

我们随车离开淮安大约前行半个钟头时，突然天空暗了下来，仅仅几秒钟，车窗外几乎变成了黑夜，需要打开车灯才能行进，其实当时是上午十点。紧接着只听见车子顶棚"噼啪噼啪"乱响，好似碎石掉下来的声音，车子不敢向前行驶，只好停车静观窗外。借助车灯亮光，发现窗外鹅卵石大小的冰块、冰粒，像断线的珍珠，密密麻麻落了下来，原来是下冰雹了！

风力很大，道路两旁有些树枝已被刮断，紧接着瓢泼似的暴雨浇了下来，降雨不久，天也开始由暗变亮，但仍是风雨交加。车子足足停了半个钟头以后，雨渐渐停了，天色也恢复了正常。汽车又缓缓前行，抵达涟水时已是正午。看到满满的一车客人，张队长夫妇喜出望外，他们一家五口站在工商所的家门口，笑盈盈地迎接大伙。

身穿一套挺括工商制服的张队长，还像十几年前一样，强壮精神，只是夫人小施嫂子身体有些病态，浮肿的双脚，挤进一双大号的拖鞋里，步履维艰，但她脸上仍是阳光灿烂，欣喜万分。他们的儿子张睿是米弥昔日厂幼儿园的学生，那年"六一"演出时上台报幕的小主持人，如今已是七尺男儿，身着一套合身的工商管理制服，英俊帅气。身边两个初中生模样的小姑娘，姐姐叫盼盼，妹妹叫贝贝。小贝贝长得很可爱，她是施嫂婚后多年唯一的己出。

施嫂家的屋子收拾得一尘不染，一列并排的三间卧室，采光好，室内摆放的家具，都是来自连城的纯杉木三门衣柜、五斗橱、高低床，看到它们令我又想起航修厂。

厨房在卧室后面，很宽敞，午餐丰盛的让人眼花缭乱，是专门请厨师来做的两桌菜。若是施嫂身体好，也能炒出这美味佳肴。昔日在连城，米弥和五车间机修工小陈、电工小江三位姑娘常去张队长家蹭饭，施嫂热情又能干。

江苏之行，前后一周，米弥夫妇受到热烈欢迎，得到热情款待，那浓浓的战友情，唯有经历过军营生活的人，方能体会。

2008年10月1日凌晨，天刚破晓，米弥夫妇怀着激动的心情，从北京吴村乘车前往天安门广场观看国庆升旗仪式。星星还挂在空中闪烁，广场上已是人山人海，黑压压的人群在静静地等待，等待国歌的响起，等待威武雄壮的国旗护卫队的出现。一小时、半小时、十分钟、一分钟，大家在翘首期盼，期盼庄严时刻快点到来。忽然，人潮好像在涌动，人们踮起脚尖，只见金水桥上国旗护卫队的战士们迈着稳健的步伐，意气风发地走向高高的旗台。伴随着激昂雄壮的国歌，鲜艳的五星红旗徐徐升起，在晨曦中迎风飘扬。人们欢呼雀跃，热泪盈眶。

带着天安门广场观看升旗仪式的喜悦，米弥夫妇乘坐下午的动车离开首都，前往河南驻马店看望战友。

北京至驻马店仅三个半小时车程，第一次坐动车感觉真好，舒适的车厢，漂亮的乘务员，有如坐飞机一样干净整洁舒坦惬意。太阳落山时，动车停在驻马店站。只见出站口外，有几张熟悉的笑脸，原连城航修厂政治处的王干事、刘干事和夫人正在此迎候。

久别重逢，战友们的双手紧紧相握。第一次来到中原，米弥夫妇非常兴奋，要知道驻马店是华夏文明的重要发祥地之一，是轩辕黄帝夫人嫘祖的故乡，是战国时代的兵器制造中心，还是"梁山伯与祝英台"爱情故事和"盘古开天地"美丽神话传说的发祥地。多么富有传奇色彩的地方呀！

热情的东道主接两位远客坐车直达酒家，这时，米弥昔日电气组的吕组长快步走来，握手问候表示欢迎！除了连城航修厂的几位战友，还有几位是曾在福建当兵的驻马店人，同在军营即战友，战友相见格外亲。小高刚刚落座，中原人的豪爽与热情在酒席上即刻表现得淋漓尽致。小高必须先接受每人三小杯火辣辣的"见面酒"。天哪，空腹的他怎么能行，小高被每人这么一敬，食道都给灼伤了。

晚餐后，热情的王干事将米弥夫妇接到家里住宿。他家是单位的宿舍套房，三室两厅，双卫双阳台。王夫人身材匀称，五官端正，穿戴齐整，一看她的笑容，就知道是个秀外慧中之人。家里收拾得整洁清爽，阳台上有花有草，墙上挂着字画，是个有文化品位的家庭。次日早餐，王夫人亲手烙的韭菜盒子，手艺巧，味道佳，给米弥留下了想学一招的难忘印象。

早饭后，刘干事夫妇、王干事、吕组长等七八个战友，专程陪同福建战友乘车前往数公里外的遂平县郊游。嵖岈山是一个5A级风景区，山高路险，林深石奇，具有中原盆景之称。当年《西游记》剧组等电视剧摄制组，曾来此地拍过外景，确实颇具特色，让人流连忘返。

下山后，大伙又去参观20世纪50年代全国第一个成立的人民公社，听说当年毛泽东主席曾亲自接见过嵖岈山人民公社的领导，鼓励他们要坚持走社会主义的康庄大道，让人民公社这面旗帜高高飘扬。是呀，那白色的墙壁上还保留着历史的痕迹，"人民公社好"的标语还如此鲜艳。时过境迁，但愿如今的社会主义新农村越来越好，人民群众的生活水平不断提高。

带着郊游的收获，傍晚时分，大伙回到了驻马店市。米弥夫妇要去看望吕组长夫人一家。当年在航修厂电气组时，吕组长十分关心米弥的成长，她是组里青工中唯一的党员，因此对其要求更加严格。吕组长如兄长般地在工作中给予关怀和指导，教她很多做人做事的道理。有次嫂夫人到部队探亲，邀请电气组青工去吃水饺，餐后，组长夫妇主动关心米弥的婚姻大事，要给她介绍刚从军校毕业的技术骨干，米弥感谢组长和嫂夫人的厚爱，只是当时她心中已另有所爱。吕组长夫妇的美意，让米弥感激和难忘。

吕组长转业后，在家乡的粮食部门担任领导，家里住房是个四合院，宽敞明亮，干净整洁。多年不见嫂夫人还是那么秀美年轻，一对儿女也已走上了工作岗位，家庭幸福美满，令人羡慕。晚餐由吕组长做东，宴请昨日的原班人马，战友们再次举杯团聚，心中无比欢喜。

2013年，小高在中央美术学院进修，他利用国庆长假，专程到山东梁山拜访老领导、老战友邱机械师，当年是邱机械师和陈干事将他从知青点带进连城航修厂，那份情永远不能忘。

北京去山东不算远，坐动车几小时就能见到阔别多年的首长和战友，小高特别激动。教导队陆教员也是梁山人，他和邱机械师夫妇看到小高远道而来，异常兴奋。在梁山，小高受到了亲人般的接待，热情的主人带他游览名胜古迹，品梁山特色小吃，最开心的是小高带回了一组梁山风景写生图，也带回了浓浓的战友情。

听说三车间的张教导员，转业后就住在北京大兴区，小高想去拜访他。连城航修厂七次战友聚会，都没有看到张教导员参加，如此近的距离，就是替米弥也得去看望下昔日的老领导。在北京，小高四处打听才找到张教导员的联系电话，挂通电话问明往返的路线后，在一个晴朗的周末，小高乘坐公交车和换乘多趟地铁，几经辗转，终于在大兴区的公寓里见到了阔别二十余年的老领导。张教导员夫妇十分高兴，就像看见自家孩子归来一样开心。两位前辈身体尚好，只是头上添了些许银发，走路步子略显迟缓，讲话语气有些停顿而已。古稀之人，肯定不能回到从前。

嫂夫人热情地准备饭菜，亲手包了特色水饺，两个成家的闺女也带着孩子全部回来，就像过年吃团圆饭一样，济济一堂，谈笑风生，举杯互祝幸福、安康！让小高倍感回家的亲切与温暖。

原福空连城航修厂自1985年底搬迁至江西向塘后，有过八次战友聚会。即1997年1月4日在福州；2000年10月在榕城；2005年10月在南昌；2008年10月在连城；2011年9月在南京；2015年11月在武夷山；2018年10月21日在郑州。米弥夫妇每次都参加，他们珍惜战友聚会，期待看到老首长、老战友亲切而熟悉的笑脸，喜欢听见战友们爽朗而悦耳的笑声。

感谢福空航修厂，让三百多名知青从幼稚走向成熟，成为航修事业的中坚力量。感谢这个温暖的大家庭，给了他们亲情、爱情和人间最美好的战友情。不论他们身处何方，航修人自强不息的精神，将永远激励他们不忘初心，砥砺前行，去迎接更加光辉灿烂的明天！

山 川 秀 美

　　古郡云霄，素以山青秀、石奇异、江漪旎、潮壮观而闻名。早在明末清初，乡贤林镇荆就用"臣岳扶曦，将山挂月，仙人露髻，玉女云鬟，狮港秋潮，虎潭夕霁，石矶砥柱，漳江澄清"的锦句来描绘云霄八景。

　　地处闽南金三角的云霄，四季如春，雨水丰沛，山川秀美，绿水多姿。那盈盈的青山，瓜果飘香；那淙淙的碧水，鱼虾肥美；是人们安享富饶祥和美好生活的家园。

　　母亲河漳江，绿水滢滢，恰似一条碧玉带环绕云霄，她从大峰山脚下的北溪源头，翻山越岭历经近七十公里的行程，一路唱着欢歌朝着红树林海湾缓缓流去。沿途，用她无私的母爱，灌溉着两岸的农田山庄，哺育着一代又一代的云霄儿女。

　　革命根据地乌山，隽秀挺拔，幽洞深邃。从海拔 1050 米的顶峰往下，到处是黑色的花岗岩和流纹岩，遍地是林立的兀石器。丛崖、幽谷、深涧、巨壑，是 20 世纪 30 年代中国工农红军和游击队，在这里建立革命根据地的天然营区。乌山不仅风景如画，景色宜人，还曾为闽粤人民的解放战争立下了汗马功劳。

　　云霄城西侧的将军山，海拔 426 米，因唐仪凤二年（677）葬奉诏戍闽的归德将军陈政而得名。它与漳江东岸的大臣山对峙，东临县城与江滨平原，远眺漳江入海口的石矶塔，宛如一位威武的将军，身披风帷，精神矍铄地俯瞰着云霄秀美的山水。新修建的公园，楼阁厅廊、水榭亭台格调高雅，在恢宏大气中又显淳美韵秀，将盛唐遗风与闽南山水融为一体。还有那大观楼、小龙湖、茗香榭、碑楼碑亭，更为将军山公园锦上添花。

　　建于清乾隆二十七年（1762）的云霄剑石岩，依山面海占地约 600 平方米，它位于列屿镇城内村附近的剑石山中。坐西北向东南的剑石岩，由内佛殿、僧舍、厢房、花圃、山门组成。其与紫阳书院斜对相望，漫山遍地，怪石嶙峋，各具形态。有石剑门、石鼓、石船、石钟等天然奇石，栩栩如生，甚是美妙。山路蜿蜒曲折，溪流碧水潺潺。登高远眺，邻县东山海湾大小岛屿尽收眼底，山下水天一色，帆影游移，云霞缥缈，蔚为壮观。剑石岩是云霄著名的佛教活动场所和旅游风景区，1985 年元月被公布为首批县级文物保护单位。

　　海上绿洲红树林，是云霄县的一道独特而亮丽的风景线。它生长在漳江出海口的海滩上。涨潮时，这些树木被海水吞没，或者仅仅露出绿色的树冠，仿佛是海面上撑起的一朵朵绿伞；落潮时，它们浮出水面，在海滩上迎风摇曳，成为一片郁郁葱葱的海上森林。拥有全省最大面积的云霄红树林湿地，具有造陆、护岸、护堤等功能，且能净化海水，保护海洋生态，为海洋动物和水上植物提供最佳的生态环境，还是白鹭、海鸥等飞禽动物的最好栖息地。

　　云霄红树林是国家级自然保护区，周围及林下滩涂尽是泥蚶、缢蛏、锯缘青蟹等珍贵海产品，它们不但是云霄人餐桌上的最爱，更是云霄人创外汇收入的拳头海产品。集科普、环保、旅游、观光于一体的红树林，已是云霄境内一个人们向往、驻足的生态休闲景点。

　　清风明月本无价，远山近水皆有情。朋友，当你走进云霄，定会被秀美的青山绿水所迷倒，这里殷红的荔枝、金黄的枇杷、嫩绿的杨桃也将欢迎您的到来！

怀念老校长

老校长走了，我心里很难过。今天上午去送他的亲友很多，我见到了许多昔日的熟人、同事，在如今疫情尚未解除的非常时期，人们戴着口罩，赶来为85岁的老校长送行，愿他一路走好，去到天堂，那里没有病痛，只有快乐。

认识老校长是在1985年深秋，那时因部队缩编，我随丈夫回到他的故乡闽南云城，老校长是我来到这个陌生小城的第一位领导。他姓黄，名志远，中等身材，一张国字脸上有双浓眉，眼睛虽然不大，却神采奕奕，浑厚的声音在讲台上吐字清晰，深受师生尊敬和喜爱。

他是1959年夏考入福建医学院的高才生，当年他是高分寒门学子，赤着双脚走进省内最高医学知识殿堂。漫漫5个春秋的寒窗苦读，他取得了优异的成绩。1964年夏，他毕业分配在泉州市工人医院从事临床医疗，刚刚走上工作岗位的他，虚心向临床经验丰富的前辈学习，做诊断一丝不苟，写病历认真仔细，在侨乡兢兢业业工作了8个年头，深得同事、患者好评。1972年秋，因家庭需要，他告别泉州古城，回归故里云霄，他从基层卫生院做医师开始，走村入户、跋山涉水，给患者送医送药。在峰头水库指挥部当医生，一干就是好几个春夏秋冬。他平易近人的性格，宽厚待人的医德，倍受缺医少药的村民爱戴，人们都喜欢黄医生。

20世纪70年代末，根据云霄卫生医疗事业发展的需要，云霄县成立了医科所，有着市级医院和基层医院临床经验的黄医生，成为第一人选，组织部门一纸调令，他离开了库区工地卫生所，走马上任云霄县医学科学研究所所长。

医科所坐落在美丽的漳江畔，一座三层楼的办公场所，内有一个占地 500 平方米的天井，还有一座与主楼平行的三层楼房，一个公共的楼梯将两座楼宇相连，大门外是主街道云平路，东望碧波荡漾的母亲河漳江，西与县实验幼儿园一墙之隔，南临中医院，北对县委党校。优越的地理位置、优美的周边环境，在这里工作和学习，令人倍感惬意。

当年，这座新建不久的钢筋水泥混凝土楼宇，在云平路主街道尽头，显得特别的壮观。我 1985 年深秋第一次看到它时，门口挂有三块木质的牌匾："云霄县卫生局""云霄县医科所""云霄县卫生进修学校"。而我知道，黄志远医生既是医科所所长又是卫生进修学校校长，当时，卫生局人秘股徐清泉股长带我去报到时就介绍说：这是黄校长。从那天起，我就一直称呼其黄校长，1992 年秋，他荣升卫生局副局长，我没有称其新职务，而仍叫老校长。

我是闽西北人，不懂闽南方言，初来乍到时，几个年龄与我相仿的同事，用开玩笑的语气教我闽南话，我很有兴趣地模仿着学给黄校长听，他既严肃又亲切地说：别上他们的当，是在逗你，那是骂人的脏话。这事虽已过去几十年了，但却记忆犹新，也因这桩小事，让我知道黄校长是个正直的好人。

黄校长安排我在办公室从事文秘工作，办公室位于二楼楼梯口的第一间屋子，共有 5 张办公桌，校长位置在靠里的窗台下，会计李荣宗老师、教导主任林进加老师、班主任吴瑞香老师和我 4 人，则相对而坐。不管是卫生局、卫协会、红十字会的行政人员，还是医科所、进修学校的卫技人员，上班下班都要从我们眼前经过，我们这间办公室位置实在太显眼了，因此，我害怕迟到，也不敢早退。

1986 年 3 月，在卫生局张丙午局长和黄志远校长的共同努力下，"福建省云霄卫生职工中等专业学校"正式挂牌成立，换下了曾经的"医科所"和"卫生进修学校"两块牌匾。卫生职工中专学校，当时全省每个行政区市只批准一所，而漳州市唯一的一所荣幸地落户在开漳圣地云霄。86级护士班是卫校成立后第一届学生，生源是本县应届初中毕业生，一群天真可爱的少女。她们第一学年的文化基础课，是安排在县城关中学完成。为保证日后教学工作顺利开展，黄校长及时向县主管部门申请分配新教师，以充实刚成立的卫生中专学校的师资力量。可1986年福建医科大学应届毕业生董惠强，已按计划分配到东厦镇卫生院。为此，黄校长争取卫生局张局长支持，多次与院方协商，最终得到答复同意次年让其借调卫校任教。上级部门也答应日后将分配新教师到卫校，看到师资力量充实有希望后，黄校长又想起另一件迫在眉睫的大事，那就是尽快建立健全实验室。因此，黄校长又开始申请筹建实验室，在征得基建部门审核批准后，在临街教学办公楼三层的基础上，利用400余平方米的阳台加盖了一层钢筋混凝土的教学实验室。按标准分成护理操作室、显微镜看片室、人体骨架挂图室、解剖操作室、生物标本存放室、医学人体存放池等教学设备用室若干间。屋子建好后，黄校长又马不停蹄地带领一班人前往省城，找他昔日医学院的导师、校友帮忙解决教具问题，功夫不负有心人，只几天时间，一辆大卡车满载而归。漳江畔的卫校校园迎来了一批特殊的"客人"，有两具泡在福尔马林药水中的解剖教具人体标本，有几个泡在玻璃瓶福尔马林水中大小不一的胎体标本，还有两副风干的人体骨架，两具橡胶人体，数卷解剖挂图和好几箱崭新的显微镜。一时间4楼实验室里，从省城接来的特殊"客人"各就各位，安放在早为其准备的特定位置，它们像披挂上阵的战士，静静地守卫在各自的岗位，期待着学生们来上课。与此同时，实验室配备了两位来自临床一线的专业管理员。

　　1986年初夏我怀孕了，结婚两年多，这是第三次怀孕，前两次都自然流产了，我是生理性子宫前倾，若这次再流产将成为习惯性流产。当黄校长知道后，让我马上请假在家卧床休息，并嘱咐我爱人：不能让小伍提重东西，不能举手挂衣服，需增加营养等。我在家足足躺了四个半月，直到正常胎动了才返校上班。同年 11 月，云霄县委组织部在党校举办第一期文书培训班，黄校长让我报名参加学习，他说：机会难得，为你日后更好地从事文秘工作，学点专业知识很有必要。另外，如今你妊娠月份适合多走动，党校就在卫校正对面，你是外地人，通过学习可以认识一些老师和同学，拓宽视野。

三个半月的文书班培训，我系统地学习了各种文书拟写、应用文撰写的知识，还学习了语法、逻辑学、哲学等，老师都是来自云霄师范学校、云霄一中的资深教师，三十位学员是各机关单位报送的文职人员，女生就我和烟草局新分配的小姑娘蔡跃珍，男生大都是小伙子。我每天挺着个大肚子准时出现在班上，和跃珍同桌参加脱产学习。次年 3 月 23 日下午，文书培训班迎来了最后的期末考试，两张用蜡纸刻印出的考卷，两个小时的答题时间，我提前十分钟完成，交完卷子，我离开了位于五楼的教室，慢慢走下楼梯，走出党校校园。谁知晚饭后，我就入住云城中医院，走进了妇产科产房，当晚半夜时分，女儿顺产出生，而立之年的我，为自己初为人母流下了幸福的泪水。3 月 24 日上午，我错过了参加文书培训班举行的结业典礼，据悉，县委组织部梁火明部长在会上致辞，之后还说：一个孕妇学员坚持学习，分娩前几小时还参加结业考试，并取得全班最好的成绩。

1987 年秋，云霄卫校迎来了 3 个班级的学员，86 级护士班 64 人，从城关中学返校进入医学专业知识的学习；87 级医士班 50 人，是漳州卫校计划内统招生，经市教委同意该班三年专业理论学习在云霄卫校完成，这也是检验新创办的云霄卫校师资力量的最好体现；87 级护士班 51 人，是云霄卫校第一次面向全省招生的成人中专学员，其生源务必是基层卫生院在职职工。三个班级近 200 位年轻的男女学员，给刚刚成立一年的云霄卫生中专学校，注入了一股青春力量，校园内充满着歌声、笑声，到处呈现的都是一片阳光灿烂，看着就令人兴奋、开心，这来之不易的一切，黄志远校长不知付出了多少的努力。

休完产假的我，以满腔热情投入工作。黄校长让我做好办公室文秘工作之余兼任共青团工作，当时卫校党员不多，我们的组织关系一直在卫生局党支部，因卫校批准成立后，要面向全省招生办班，在县委的支持下，卫生局、卫协会、红十字会等行政机构撤出漳江畔的卫生办公大楼，两幢楼宇和偌大的天井几千平方米的建筑面积，全归云霄卫校使用，所以才有独立的校园容纳近两百名学生的食宿和学习。

1987 年春天，县医院护士长汤恋娇、中医院护士长高良芹，先后调入卫校，分别担任护理专业的理论教学和实践操作教师；1987 年仲夏，董惠强医生从东厦卫生院借调到卫校，担任解剖学专业教师；1988 年 9 月，福建医科大学应届毕业生方奇慧、陈镇辉、吴晓枫分配到卫校，分别担任内科学、外科学、妇产科学的专业教师；1989 年 9 月，福建医科大学应届毕业生汤伟华分配到卫校，担任解剖学、五官科学专业教师；1990 年 9 月，财经学院毕业生方淑卿进卫校，她是即将退休的李会计的接班人。1991 年 9 月，福建医科大学应届毕业生方培敏分配到卫校，担任解剖学、生物化学专业教师；1992 年 9 月，福建医科大学应届毕业生黄继午分配到卫校，担任生理学、病理学专业教师。在各级部门的关心支持下，尤其是在黄校长的积极努力下，云霄卫校年年都有新分配的大学生教师，这为日后云霄卫校的发展，奠定了良好的基础。

三个班级的新学员中，共青团员近百人，党员有好几人，经县直机关党委会批准：云霄卫校党支部成立，黄志远校长兼任党支部书记，我是组织委员。之后又成立学校团总支，我担任团总支书记，几位新分配的大学生教师分别担任副书记和支委。三个班级也同时成立了团支部、班委会，紧张有序的新学期拉开了帷幕。校园增添了广播室、医务室，图书室藏书两万余册，阅览室医学报纸杂志琳琅满目。上课钟声一响，三间教室里座无虚席，一片寂静，学员们专心致志地看着黑板做笔记、听老师讲课，校园内洋溢着一股爱学习的正气。

当年的云霄卫校，是个团结向上、拼搏进取的集体，学校工作能顺利开展，团队精神是关键，众人拾柴火焰高。教务处主任林进加老师中医出身，博学多才，他科学地安排好每个学期各个班级的教学工作，文化课教师短缺，他就到云霄师范学校、云霄一中、城关中学去借；专业课教师不够，他就去县医院、中医院、防疫站、妇幼所借，他除了繁忙的教务工作，还兼任多个班级的中医课教学。总务处主任林永溪老师身兼多职，既是学校电工、水工、敲钟人，还分管食堂，学生的一日三餐，荤素搭配、米面食谱，他都要亲力亲为，保证学生健康的饮食，成为他最操心的工作。

1988 年 6 月，圆满完成了医学专业理论课学习的 86 级护士班，离开校园下医院实习。同年 9 月，88 级医士专业班新生又跨进了校门，之后是 89 级医士班学员、90 级医士班学员、91 级医士班学员，92 级成人助产班学员、92 级成人医士班学员……他们一届又一届带着十七八岁年轻的笑脸，从八闽大地云集在美丽的漳江畔卫校，云霄卫校也因此为漳州地区乃至全省各地的乡镇卫生院，输送了一批又一批的卫技实用型合格人才。

忘不了每年的 9 月 1 日上午，校园的天井内，迎接新生大会在此隆重召开，只见主席台上就座的黄校长，脸上写满笑意，他用激动的声音说："云霄卫校自 1986 年招收第一届护士专业学员以来，我们每年都在这里迎接新生。今天云霄卫校又张开热情的双臂欢迎你们的到来，你们来自福建的东西南北，专程来学习医学基础知识。有一位成人班的女同学，听说要上火车时，未满周岁的孩子才断奶，这种精神十分可嘉。相信通过两年的文化课与专业课学习，一年的下医院临床实践，三年毕业后，你们个个都是好样的，在带着一张卫生成人中专文凭回去的同时，更能带着一身卫生医技回到工作岗位，服务于基层大众。"

亲切的话语，引起了一阵又一阵的掌声，久久地回荡在校园的天井里，回荡在校外的漳江畔。

学员们开心诙谐地称云霄卫校为："漳江医学院"，确实一墙之外的漳江岸边，举目皆是绿竹丛丛，杨柳依依。清晨，当你偶尔路过，便能看见手捧医学书籍的学员，在桥下的绿荫间晨读。丰富多彩的文体活动，给校园增添了一道亮丽的色彩。每年的"迎新生晚会""庆元旦歌舞表演""五四青年节运动会""国庆节攀登将军山活动"成为一道不改的节目，黄校长不但支持，还积极参与，在学校运动会上，他还领衔当裁判。由于他的重视，云霄卫校学生多次参加县里举办的文体活动，都载誉而归。多姿的校园生活，让学员们掌握了医学知识的同时，也丰富了情商，学会了责任与担当。从这里走出的学员，若干年后都成了主治医师、主管护师，有的还担任科室主任、医院领导，更多的是基层卫生院的主力军，在救死扶伤的岗位上，从事着平凡而神圣的工作。

黄志远校长学医、从医，致力于医学教育，还出任医疗主管部门领导，一辈子坚守挚爱的医学。他的家庭更是医学薪火相传，长子黄长松老师不但学医、行医、从事皮肤内科教学，还担任卫校副校长职务多年，为云霄卫校的改制和教学立下了汗马功劳。孙子黄培恒受祖父、父亲影响，考取辽宁医科大学，五个春秋学成归来，现已身穿白大褂，胸佩听诊器行走在云霄县总医院的病房，成为一名合格的医师。黄校长祖孙三代都热爱医学，都从事这崇高而神圣的职业，实属难能可贵。

在缅怀老校长的今天，让我们向黄老校长致敬！向曾经为云霄卫校医学教育事业付出辛勤劳动的老师们致敬！

一 段 佳 话

在闽粤交界的沿海，有条碧波荡漾的河流叫甲溪，她像一条玉带环绕着一座美丽的小城，在许多迷人的故事中，有段佳话至今仍在流传。

话说古早时，甲溪畔有户陈员外，庭院深深，殷实富有。陈夫人在她六十岁寿宴上当众宣布：今后不再当家管事，要将随身的金钥匙，传交下一代，将与老爷闲庭信步，颐养天年。她的话音刚落，端坐在宴席上的三个儿媳妇，娇俏的脸上有了微妙的表情，谁是陈家金钥匙的接班人呢？

寿宴散席后，陈夫人和三个儿媳围坐在后庭品茶，她含笑地给儿媳们布置任务，要求她们轮流下厨备早餐伺候公婆，不得由仆役代劳，且饭菜不得少于十样，长媳先带头示范。

陈家长子娶的是小城知名郎中的千金，从小娇生惯养，嫁入陈家也是豪门，杂役奴婢成群，双手不必沾油腥，自然厨艺差也。面对婆婆十样菜的早餐任务，可把她愁得眉头不展。嗜酒如命的丈夫闻讯，开怀大笑道："这有何难？用钱去买不就成了。"入夜，这长子溜出深宅大院，跑到他经常光临的酒馆，鸡鸭鱼肉等点了十样佳肴采购回府。次日凌晨，夫妇双双首次下厨，将昨晚打包食物，分别装在十个精美的瓷盘里，再依次放入蒸笼加热，还烫了一壶老酒，之后将碗筷杯盏摆上餐桌，等待父母入席用餐。当陈员外夫妇步入餐厅时，被眼前满桌的荤菜、热酒惊呆了，早餐要这么浪费吗？他们相视摇了摇头，还是领了儿子儿媳的情，象征性地用了餐。

隔日轮到二儿媳备餐，这二儿媳也非等闲人家小姐，其父是本城鱼行巨头，家里商铺一条街。明知婆婆交代的任务，大嫂完成得未尽如人意，关键时刻自己必须努力。陈家二公子贪恋赌场，妻子一份丰厚的嫁妆，被他折损过半，为了弥补过失，争取拿到金钥匙，他出主意要用鱼宴更胜老大一筹。小两口鸡叫三更就匆匆出门，他们赶到鱼行早市，挑选了刚上岸的十种海鲜，用炖、蒸、煮、煎，制作出一桌鱼虾蟹等腥味早餐，虽然不懂烹饪，但十盘上档次的海鲜，定能博得公婆满意首肯，二儿媳美滋滋地一边想着，一边走到公婆下榻的地方，恭请两老用餐。面对二儿媳的良苦用心，公婆自然感激，倘若每天早饭都是山珍海味，金山银山也很快变成平川，早餐毕，老夫妇叹了口气。

　　第三天轮到小儿媳上场，这位来自水晶坪客家村的姑娘，个儿适中，一张瓜子脸上，闪着两只水汪汪的眼睛，白皙的皮肤，乌黑的秀发，开口一笑，不仅露出洁白的牙齿，还有两个可爱的酒窝。言谈举止恬静怡然、落落大方，她虽出身农家，但知书达理，贤淑智慧。她是陈家小儿子在乡村教书时，相识相爱的红颜知己，一段纯真美好的爱情，成就了一段幸福的婚姻。从山里嫁入城里，她不骄不躁、孝敬公婆、善待下人，尊敬兄嫂、怜爱晚辈，族人都很喜欢这个客家妹。婆婆前日宴席上的话，她虽听懂，但没有刻意追求，她只想尽职完成任务，权表做儿媳妇的一片孝心。

　　天明时分，她就起床洗漱、梳头更衣，之后来到内厨生火煮粥，当看到米心已透，正在锅里翻腾时，她便走出厨房，先到后院的菜地里，拔了一把青翠嫩绿的韭菜，再到鸡舍旁，取出两个还带有母鸡体温的鸡蛋，然后匆匆返回。只一会儿工夫，一盘黄绿相间、香喷喷的韭菜炒鸡蛋就端上餐桌，一盘蒸熟的红心地瓜也摆到桌面，还有两小碟分别是黑菜卜、小鱼干，两碗火候恰到好处的白米粥，还正冒着热气。卸下围裙、洗净双手，她敲门向公婆请安问好！并请他们吃早饭。小儿媳制作的早餐，令陈员外夫妇眉开眼笑，这才是过日子的一餐饭菜呀！

　　陈家三个儿媳早餐十样菜的烹饪比赛，终于拉下了帷幕。虽说小儿媳胜出，但两个兄嫂却不服，认为小弟媳没有自掏私房钱办餐，食材全是家里现成的，不算诚意，要求再出考题进行角逐。

当日时近黄昏，陈老爷子从甘蔗地里，连根带叶拔出一根甘蔗交给长媳，要求她用其留取火种。昔日人们都是用柴草燃烧产生明火，将架在炉灶上的铁锅烧热，再煮出一日三餐的饭菜。倘若灶中火种保存良好，隔日清晨开灶就有火苗，方便生火。长媳接到公公的任务，信心满满地在家人就寝前，将一根甘蔗塞进炉灶，看到干枯的甘蔗叶经火星燃烧发出"噼里啪啦"的声响后，她兴奋地用炉灰将正燃着的甘蔗叶捂严，然后离开灶房回屋休息了。次日凌晨，公公来灶房验收火种时，发现灶膛水湿一片，炉灰变成了灰泥巴，火种灭了。

当天，二媳妇也在晚饭后收到公公的甘蔗，留火种的任务轮到她来体验。她将甘蔗外壳的枯叶，一层层剥尽，再将长长的一根甘蔗切成数段，然后放入还有火星的炉灶，当枯叶和甘蔗段挤满灶膛时，因火星点燃枯叶，故燃烧起很旺的炉火，见状，二儿媳忙关上铁灶门，心想如此火势，火种准能保存到天亮。她把这消息告诉二少爷，小两口安心地进入梦乡，相信天明火种一定保留成功。只可惜，二儿媳也未能完成任务，结果也是事与愿违。

当第三天黄昏，小儿媳收到公公送的甘蔗后，她学二嫂剥去甘蔗枯黄的外衣，然后用清水洗净甘蔗，再分切成数段装入一个竹篮子里，接着请两个嫂子、小姑子、小侄子来一起分享甘蔗汁的甜美，大家有说有笑地在夕阳下啃着甘蔗，甘蔗皮、甘蔗渣随意散落满地，这情景被远处的公公婆婆看到，老人暗暗高兴，小儿媳不愧是客家女，聪明睿智。她既请众人分享了吃甘蔗的乐趣，又能用吃剩的蔗皮、蔗渣做燃料留取火种。

陈员外夫妇，最后将家中的钥匙交给小儿媳掌管。尽管两个兄嫂心中不悦，但她确实是凭能力取得公婆信任。虽说家佣不少，但这位客家妹更愿意自己甲溪浣衣，面对清波碧水，轻轻吟唱山歌，那娓娓动听的歌声，随风传得很远很远……

清甘泉水甜

云城西郊的世坂村，有泓"清甘泉"，在没有自来水的年代，它是全村几百户人家唯一的饮水源。甘甜纯净的泉水，滋养了一代又一代的世坂人。年近花甲的阿宝，就是饮着它成长、成才的新农村致富带头人。他的企业不仅帮助村里近300名乡亲在家门口就业，还让村里满山遍野的枇杷鲜果与清甘泉水配制成佳饮、优露走出云城，换来实惠。那一瓶瓶晶莹剔透的枇杷膏、枇杷露润肺滋阴，像源源不断的清甘泉，味甘色纯给人们带来美的享受。

认识阿宝，是在20世纪90年代初，当时我是云霄卫校的团委书记，他是下河乡世坂村的团支部书记。为了响应共青团云霄县委号召，我曾组织卫校青年团员，连续两年前往世坂村植树造林，种下一株株幼小的树苗，绿染了若干年后的一片片果园。

多年后的一次重逢，已是世坂村主干的阿宝告诉我：他于1997年夏天，在家门口办了一家工厂，名唤"天星照明机械有限公司"，是专门生产照明的节能灯，其技术力量和生产设备都是从江苏省引进的。厂里近300名员工，大部分是经过专业技术培训的本村乡亲，人们可以不用外出务工，既能进厂上班领工资，又能下班后管理家中的水田、果园等农作物，村民感觉很满意。他还出资为村里修桥铺路，把村中的"清甘泉"水源加深60米，增强水的纯净度。听后，我给他竖了个大拇指！

云城南郊在新世纪后，有片"光电之都"，据悉，有很多的厂房和多个厂家，都说是招商引资的节能灯生产基地。有关部门加以引导，一时间涌入了十里八乡的农民工千余人，节能灯一度也成为云城的风向标，取得了一定的经济效益和社会效应。我想位于世坂村的天星照明机械有限公司，该是云城节能灯的起源吧！

五年前的一个秋日，阿宝给我送来了一提自产的枇杷露，我很是惊喜！他说：因妻子在春天的一个夜晚，通宵咳嗽不止，当时正值枇杷成熟季节，他顺手从果篮里挑出几颗黄澄澄的枇杷，用清甘泉水洗净，凉干去皮、去核后，加冰糖和泉水煮透，过滤果肉果渣，呈汁液状让妻饮服，大约半个钟头后，妻咳嗽声停。他彻夜不眠，看着已几夜不能入睡的妻子慢慢进入梦乡，一觉直到次日晌午才苏醒。醒来的妻子咳嗽症状有了明显改善。之后，他又继续用去皮的枇杷加冰糖、加清甘泉煮透、煮熟，最后去渣剩汁，给妻子连续服了多次，其咳嗽症如抽丝般完全消失了。

他从用枇杷汁液治好妻子咳嗽顽疾中萌生了创办"枇杷露"生产流水线的想法，云城自古盛产枇杷，世坂村那漫山遍野的枇杷树，还有村中那泓永不干涸的清甘泉，何不利用这得天独厚的资源，来闯出一片益人益己的蓝天？说干就干，他立马让已走上生产轨道的节能灯厂停业，转让技术与设备，把目光聚焦在"枇杷露""枇杷膏"食品的生产上。

世坂村附近，曾是云霄县罐头厂的所在地，有着几十年历史的县罐头厂，一度将当地盛产的荔枝、龙眼、枇杷、杨桃制成罐头，畅销海内外，为昔日云霄的县财政创下过骄人的业绩。年少时就采购原料提供给罐头厂加工生产的阿宝，与厂里的老师傅都非常熟悉。他几经寻觅，终于找到了下岗多年在家的技术骨干，他用高薪聘请原罐头厂的工程师、老师傅来当他的技术顾问。能重新回到曾挚爱的罐头生产加工岗位，唤起青春的活力，寂寞了许久的工人师傅们，欣然应邀发挥余热。虽然现在生产的不是带水分的冰糖佳果罐头，但鲜果加工制蜜成"膏"与"露"的技术工艺、性能是一致的，区别在多一项过滤果肉、果渣，浓缩成液状或膏状的工艺，脱水、高压、杀菌、保存的制作流程如出一辙。

"人马聚集，粮草备齐"后，阿宝从外地引进了一套先进的生产技术设备，封闭式的无菌生产流水线，纯天然的现摘枇杷佳果，冰糖、清甘泉配制的"枇杷膏""枇杷露"就这样问世了。2019 年 8 月 26 日，经厦门泓益检测有限公司检测报告："漳州市嘉利王食品有限公司，经漳州出入境检验检疫局综合技术服务中心实验室资质认定证书编号：180000128054，确认其产品样品的氯酸盐、亚氯酸盐的放射性指标等项目符合检测要求。"实践证明，具备传统工艺制作的"枇杷膏""枇杷露"确实获得了技术部门检验的达标，也赢得了众人的青睐，更为乡村的脱贫攻坚贡献了一份力量。

共青团干部出身的阿宝，始终高唱一曲青春之歌，昔日他带领世坂村青年突击队员绿化荒山，如今他则将成林果园的枇杷制成佳饮进入千家万户。那泓世坂人饮用了一代又一代的清甘泉，现在仍在发挥作用，它的甘甜与纯净仍在造福周边的人。

匠 心 工 艺

坐落在云陵南郊的精艺家私城，建筑面积近两千平方米。一楼展示厅宽敞明亮，中式、欧式各种家具简约典雅、舒适豪华、造型美观，其秉承"精益求精，匠心工艺"的创业宗旨和"货真价实，诚信服务"的企业理念，由昔日一个不起眼的家具厂，一步一个脚印发展到如今云城人添置家具首选卖场，这其间店主阿强确实颇具匠心。

20世纪90年代初，风华正茂的阿强为了成家，专程到邻县绥安城，花五千元人民币购买了一套时尚家具布置婚房。当他请木匠师傅出身的妻舅评估家具质量和价位时得到启迪，若在云城创办一个生产款式新颖的家具厂，前景一定不错，效益肯定也好，还能减轻云城人外出购买家具的麻烦。萌发的意念，征得了新婚妻子和家人的支持，蜜月还未度完他便马不停蹄地开始筹备资金办厂。在云城北郊汽车站旧址旁，阿强租赁了一片废弃的场地做厂房，向社会招募了几个具备木工手艺的师傅，招收几个具有初中文化的学徒。几天后，一个不到十人组成的精艺家具厂，在一阵热热闹闹的鞭炮声中开业创办。虽然阿强只有高中文化，但对家具厂管理严、理念新、要求高，立"精益求精，匠心工艺"为办厂的八字方针。他不惜重金添置了一套先进的生产流水线操作设备，根据客户要求，服务上门，量身定制各种款式新颖的家具。办厂仅三年，作坊式家具厂就已满足不了市场的需求了。

1996年春，而立之年的他，正值成家立业后迈大步、创辉煌的最佳时期。这年五月一个风和日丽的晌午，精艺家私城在莆美镇高洋工业区揭牌成立。从此，云城的家具市场，有了外来风，知名品牌的家具开始在高洋工业区亮相，吸引了更多青睐与欣赏的目光。

这些年，为了适应市场的需求和企业的发展，他努力打造一支专业性强，有创新意识的团队。多次组织员工到广州市、中山市、汕头市和杭州市、宁波市等家具生产基地学习，保送生产一线的技术人员参加各种专业培训，出席全国性的家具博览会，从中吸取生产经验和提升自身的企业文化。他率领员工与多家同行合作共赢，引进新技术、新设备、新工艺，繁荣制造、销售市场，在企业创新的路上不断探索，快速发展。

阿强是个民营企业家，他在创造社会财富、企业利润的同时，积极向国家纳税，热心于社会公益事业。在扶贫助教、博爱慈善等活动中、慷慨解囊、真心相助，以实际行动，回报家乡，感恩社会。

回首过去，精艺家私城在为社会创造财富的同时，也赢得了一片掌声。立足现在，25亩精艺园林家具厂，位于云城西郊的世坂工业园区与果园、草地、花圃、溪流交相辉映。放眼未来精艺家私的明天，将志存高远，自强不息，再创辉煌。

歌 声 悠 扬

沐浴着改革开放的春风，一拨又一拨敢于开拓，勇于创新的能人志士，如雨后春笋般破土、拔高，挺立在各行各业。小方就是一位在商海泛舟遨游，取得辉煌业绩的年轻人。

小方看准大环境下忙碌劳累的人们，闲暇时需要有一个放松的空间，若是用音乐这一精神食粮，来疗补人们的疲惫，使其在优美的旋律中愉悦心情、放声高唱，既得到艺术的修养、境界的提高，又能赋周边一片安宁与祥和该多好呀！敢想、敢干才会赢，他创建的 KTV 歌厅春风、春天、春禧，似三朵姐妹花，盛开在闽南的开漳圣地，芬芳在古郡云霄。

20 世纪 70 年代出生的小方，成长在一户工薪家庭。90 年代初从财贸干校毕业后，他带着一张中专文凭，只身去鹭岛谋出路。因他与人交谈言语简明、儒雅斯文，一经面试，18 岁的青年就被录用在鹭岛的皇冠假日酒店。他从服务生做起，之后是领班，一步一个脚印做到大堂经理。这是一家五星级国际连锁酒店，管理严格、纪律严明，上下班不得有半点差错。他在工作中服务态度好，业绩出众，手中又有一张会计专业文凭，工作刚满两年后，就从前台转入后台，做起财务主管工作。这在一般人看来，真可谓前程似锦，可他却在接管财务工作半年后，主动辞职。他要带着在皇冠酒店学到的工作经验，带着特区日新月异的生活理念，回家乡云城自己创业。

1993 年秋，刚满 20 岁的小方，在家乡云陵挂牌成立爱心信息公司。以承办县工商联《云霄商讯》月报为业，这份报纸给全县个私企业打造了一个展示风采、寻找需求互补的信息平台，发行量万余份，深受工商联和个私企业经营者好评。1995 年春天，又增加业务：爱心礼品城、爱心电脑培训部、爱心职业介绍所，将爱心接力棒传递得更加精彩。尤其是爱心电脑培训部，堪称是开云霄县之先河，为当时机关行政部门和企事业单位，培训了一批又一批电脑技术熟练的文职工作人员。在让现代化的办公器材走进云霄的各行各业中，做出了积极的贡献。爱心职业介绍所开通了当年云霄下岗工人再就业的渠道，也为如今在大街小巷的房产中介之类的信息公司，奠定了良好的基础。

进入 2000 年后，而立之年的小方又有了新的思路。在升级爱心经济发展有限公司的同时，他想起了昔日皇冠酒店娱乐歌厅里那热闹的营业情景，决定在故乡试办一家歌厅。在引进台湾资源与其合作下，选址在陈政路绥阳公园旁，创办了颇具现代感的 KTV 歌厅欢唱 e 族。

豪华的装饰，先进的设备，交通便捷的场所，给云城仿佛吹进了一股时尚的歌厅春风。2005 年腊月，小方与贤达人士合作，在漳南水果批发市场，再办了一家规模更大的豪景春风歌厅，音响设备是时下最好的，30 间包厢夜夜爆满，经济效益飙升。为满足市场需求，2011 年春天，小方又在城南投资 1500 万元，增开了一家豪景春天歌厅。随着人们对娱乐生活更高的要求，2017 年元宵节，已是不惑之年的他，用更加成熟的商业经营理念，投资 1800 万元，自行购买下万星广场四楼 3000 平方米的场所，新开了一家名为豪景春禧的现代化歌厅，室内金碧辉煌，优雅豪华，户外云城新貌，尽收眼底。

"春风""春天""春禧"三家 KTV 歌厅，分别坐落在云城周边，是夜幕下一道靓丽的风景。它不仅是人们工作之余可以轻松放歌的去处，也为解决城乡大中专毕业生就业问题做出了积极贡献，向国家年纳税近 60 万元，成为云城纳税大户。

"迟日江山丽，春风花草香"，愿小方的"三春"歌厅，赞美国泰民安的歌声更悠扬。

阳光中医人

很多云城人都知道张新基医生对治疗颈椎病、肩周炎、腰椎间盘突出症、膝关节炎、急慢性腰扭伤、中风偏瘫等疾病颇有建树。作为中医推拿副主任医师，他在传承祖国中医文化的同时，用阳光微笑、精湛医术使患者康复。

1989年8月，毕业于福建中医学院骨针系推拿专业的张新基，分配在云霄县中医院骨伤科从事临床医疗。刚参加工作的他，虚心向临床经验丰富的前辈学习，为了更好地掌握针灸医术，他将小小银针扎在自己身上反复训练基本功，直到熟练掌握准确穴位。由于他勤学苦练，在临床上不断探索，赢得患者的信赖。工作仅3年，专业技术职称就顺利地从医士晋升到医师。面对一个个求医的患者，他总是一脸阳光，用微笑结合治疗，使患者增强信心，减轻病痛。骨伤科工作需要胆大心细，中医推拿、矫正骨骼都是体力活，医生在治疗过程中汗流浃背，患者才能有效果。而针灸、拔火罐又是细活，穴位准确才能一针一罐有疗效。而且要有耐心，要轻声细语，才能减轻患者的恐惧心理。随着他的患者一天天增多，他的中医治疗术更加娴熟。1998年5月，工龄未满9年，他的专业技术职称就从初级晋升到中级。取得主治医师职称后，他对自己在业务上的要求更高了，不但加强理论学习，还外出进修。尤其在带教新分配的医生和实习生中，他用自己的临床经验，给予年轻人循序渐进的辅导，帮助他们逐步掌握医疗技术。

2004年5月，组织部门调他到莆美卫生院任副院长，带着组织的信任，带着在中医院骨伤科工作15年的临床经验，他满腔热忱地投入到乡镇卫生院骨伤科的工作中。仅一年多时间，该院骨伤科就由昔日的门可罗雀，到门庭若市，病号是过去的几倍。邻县常山、东山、诏安、漳浦的患者都慕名前来就诊。正当他工作开展得得心应手时，组织上又于 2005 年 11 月调他到云霄县医院担任副院长，他依依不舍地离开了莆美卫生院，肩负重托，来到新的岗位。

云霄县医院是全县的医疗中心，这里云集着众多高学历的资深专业人才，全院干部、职工 500 多人，床位 400 张，患者多，是二甲综合医院。要在这里立足，自己的专业素质一定要提高，要有一套过硬的本领，才能赢得民心。尤其当时大气候对中医存有偏见，2008 年初，云霄县医院挂牌近 50 年的中医科被取消，这对身为中医推拿主治医师的张副院长，倍感有压力、有挑战。

但他知道，祖国的中医文化有着几千年的文明史。早在商朝，就有甲骨文字记载着当时的中药配方、中医治疗、中医防疫等史料。中医是神州大地的一颗明珠，是中华民族的传世瑰宝。他在征得院领导班子会议同意的情况下，采用走出去请进来的方法，加强中医康复治疗的技术力量。2009 年，他到北京大学附属第三医院康复医学科进修，回来后他带领一帮技术骨干到市级以上大医院参观学习，吸取兄弟单位好的临床经验，结合本院实际，引进了现代科技含量高的"肩关节回旋训练器""滑轮吊环训练器""腕关节训练器""前臂旋转训练器""四肢被动训练器"和治疗偏瘫患者学步的"平衡能力训练器"等多台运动仪。他果断地用中医推拿、针灸，中药配方结合现代化康复仪对肩周炎、颈椎病、腰椎间盘突出症、膝臂关节炎、偏瘫等患者进行物理治疗，临床实践取得了很好的疗效，得到了业内同行和患者的好评。他抓住机遇，及时配备了多名具有骨伤科临床经验的医生、护士，组织一个团队，在医院领导的支持和医护人员的共同努力下，中医康复科于 2016 年春天正式挂牌成立，为云霄县总医院增设了科室，拓宽了专业，中医治疗再现魅力。

中医康复科设在云霄县总医院博爱楼第四层，室内宽敞明亮，洁白的墙壁，淡蓝色的窗帘，各种医疗器械摆放有序，干净整洁，美观温馨。这里的医生、护士脸上都洋溢着春天般的笑容，给人亲切、温暖、舒心之感。因为环境优雅，医生、护士待人热情，每天前来就诊的患者络绎不绝，中医疗法，获得了众多患者的青睐。

2020年春节前，有一患者在阳台晒衣服时，不慎伸手过猛拉伤左臂，导致其喝水时左手拿不稳水杯，用餐时左手扶不住碗盘，睡眠时不能翻身，起床时左手不敢触碰床沿，疼痛得有时要窒息。疫情三个月不便出门就医，患者就自己用些止痛药，但没有效果。4月初，她的两个儿子联系好省城协和医院，建议年逾七旬的母亲手术治疗。患者不愿意手术，坚持要找张新基医生治疗。4月5日上午，患者施大姐来到医院四楼的康复科就诊，张医生发现她的左臂不敢动弹，肩关节僵硬、功能严重受限，手轻轻一触碰，她就疼痛难忍。

张医生当机立断做出治疗方案：首先采用中医推拿、针灸、拔火罐进行消炎、散瘀、通络，其次是选用现代训练仪，做康复运动，疗程初定60天。起初的治疗，施大姐十分痛苦，但她很坚强，咬紧牙关配合张医生给予的各种疗法。慢慢地她觉得左手臂可以动弹，不那么生疼了。张医生医术精湛是关键，他不断鼓励、阳光的笑脸，则是患者的精神支柱。疗程刚过45天，大姐的双臂就能自如地在各种康复训练仪器中做运动，她兴奋地告诉笔者："张医生用中医推拿、针灸、拔火罐结合现代康复运动仪的物理疗法，让我不吃一粒药丸、不用动手术刀就恢复了健康，他的中医技术真好，他的笑容更像一片阳光。"

让我们在祝福施大姐身体康复的同时，向为传承祖国中医文化、继承中医事业，在医疗卫生岗位上辛勤工作的张新基医生致敬！向抗击疫情，救死扶伤的广大医务工作者致敬！

云霄客家好儿郎

闽南云霄虽不是客家县，但辖区内的下河乡仙石村、三星村，和平乡的桥头村、通贝村，在 20 世纪 30 年代，则是远近闻名的红色苏区。从这 4 个客家村走上革命道路，参加红军北上抗日，参加乌山游击队打击国民党军队的客家儿郎就有近百人。他们在为新中国的成立和建设中，立下了赫赫战功。仙石村的张国文、张国武兄弟以及他们的父亲张吉庆，就是众多客家儿郎中的革命典范。

十八儿郎心向党

位于云霄、诏安、平和三县交界的仙石村，山高林密，村落星散。早在 1932 年，这里就是中共饶和埔诏县委领导的红军游击队根据地。1934 年至 1937 年期间，中共闽粤边特委派卢胜率领红军独立营，在此成立红三团参加北上抗日。仙石独特的天然地理屏障，对红军游击队开展革命活动，具有非常隐蔽的保护作用。

1925 年 10 月，张国文就出生在仙石村仓下自然村的一户贫苦农家，当他 10 岁时，胞弟张国武出生，不久母亲林氏因病去世，留下老实巴交的父亲张吉庆，带着两个孩儿艰难度日。1945 年春天，一个偶然的机会，20 岁的张国文受下寮村地下党员张木辉启迪，主动报名参加游击队。当年秋天，他第一次随独立分队，组织七高磜、梅林、龙透等各村群众近百人，带着扁担、麻袋袭击曲溪粮仓，开仓放粮接济十里八乡的贫苦村民。初战告捷，受到了当地百姓的拥护爱戴。

当仙石保安队获悉张国文参加革命后，立即将其父张吉庆关押审问，勒令务必找回张国文悔过自新，否则要抄家严惩。想好对策的张吉庆牵着9岁的次子张国武，星夜离开仙石保安队，声称上山寻找长子张国文。父子俩一路翻山越岭，来到了距仙石村约10里路之遥的七高磜村，他们在一个山坳里找到了游击队，见到了越发英俊壮实的张国文。恰好此时，中共闽南特委书记陈文平与中队长李仲先等首长都在场，亲人相见，张吉庆把国民党保安团在仙石村为非作歹的情况，一股脑儿地告诉大家。他鼓励儿子："不能下山，只有跟共产党走，打倒国民党反动派，咱穷人才有好日子过。"接着，张吉庆就向陈文平书记提出申请，希望游击队能收留他也进革命队伍。说自己虽不能舞刀弄枪上前线，但可以煮饭给大伙吃。就这样，41岁的张吉庆成了乌山闽南地委机关的一名炊事员，而小国武则像一个小勤务兵，时而帮父亲拾柴烧火，时而机灵地穿梭在地委机关和游击队中当交通员。张家父子兵的故事，从此传开。

张国文有了父亲和小弟并肩作战的助力，他的革命热情更加高涨，很快就被任命为游击队短枪班班长。他多次带领战友们参加反"围剿"战斗，打击本地土豪恶霸，他使用的那支驳克枪，只用一颗子弹，就结束了陂下村大恶霸吴维仪的性命，因此他被誉为神枪手。1946年2月16日，游击队与保安团第三中队在仙石四近塘村的一次激战中，他一人就击毙了4个国民党追兵，并带领短枪班战士杀出一条血路，保护闽南地委机关人员安全撤离。1948年2月，历经血与火考验的他，光荣地加入了中国共产党，且先后担任武工队队长、闽南第四大队副队长等职。

1949年9月19日，时任连队指导员的张国文，带领部队参加解放漳州的战斗，之后又前往南靖县剿匪一年多。1951年春天，刚从战场上凯旋的他，被保送到华东第三高级步兵学校深造两年，毕业后的 1953 年初，他被调到公安八〇团二营六连任指导员参加东山战役。多年后，他坚持每逢清明节，就带上家人到云霄献宝山烈士陵园，祭奠他昔日在东山战斗中牺牲的战友。他告诉妻儿，这些年轻而鲜活的生命，就是为解放东山、打败国民党反攻大陆而长眠在此的亲人。新中国成立后，张国文历任部队营教导员、团政治处民联股长。1959年春又被保送至南昌 45 中学，学习文化课一年，结业后荣任司令部政治协理员。1962 年 6 月调任平和县人民武装部政委，之后是漳浦县人民武装部副政委。1976 年 5 月转业在漳浦县，任县革委会副主任、人大常委会副主任。1983 年 12 月才叶落归根，回到故乡云霄县担任县政府调研员。1988 年 12 月光荣离休，享受厅级工资待遇。

子闹革命父紧跟

不惑之年的张吉庆，为人厚道，做事稳重，他听从组织安排，在乌山闽南地委机关当一名炊事员。峰峦林立，坡陡路险的石头山，远离村庄，在没有粮食补给的时候，他就牵着 9 岁的次子，在山洞涧水间捕捉石田鸡、野兔、山鸡等动物，在密林里采摘蘑菇、野果、野菜，给游击队战友们改善伙食，填饱肚子。国民党保安团听说张吉庆不但没有劝归长子，而且还带着次子投奔了乌山游击队，气急败坏的白匪军便一把火将他下仓老家的房屋、谷仓、猪圈、牛棚都烧成灰烬。心中虽然怒火燃烧，但他仍然坚持在乌山干革命。小家没了，还有革命的大家庭，况且一家三口都在革命队伍中。因此，他带着两个儿子，更加坚定信念，永远跟共产党走。

新中国成立后，年近半百的张吉庆，被安排在漳州市看守所工作，任代理司务长，他依旧勤勤恳恳地完成工作任务。1952 年 7 月，他响应号召，脱下穿了 7 年的军装，复员回到云霄参加家乡的社会主义建设。1958 年 12 月，张吉庆光荣地当选"云霄县第二届人民代表大会"代表，他胸前佩戴大红花，端坐在主席台上出席"云霄县烈军属复退军人社会主义建设积极分子代表大会"，年近花甲的复退军人，当时的心情无比激动，他自豪地说："我这辈子，能有今天值了！"

年少从军到白头

1936 年 12 月出生的张国武，年仅 9 岁时，就跟随父、兄在乌山闽南游击队中摸爬滚打，12 岁正式穿上军装，成了闽南地委机关中年龄最小的战士。送信、放哨成了他得心应手的工作，机灵、聪敏的他，总能躲过敌人的视线，出色地完成任务。年少志高的他，小小年纪就任闽粤赣边区纵队第八支队司令部警卫员，随部队参加解放广东大埔，福建龙岩、永定、漳州的战斗，成了一名灵敏地穿梭在枪林弹雨中保卫首长的警卫战士。

漳州解放后，张国武担任龙溪公安大队班长，1955 年 3 月，19 岁的他光荣加入中国共产党。同年秋，他被保送参加福建公安教导队为期三个月的专业理论学习，之后，荣调北京中央警卫团干部大队一中队，担任毛主席、周总理等中央领导的安全警卫工作。

一中队的警卫战士，大多来自工农家庭，文化程度都较低。张国武在中央首长身边工作六年期间，就得到了两次进入高校学习的机会。一次是到石家庄步兵学校政治大队，学习哲学、党史、军事，毕业后分配到北京卫戍司令部担任警卫参谋。另一次是 1961 年 10 月，到武汉第二高级步兵学校，学习绘图、标图等作战参谋专业知识。结业后，担任北京卫戍司令部作战治安参谋。一个年少时从未入过学堂的苦孩子，是革命队伍让他成为一个具备高等文化专业水平的社会主义现代军人。

1963 年初，警卫体制调整，张国武被组织安排在北京公安司令部内卫部担任警卫参谋，依旧是负责中央首长的安全警卫工作。1965 年 5 月，在"到边疆去，到海防去，到连队去，到祖国最需要的地方去"的号召下，张国武主动要求回原部队下连队锻炼。他离开了工作 10 年的首都北京，回到了福建闽南，担任龙海县公安中队的政治指导员。从中央首长的警卫参谋，转眼变成了一个沿海小县公安中队的指导员，这种落差，对一般人而言，可能难以接受，但小兵出身的张国武，却爽朗地笑道："军人以服从为天职，向雷锋同志学习，做一颗人民的螺丝钉，党将你安放在哪儿，你就在那里发挥作用。"

1968 年秋天，组织上又调张国武到武平县中队担任指导员，县人武部党委委员。一年后又调到龙岩军分区教导队任政治教导员，机关直属党委委员。又一个 10 年后，他被调到漳平县人武部任副政委，两年后的 1977 年春天，荣调到福州军区龙岩 301 干休所任政委、党委副书记、书记、军分区党委委员等。不管在哪个岗位，他都是忠心耿耿，一丝不苟地为党和人民工作。尤其是在 1986 年 3 月到龙岩军分区落实办工作时，他负责一大批大革命时期红色苏区地下党工作者的平反工作，还有一大批"文化大革命"时被打成叛徒、特务、走资派的老同志、老干部的平反问题。为此，张国武先后翻阅、审查相关档案 400 余宗，起草寄发函调信 2000 余封，接待来访人员 700 余次，复查、审查案件 400 余份。他常常夜以继日，加班加点，为平反人员蒙受不白之冤潸然泪下。他深知，落实政策的执行者，必须求真务实，因为其关系到被落实者一生的前途命运，关系到一个十个百个家庭和他们子孙后代的荣辱问题。他废寝忘食地工作，终于出色地完成了这项艰巨的任务。1987 年春节前夕，他因此受到了龙岩军分区的表彰，并荣获个人三等功一次。

戎马生涯四十余年的张国武，从乌山游击队的小兵到参加解放粤东、闽南、闽西的战斗，从沿海边陲的战士到中央首长的警卫员，上机关、下连队，他在人民军队的大家庭里一干就是半个多世纪。不管是在枪林弹雨中，还是在和平年代，他始终牢记共产党员宗旨，不忘为人民服务的初心，曾16次立功受奖的他，如今离休后，依旧是退伍不褪色，仍在为龙岩军分区编写部队军史工作发挥余热。他用不老的青春，书写着一个革命军人的壮丽诗篇。

云霄仙石村的张氏祠堂里，永远铭记着张吉庆、张国文、张国武一家三口父子兵的故事。不管是在金戈铁马、浴血奋战的年代，还是在祖国建设的各个时期，他们胸怀大志，廉洁奉公，秉承客家人的勤劳、拼搏、正直、善良，在各自平凡而光荣的岗位上，像一枚金子在闪光。

骁勇足球队

坐落在闽南金三角的云霄县，是一个秀丽富饶的小县城，她不仅有开漳圣地的古文明，还有现代都市的新元素。背山临海的地理位置，给勤劳智慧的云霄人提供了一个优良的生活环境。这里四季如春，瓜果飘香、泥蚶肉鲜、枇杷果甜、金枣味甘，荔枝、龙眼更是漫山遍野。如今，又有一支年轻的"云霄足球队"饮誉八闽。年少骁勇的足球队不仅冲出了漳州，冲出了福建，他们的佳绩还为云霄人赢来了"福建省青少年足球培训基地"和"福建省全民健身足球训练中心"的殊荣，给云霄城新添了一道亮丽风景。

云霄县于1998年被国家确定为全国体育先进县，几年来，民间群众性体育活动蓬勃发展，竞技体育有了长足进步。2000年9月，县里曾组队参加"漳州市中小学生运动会"的足球比赛，以大比分击败对手，荣获全市第一名。这喜讯，促使全县球迷呼吁成立足球协会。经过紧张筹备、拟草章程、办理注册登记、发动球迷入会、组织球队等工作后，一个拥有600名会员，12支足球队的"云霄县足球协会"于2000年11月29日正式挂牌成立。

协会成立后，为了训练队员基本功和发现足球人才，12支球队分别亮相开展联赛活动。2000年12月29日，"首届云霄县足球联赛"在县人民体育场拉开了帷幕，12支球队年轻的足球队员，以饱满的热情参赛，历时百天苦战，经过30多场角逐，为比赛画上圆满的句号。联赛让各队亮出球艺，亮出实力，在肯定成绩、指出不足中，协会向队员们提出了更高的球技要求。之后是组织对外交流，邀请常山华侨农场足球队、东山县足球队来云霄进行友谊赛，还组队到厦门、汕头参赛。在引进来、走出去的经验交流后，注重少年足球训练，做到定教练、定培训对象、定时间、定地点，不断提高训练强度。颇具社会化、专业化的足球赛事，深得球迷们喜爱，也得到企业家们注资支持。

2001年5月2日，云霄足球队代表漳州市，参加在福州举办的"福建省第四届足协杯"比赛勇夺季军；5月6日，云霄金都足球队参加"福建省第五届足球锦标赛"荣获季军；5月12日，云霄少年足球队参加"漳州市第九届运动会足球赛"，喜夺冠军。消息传来，云霄城沸腾了，人们以各种形式表示祝贺。是呀，成立才6个月的云霄足球队，就以喜人的佳绩，迎来捷报频传的红五月，真是可喜可贺！

2002年8月6日，"全国中学生足球联赛"在云霄赛区举办，云霄一中足球队力克众多强劲对手，为云霄人民捧回了金灿灿的冠军奖杯。2002年10月2日，云霄足协代表队，参加在霞浦赛区举办的"福建省首届足球四强赛"，在强手中勇夺亚军。2005年参加在南安赛区举办的"福建省第六届足球赛"荣获季军。2006年参加在泉州赛区举办的"福建省第七届足球赛"荣获季军。

新崛起的"云霄足球队"，用6个春秋的团结拼搏，顽强奋战，获取佳绩，饮誉八闽，这是云霄人的骄傲。我们期待云霄足球队，勇往直前，冲出福建，走向全国，再创辉煌。

幸　福　工　程

母亲是创造人类的天使，母亲是伟大的、崇高的，她不应该属于贫困。为了帮助计生二女母亲摆脱贫困和病痛，1995年春天，由中国人口福利基金会、中国计生协会和中国人口报社共同发起实施了"幸福工程——救助贫困母亲行动"。

2004年盛夏，云霄县被"幸福工程"福建省组委会批准为"幸福工程项目县"，不少贫困母亲依靠小额"幸福工程"的救助，加上自己的努力走出生活谷底，摘掉贫困帽子，成为一个自强自信的新女性。云霄县在开展"幸福工程"近十二年的活动中，涌现出了许多可歌可泣、乐于奉献的计生协会骨干，也展现出了许多勤劳致富的脱贫母亲。云霄县也因此荣获全国幸福工程组委会授予的"项目示范点""爱心集体"等荣誉称号。

点点关爱润心田

春雨滴滴湿大地，关爱点点润人心。幸福工程，就是关爱贫困母亲的及时雨。云霄县自2004年开始申请启动幸福工程项目，起步不算早，但收获却很大。全县10个乡镇均开展"企业＋贫困母亲""经济能人＋贫困母亲""股份制＋贫困母亲""专业合作社＋贫困母亲"和个人担保受助等多种运作模式，覆盖率高，资金投入回收率达100%。

幸福工程同"希望工程""春蕾计划""银发工程""烛光工程"类似，都是非营利性的惠民工程，其区别在于它救助的对象——贫困母亲，运作方式——低息小额资助，工作内容——治穷、治愚、治病。

云霄被批准为"幸福工程项目县"之初，绝大部分老百姓对此活动基本不信，缘于原先本地不良的信贷环境，造成幸福工程的开展得不到基层干部及群众的接受和支持。对此，县计生协会没有退缩，而是迎难而进，他们首先做好全方位的宣传倡导工作，请各村计生协会女组长进村入户，在基层育龄群众中苦口婆心地讲解和引导；其次是利用广播电视扩大宣传力度，新闻媒体的介入，起到了家喻户晓的作用；其三是拍摄专题片，编辑出版《母亲幸福社会和谐》《为了计生贫困母亲的微笑》等读物，提高人们对幸福工程的认知度，让全县上下都知晓幸福工程是党的一项惠民政策，是关爱贫困母亲、勤劳致富的救星。

十年间，云霄幸福工程的工作有声有色，配套资金逐年递增，截至 2015 年 4 月底，幸福工程项目总资金为 390.52 万元，累计滚动投入资金 1549.2 万元，资金回收率达 100%；滚动救助贫困母亲 2154 户，惠及总人口 8358 人，脱贫率为 86%。

幸福工程，已成为云霄县计划生育利益导向机制的重要组成部分，成为计生协会提升服务能力和水平的重要平台。

默默奉献计生人

"我怀着一颗回报的心，构筑幸福工程平台。"这是有着近三十年计生工作经历的吴清水的肺腑之言。云霄县和平乡计生协会专职副会长吴清水，1988 年任和平乡计生办主任兼计生协会秘书长，1997 年任计生协会副会长至今。

2004 年，云霄启动实施幸福工程，消息一传开，热心的吴清水自告奋勇向县计生协会提出：让和平乡作为全县首批实施幸福工程的试点乡镇。实施方案一下来，他就按救助条件筛选出 21 户二女贫困母亲，每户救助 3000 元至 5000 元。为了突破"担保员"这一难关，他三番五次找乡党政主要领导汇报工作，并主动向乡领导提出带头做受助户的担保人。还请乡政府出面号召并动员全乡干部、职工、教师献爱心、做善事，为受助的贫困母亲一对一做担保，使担保难的矛盾得到化解。2004 年 8 月，云霄幸福工程实施现场会暨救助资金发放首发式，在和平乡隆重举行。"首发式"活动有力地推动了全县幸福工程工作顺利进行。

为了确保受助户用好专款，吴清水向县经济协作站和县科技局申请专业技术人员来现场指导二女户吴月云夫妇培育"早钟六号"枇杷苗圃，仅第一年栽种的枇杷苗除成本外，获得利润 2.5 万元；指导二女户林美群饲养生猪，在原有家庭饲养的前提下扩大养猪规模，采取种养并举，在田地种菜种饲料，猪粪进沼气，再利用沼气池、渣肥田相互利用，成为立体生态农业。此外，还举办多期种植、养殖专业培训班，聘请农业局高级农艺师、禽畜专家来给广大贫困母亲讲授专业知识，让她们通过幸福工程的小额救助，用自己辛勤的双手走出一条致富之路。

在吴清水的努力下，和平乡先后开展救助贫困项目 10 期，救助贫困母亲 269 户，发放救助资金 143.8 万元，脱贫率 89.5%，资金回收率 100 %。有 7 位受助户被云霄县计生协会授予"十佳幸福母亲"，2 位获"漳州市幸福母亲"，2 位获"福建省幸福母亲"，1 位获"全国幸福母亲"。吴清水获"幸福工程基层先进工作者"称号。他用自己的行动，兑现了自己的诺言。

在云霄县计生工作战线上，像吴清水这样热爱幸福工程、关爱贫困母亲、默默奉献、兢兢业业的计生工作者还有很多很多。

遍地唱响幸福歌

云霄县依山傍海，良好的地理位置，使得这方水土人杰地灵，尤其近十年，幸福工程落户云霄，无偿小额救助，让许多常年围着锅台转的二女计生母亲脱贫致富。她们走出家门，上山种植，下海养殖，凭借勤劳和智慧，过上了小康生活，昔日的满面愁容已换成今天的阳光笑脸。

"小额资助，直接到人，滚动运作，劳动脱贫"。云霄计生人用这一工作原则，救助了许多贫困母亲，她们用实际行动，谱写出一曲曲动人的幸福之歌。

罗志华，和平乡河塘作业区的二女贫困户，是云霄幸福工程首期受助人。她利用三次资金资助，购田买猪、搭猪棚、养鸡、养鸭、养鹅，承包山坡发展果园，仅仅几年时间，她就从一个村里贫困户，变成一个"小农场主"。过去是家徒四壁，如今拥有母猪30头、生猪80头、猪仔72头，鸡、鸭、鹅200余只，红心蜜柚400棵，还购置了许多家电用品，生活质量大大提升。

林潮州，下河乡外龙村受助母亲，利用小额资助，开办小型石板加工厂，还招收两名同村计生双女母亲参与生产，共同脱贫致富。

刘丽云，陈岱镇坑内村二女户，在幸福工程帮助下成了当地人造花加工厂老板。为救助其他计生贫困姐妹，她以"股份合作＋贫困母亲"模式扩大人造花工厂的生产规模，吸收了四乡八邻及本村贫困计生户数十人来工厂工作，每人年收入都超万元。

王秒娟，火田镇莆中村受助母亲，她用小额资助项目，以"股份＋贫困母亲"模式创办"漳州市祥海光电有限公司"，以30％股份参股，成功完成从贫困计生户到企业老板的蜕变。

"专业合作社＋贫困母亲"项目，让许多社会能人以实际行动扶助了二女贫困户。下河乡石屏村的"旺江果蔬专业合作社"与"绿洲果蔬开发有限公司"联体后，解决了12名计生贫困母亲的就业问题。马铺乡客寮村淮山种植合作社带动客寮村及周边贫困母亲，以种植淮山脱贫致富，让这些昔日的家庭妇女穿上工装上岗在淮山加工流水生产线上。淮山米糊、淮山粉等产品畅销全国，在增加计生贫困母亲经济收入的同时，也提升了她们自强、自信的人生价值。

作为跨世纪的社会工程，幸福工程将始终关爱母亲，以帮助贫困母亲和她们所操持的家庭走出贫困，走向幸福！

逛 新 城

　　初夏的云霄，天朗气清。一个周末的上午，我和先生牵着六岁的外孙小小，戴上遮阳帽，背着温水杯，脚步轻快地走出家门，应文友之邀去看将军山下的安置楼房；去闻御史岭上的百草花香；去游南湖生态园中的小桥流水；去品威惠美食街里的特色小吃；去听向东渠故事，去赏新云城美景。

　　一辆大巴车载着大伙，八点从绥阳公园路口准时出发，沿陈政路徐徐向前。仅一会儿，车子就在将军山下的一个基建工地停稳，二十几号来自芗城、云城的文学爱好者，缓缓从车上走下，在向导的带领下，人们有序鱼贯而入两扇敞开的工地大门，工作人员为来访者每人准备了一顶安全帽，第一次戴上红色安全帽的小小，脸上露出了开心的微笑，他和另一个名唤慕鸳的小姑娘并肩挤在人群中，很认真地和大人们一起，聆听方总工的解说。原来位于公园路东侧，君宝路北侧，总用地面积约 4 万平方米，总建筑面积约 14 万平方米的八幢商住楼中，拟建设安置房 780 套，以解决 1998 年建设将军山公园时演武亭村民回迁地的问题，这是政府为民办实事，解决历史遗留问题的民生工程。

　　看着拔地而起的八幢高楼，尽管其周身还裹着钢筋脚手架，建筑师傅们还在为它们外观装修和内部完善添砖加瓦，但雄伟壮观的主体楼宇，已展示在人们眼前，令人震撼、赞叹！

　　带着一份愉悦，我们继续随车前行驶入国道 324 线，我轻轻告诉坐在身边的小小，说："这条路是云霄通往东山县、诏安县方向的路线。"小外孙好奇地将目光投向窗外，兴奋地说："我们去东山看大海吗？"我笑着回答："不去东山，是去御史岭看风景。"

　　位于云霄县南大门的御史岭，沿途有上坑村、马山村、前涂村、大埔村、树洞村，昔日村民出行要爬很陡的坡，来往车辆行驶至此也非常危险。为彻底改造这条路段，县政府下大力度建成双向六车道，沥青混凝土路面长约 6.5 公里，还配套景观绿化、照明、管线、交通、公交站点等，又是一个民生工程。

　　站在高高的御史岭上，俯瞰路基下双向六车道路面，来往车辆如梭行驶，只听风声、车声组成的交响乐，如雷贯耳。而具有闽南古厝风格的迎宾南大门牌楼，端庄唯美，造型美观。站在两边的人行道上，你不觉得这是一条交通要道，仿佛是空中公园。确实，走过一条斑马线，就有一座即将交付使用的农民公园。只见五六个男女园丁，用手中的铁锹、铁铲，在各种造型不一的花圃里，栽花种草。见状，小小和慕鸳两个小朋友也跑过去帮忙……

　　我们依依不舍地离开了花香草绿的御史岭公园，大巴车又把大伙带到了云霄城区的东边，映入眼帘的是一片开阔的绿地、湖泊、小桥、长廊，还有周边的村舍、农庄，稻田、菜园，好一派欣欣向荣的景象。

　　这是南湖生态园，它位于两镇七村间，是集休闲、旅游、观光、体验于一身的综合性生态园，实现了黑河变乐园、荒地变田园、郊野变花园、沼泽变公园的目标，改变了周边人居环境，提升了城乡人们的生活品位。面对优美的湖光山色，小外孙兴奋地说："南湖好好玩，白天可以在湖中划船，晚上还有好看的夜景喷泉。"是的，我们在今年正月十五夜晚，确实带他专程来南湖看星光下的喷泉，那变化多端的景色十分迷人。

　　告别了美丽的南湖，我们又来到了另一个看点——云漳大桥，它于 2021 年 4 月竣工通车，全长 1.783 公里，路基宽 40 米，双向六车道，从丽都路口起点至云漳北路平面 T 型交叉路口终止。云漳大桥是云霄城关的主要道路，它的拓宽改造，彻底解决了人车混行、交通混乱、拥堵的问题，有效保证了该路段的交通安全。修桥铺路惠及子孙后代，便民工程是老百姓最开心的事。

跨越云漳大桥，展现在面前的又是一个热火朝天的工地。云霄县委党校将升格为行政学校，为了充分发挥党校培训、轮训党员干部的作用，新校区建在和田路南侧上窑村东侧间，占地 64 亩，建筑面积 27600 平方米，总投资 2.08 亿元。从蓝图中，我们看到了壮观的行政综合楼、教学楼、宿舍楼、餐厅等，我们期待着 2022 年 9 月，一座可容纳 8 个班级约 300 名学员的云霄县行政学校拔地而起。

向东渠是 20 世纪 70 年代初，云霄人民和东山人民共同用双手建筑的"江南红旗渠"。向东精神在新时代被赋予了新的内涵，向东渠精神教育实践基地于 2021 年 1 月开工建设，位于云霄县下河乡世板村东侧，县福利中心北侧，用地面积 445.8 亩，规划总建筑面积 4055 平方米，拟投资 1.4 亿元。

向东渠是云霄人民宝贵的精神财富，为了更好地弘扬艰苦奋斗、自力更生的民族精神，激励当代人奋发向上，努力进取，向东渠精神教育实践基地拟建成以展示馆为主体，文化广场、山地景观为辅的教育体验平台，它既是党员干部接受革命传统教育的基地，也为人民群众提供一个新的旅游去处。高高耸立在眼前的向东渠世坂渡槽，像一座天桥巍峨地横跨在上窑倒虹吸口的群山中，几根大石柱顶天立地支撑着长长的渠道。仰望它，我们无不感叹当年建设者的智慧和力量！近半个世纪的风吹日晒，渠道里依旧清水潺潺，它让来自峰头水库的清甘泉，源源不断地向东流，流进东山县的万千家庭。

告别了向东渠，我们又走进了美食街。威惠美食广场位于云陵镇享堂村，建筑面积 63541.1 平方米，有 9 幢商住楼，安置房 292 套，一个宽敞的文化广场，73 间店面，有 52 间经营各种本地特色小吃，尤其是云霄水面最受大众欢迎，出门人归来，第一口想吃的就是水面，它不仅物美价廉，而且是家的味道。还有酥饼、酥糖、芝麻糕点、水晶虾粿、菜头粿、艾草粿，真是看得让你味口大开。美食味，香飘一条街。

威惠美食街，依托威惠庙棚户区的改造而形成，它不但可以为广大市民提供一个饱览美食的场所，也为远道而归的台湾同胞、海外侨胞，返乡寻根谒祖、祭拜开漳圣王、弘扬中原文化创造了一个温馨的场所。威惠庙的祭祀戏台，也为云霄县开展文化艺术、民间歌舞活动，提供了一个大舞台。

听着"漫步云霄"的歌曲，品着闽南特色美食，一场新城观光采风活动，就轻轻地拉上帷幕。我们赞美云霄城东西南北风景如画，更赞美为建设新云霄做出贡献的劳动者。

杨家妯娌

　　1975年6月，我高中毕业后，到将乐县万全公社常口大队常溪村插队，从此，知青生活拉开了序幕。插秧割稻、砍柴种菜的日子经历半年后，有幸于次年春季离开知青点，被选派到距常溪村10里路的横排际村担任民办教师。三尺讲台让我实现了女知青的最初梦想，两个学年的乡村女教师生涯，我结识了纯朴善良的村民，尤其是一群杨家妯娌，给我留下了美好的印象。

　　横排际村山高林密，从地势平缓的常溪村步行出发，要走近两个小时。一路上过小桥，越涧水，山花烂漫，野果累累。沿途需翻山越岭，穿过一片茂密的森林。那时年轻，爬坡走路不觉累，但抵达村子时，我已是汗流浃背，满脸通红。全村28户人家，都姓杨，是常口大队党支部书记杨林和的家乡。杨书记的妻子水英姐为人很好，30岁年纪，细高个儿，五官清秀，说话轻声细语。他们有5个儿女，其中3个是我的学生，当年我就借住在他们家二楼的一间屋子。

　　初到小山村，有一种居住在云端的感觉。清晨的窗外，睁眼就看到太阳，空气特别清新。村中房屋大都是杉木建造，青瓦土墙，非常环保。我住的那间屋子采光很好，坐在窗台下的方桌旁看书、写字，宁静清爽的心情，无法用言语表达。我曾在这里阅读了很多厚厚的书，这些书都是从邻村福州籍老知青那儿借的。最让我手不释卷的是《红楼梦》，如"无材可去补苍天，枉入红尘若许年。此系身前身后事，倩谁记去作奇传？"还有那首《好了歌》："世人都晓神仙好，惟有功名忘不了！古今将相在何方？荒冢一堆草没了。世人都晓神仙好，只有金银忘不了！终朝只恨聚无多，及到多时眼闭了……"虽然曹公有诗"满纸荒唐言，一把辛酸泪！都云作者痴，谁解其中味？"但我还是对照字典细细读、慢慢品，百看不厌。我喜欢他对景物的描写，对人物的刻画，对事物的剖析，对时代的总结。看得我总想将书中的人物与现实中的村姑、农妇对号入座。当阅至第三回章节中"削肩细腰，长挑身材，鸭蛋脸面，俊眼修眉，顾盼神飞"的人物刻画时，瞬间有了目标，这多像莆田籍移民少妇玉珍姐呀！二十四五岁的玉珍姐，有双闪着智慧的眼睛，微笑中露出两排玉一样洁白的石榴牙，两条齐胸的短辫梳理得纹丝不乱，做事有礼有节干脆利落，她的言谈举止和性格特征还真有点贾探春的范。

玉珍姐的两个儿子顺祥和顺贵，都是我低年级的学生，我每月要到她家吃两天的饭。因为民办教师是按学生数派饭吃，一个学生负责一天伙食，一日三餐教师只需交付 7.5 两粮票而已。28 户人家的小村庄，基本家家都有一个或两个孩子上学，最多的是三个。当年村里每家的饭桌我都坐过，纯朴的村民会用最好的食物招待老师。

记得当时在校生 48 人，有 5 种文化程度，仅两间教室、两位教师。一、三、五年级在一个教室，二、四年级在另一个教室，老师上课真要合理安排，一节课 45 分钟，3 种文化程度的班级，每种程度只有 15 分钟的教学时间，老师给一年级上课，另外两种程度者则做课堂练习，唯有公共课音乐、美术，才是全班同学一起唱歌或画画。我们两个老师按数学、语文具体分工，我曾教了一个学年 5 种程度的语文，一个学年 5 种程度的数学。每天 6 节课完成，都是口干舌燥，好在村民们待老师都非常尊重和友好。

18 岁是人生最美的年龄，正直、单纯、洁净得就像碧空中的白云。而且有理想、有追求，满脑子都是正能量。兴许是才走出校门，我们将横排际小学校的课程安排得面面俱到。语文、数学是主科，音乐、美术、体育不能少，课余还组织文艺队，教他们朗诵和舞蹈。在晒谷场开展跳绳、拔河比赛；六一儿童节，帮他们化淡妆、穿上最漂亮的服装，在村子中心的晒台上，唱歌、跳舞、朗诵、画画；一个个节目把家长们乐得掌声不断。

1978 年 6 月，本校有两位五年级毕业生考取万全中学初中部，喜报传来，村里像过大年一样热闹。生产队队长把他家欲"支前"的一头肥猪宰了，你家杀鸡他家杀鸭，家家都出一道菜，有荤有素大聚餐。不久，万全学区还组织民办教师来横排际学校参观，这对我们两位山村教师，确实倍受鼓舞！

话说玉珍像探春，她的妯娌玉珠就好比宝钗"生得肌骨莹润，举止娴雅"。玉珠年近而立，容貌丰美，为人成熟稳重、通晓人情世故。她性格温柔大方、待人周到得体，与书中的宝钗还真可以穿越时空一比。玉珠 18 岁嫁到杨家，丈夫仅兄弟俩，她是兄嫂，玉珍是弟媳，妯娌俩都生育两男一女，这在农村是好命人家。只可惜她们的公公婆婆早已作古，没能亲眼看到六个孙男孙女在学校读书的美好。俗话说：长嫂为母，长兄为父。正因为有兄嫂的大度包容、呵护资助，才博得玉珍夫妇的敬重、爱戴，也赢得横排际村人对妯娌俩的信任和赞美。

玉珍、玉珠居住的房屋和我住的屋子门挨门，一条长长的走廊，一个公共的楼梯，一扇共同出入的大门户，因为大家都是堂兄弟，所以几个家庭一起使用，既节省了空间，亲人之间还可以互相照应。楼梯是木地板，若脚步重些便发出声响，为了不影响别户人家，我经常是提着鞋子赤脚上楼。这种房屋防潮保暖，冬天住杉木楼房感觉特别好。

其实杨书记家只有楼上楼下两个房间，坐北朝南的二楼屋子被我借住了，他们全家 7 口人只能挤在楼下那间约 30 平方米的房间，我倍感不妥。为此，我和水英姐商量，请她 12 岁的长女秀英到楼上和我同室住，一则可以缓解楼下人太挤，二则我夜里有个伴。秀英是我四年级班上的学生，我晚上空闲时，还可以教她写作文和做数学功课。

忘不了，房间北窗下摆放着一张老式大木床，张挂着一顶白色的棉纱蚊帐，草编的席子下，铺着厚厚松软的干稻草垫，蓝白格子相间的床单罩在上面，淡雅、素洁。大红牡丹花样和芙蓉出水图案的两床被子，折成两个方块整齐地搁在床上。南窗下是一张八仙桌，上面置放着小学课本、作业簿、教案，还有几本小说《青春之歌》《红楼梦》《水浒传》等，一瓶用山泉水养着的山茶花，散发出淡淡的芬芳，至今还让我思念。这就是我和秀英的闺房，一间充满杉木香、花草香的屋子，曾陪伴我在横排际小村庄，度过了两个春秋温馨美好的时光。

玉珠姐家的长子顺添、次子顺明，都是我喜欢的学生。哥哥五年级，弟弟二年级，兄弟俩一文一武很有个性。当年杨顺添以小学升初中优异的成绩，让横排际小学一时间名声在外。

一年级杨欣的妈妈桂兰姐，虽然个高、体壮，但五官端正，尤其是一双丹凤眼好像会说话，她的头发黑而且带卷，是天生的自然卷，皮肤像印度色，真有点似《水浒传》中顾大嫂的影子。她特别爱干净，每次去她家就餐，我都非常愉悦，她不但烹饪手艺好，家里桌椅板凳、锅碗瓢盆都干净整洁、摆放有序，走进她家令人感到特别的敞亮和舒适。在这山高路远的小村落，像她家这样怡人的庭院，实在不多。她把一双儿女收拾打扮得清爽、活泼，人见人爱。她与丈夫精明、本分地经营着自家和美的日子。

杨七金是独苗，父母很大年纪才有他，家里经济差，他父亲身体不好，母亲却十分勤劳。春笋成熟季节，有天清晨我刚醒来推开南窗，便看到她头戴斗笠，身披蓑衣，挑着一担还冒着雾气、闪着露珠、绿莹莹的笋儿，从山道上脚步沉沉地走到我视线下的水井边。也许她天没亮就到竹林里，去采撷晨曦下最鲜嫩的笋儿，若太阳出来了、雾散了、人多了，笋儿就不鲜嫩了！

若干年后的一次聚会，杨七金握着我的手激动地说："感谢老师当年送我的《新华字典》，让我从中认识了很多生字，懂得了很多道理。字典现在还留存着，它伴随我已经40多年了。"

不管是水英姐，还是玉珠、玉珍姐俩，抑或是杨欣妈，还是七金妈，她们都是横排际村纯朴善良的一群杨家妯娌。她们勤劳智慧，热爱生活，在这崇山峻岭之中的小山村相夫教子、繁衍生息，为乡村的振兴做出了贡献。难忘当年与她们在横排际共饮一口井的水，共享一片阳光和月色。端午节，她们教我包粽子；中秋夜，请我吃月饼，灯下一起织毛衣、纳鞋底。她们喜欢听我讲城里的新闻，听我讲小说里的故事，听我把她们对号入座到戏文里。我给她们普及卫生常识，宣传科学知识和女性要自强、自信的道理。

现在她们都已是古稀之龄，正安享儿孙绕膝的快乐晚年。横排际村有了翻天覆地的变化，昔日村里考上几个初中生就杀猪宰鸭庆祝，如今村里不仅年年有大学录取通知书喜报频传，而且还出了两个女博士。一个是我房东水英姐的长孙女杨瑞芝，现为福建医科大学麻醉专业在读博士生；另一个是玉珍姐的长孙女杨青，考取南京农业大学经济学在读博士生；真不敢想象那么偏僻的小村庄，一下飞出了两只金凤凰。杨七金的儿子、杨欣的女儿，大学本科毕业后，均入职在公务员队伍，为家乡的建设默默地奉献青春与智慧。

横排际的杨家，真是人才辈出！这是杨门崇文重教的家风，还有杨氏众妯娌的无私奉献，才有今天的后生可畏、欣欣向荣。

天 伦 之 乐

　　我的两个女儿师范大学毕业后，均录职在公立中学当教师。姐姐在闽粤交界的诏安县桥东中学任音乐教师，妹妹在云霄县第二中学任地理教师，姐俩相差六岁，性格一动一静。姐姐很疼爱妹妹，妹妹也很敬重姐姐，对父母都是孝顺的乖乖女。长女婚后两胎三孩，一个可爱的小女孩和双胞胎的两个淘气男孩。退休后的外公外婆，义不容辞地与亲家们一起承担帮忙带孙辈的工作，这期间有忙碌、有辛劳，更多的则是乐享天伦。

　　女儿在邻县当教师，女婿是市区的公务员，三个宝宝又在家乡云城，一个五口之家分成三处，真难为女儿驾车来回跑。尤其是娃娃们的哺乳期，女儿清晨用母乳先喂饱婴儿，再用吸奶器挤出足够孩子一天饮食的奶量冷藏在冰箱，之后开车去 60 公里外的桥东中学教书，傍晚下班后才匆匆离开学校往家赶，这样的日子持续了好几年。

　　双胞胎兄弟吃母乳到周岁后才断奶，他们的姐姐吃母乳时间更长。我赞叹女儿很有毅力，坚持让仨娃娃吃足母乳。纵观时下很多年轻妈妈选择奶粉喂养，有的干脆雇人代养的现象，女儿的育儿理念既传统又科学，也是妇幼部门倡导的母乳喂养。仨宝宝断奶时都是胖嘟嘟的，十分憨厚可爱。双胞胎断奶后，我接一个阿小来家里帮忙照顾，那时我刚适应退休后悠闲轻松的日子，突然身边添了个周岁外孙，一天 24 小时守着他，确实有点措手不及，忙乱的不适应。

　　我清晨起床忙到天黑还在忙，孩子的早餐是稀粥汤煮米糊，一勺一勺要喂半个钟头。饭后不久得用自行车推着他走街串巷，一则教他识别周围环境，认识路过的建筑物和花花草草；二则是户外日光浴补钙。游逛一小时后回家，先喂他吃一小杯苹果泥，再打开电视让他看图像听儿歌，小家伙非常喜欢音乐，会随着节奏手舞足蹈，不一会儿就在轻音乐中有了睡意，把他放在小床上很快就进入梦乡。他睡着了，我就开始套上围裙洗衣服、擦地板，洗菜、做饭，等我满头大汗忙完一切，他的哭声从楼上卧室传来，一个钟头的晌午觉已经苏醒。我必须赶紧从床上抱起他或把尿或换尿不湿，然后用温水给他擦把小脸蛋、小手，从温奶器中拿出保温着的温开水喂他。之后离开卧室下到二楼餐厅，让他坐在餐椅上等待吃午饭。虽然已经周岁，但他还不会走路，也还不会自己用勺子进餐。我将清炖的瘦猪肉汤和煮熟的胡萝卜、时令蔬菜、干饭、肉片等食物一起放在电动搅拌机中转半分钟，一碗颜色鲜艳散发着肉香的糊糊午餐就做好了，将其倒入奶瓶中，奶嘴口加大些，180毫升的糊状食物正好让宝宝自己吮吸完成。他和外公外婆一起共进午餐，在餐桌上小手指指点点，很想尝尝的样子，我们就用小勺子给喂点，他便开心地吃空了奶瓶中的食物。

午餐毕，把他送到客厅的围栏里，那里有许多塑料玩具供他玩耍，我家二楼有90余平方米，餐厅、厨房占少部分，其余都是客厅，而围栏占客厅四分之一位置，可想而知他的那个乐园有多宽敞呀！我用最快的速度把锅碗瓢盆洗净，收拾干净餐厅，便解掉围裙来围栏里陪他玩玩具、过家家。他的小手很灵巧，会随意搭积木，玩跑车，有模有样。看他玩有一个钟头时间，该睡下午觉了，我便抱起他轻轻唱摇篮曲、无字歌，慢慢移步楼上卧室，下午觉一般可睡两个多小时。当然，我也借机美美地睡个午觉。睡醒起床后，给他喂180毫升澳洲牛奶，配点小馒头之类的谷物。接着又用自行车推他去玩，出门前我得用电饭煲把饭煮上，电炖锅内的肉汤火不能熄。自行车的前座上架张小藤椅，车篮里放一奶瓶温开水，更换的吸汗巾和尿不湿等。每次看我关好大门要带他去玩，就乐得拍手哈哈笑。

从我家步行到将军山公园要 20 分钟路程，我们祖孙俩一路慢悠悠、看风景。若路遇熟人便教他打招呼，或叔叔阿姨，或爷爷奶奶，小哥哥、小姐姐，虽然他只能发声讲单个字，而且吐字不太准，但也得让他知晓"见面问个好"的道理。将军山公园有个归德楼，周围环境开阔优美，一个偌大的人工湖，两岸春天是桃红柳绿，秋天桂花飘香。傍晚散步的人三五成群，山光水色十分恬静，是人们悠闲放松的好去处。去将军山公园玩成了惯例，以至于他在县实验幼儿园三年学习期间，下午四点半放学，我和他外公就带上水果或果汁去幼儿园接出，没有回家而是直接到将军山公园，让他在开阔的广场上自由活动，教他仰望天空看蓝天白云、看飞机航行中划出的一道雪白弧线。公园里小朋友很多，看到他能主动和小朋友们一起玩，外公外婆心中真欣慰。

我们带他整整六年，看着他牙牙学语、站稳迈步，学唱儿歌、背诵童谣；学握笔、学涂鸦，一步一步成长到能背上书包去上学。幼儿园三个学年，每天是外公用摩托车接送，为他准备丰盛的早餐，督促他用勺子一口一口吃完碗中食物，不能浪费粮食。之后，外公驾车坐前面，他小小身板坐当中，外婆坐在后面当护卫。不管刮风下雨，还是严寒酷暑，上午八点半必须到校，他很配合，三个学年从未迟到。下午四点半，随着长龙般的家长队伍，依次刷卡移步入园，走进童话般的幼儿园，会有回归童年的感觉，心情自然轻松愉快。

爷爷奶奶接送的任务是姐姐和哥哥，姐姐在大班，双胞胎兄弟在小班，哥俩的班主任沈明珊老师人长得漂亮，性格又好，对孩子们的启蒙教育充满着温柔的爱。保育员周碧珊老师纯朴善良，教室、寝室收拾得干净整洁，对阿大阿小兄弟倍加关爱。幼儿园让姐弟仨初识看图识字，初学涂鸦、唱歌和舞蹈，更重要的是行为习惯的养成，有了良好的开端。

随着外孙们一天天长大，我们在闲暇日会带他们外出看山、看水、看风景。

2018年岁末，我手牵五岁外孙女芷菲随外公一起出席清华美院在珠海召开的年会。带她徜徉在书画展厅、博物馆、纪念馆和唐国安校园，看夜幕下珠海的点点渔舟、悠悠帆船。沿港珠澳大桥去紫荆花广场，看五星红旗高高飘扬；去浅水湾赏碧波荡漾还有游人和海滩；晨曦里去瞻仰大三八牌楼的庄严与巍峨；慢步夏威夷水城欣赏世纪莲花绽放的光彩。让她小小的年纪里，记住祖国南大门有三颗闪亮的明珠，它们叫港珠澳。她现在已是三年级的小学生，写得一手端正的硬笔楷书，每学期都捧回一张"成绩优异"的奖状。课余时间学器乐中阮、钢琴，还是校园乐团、合唱团的成员。在家是双胞胎弟弟的小老师，辅导他俩做功课一丝不苟。

双胞胎兄弟梓豪、梓杰已佩戴上红领巾，是漳州市第二实验小学一年级的学生。刚入学时，他们稚嫩的听不懂老师讲课，也看不明白老师的板书，没想到半个学期后，哥俩的学习成绩有了飞跃般的进步。这是班主任黄晓兰老师，对兄弟俩循序渐进的启迪和开智产生的结果。黄老师年轻貌美，讲话轻声细语，对班上学生的特点、个性，善于观察，尤其是对后进生，她会主动联系家长了解情况，让家校配合，共同帮助孩子加快学习的步伐。她对学生更多的是鼓励和赞扬，让孩子们在充满阳光的校园里"好好学习，天天向上"！

女儿的三个孩子中，阿小梓杰上小学之前都住在外公外婆家，也就有更多机会随我们郊游、采风。记得2019年春天，我第一次带他随《漳江文学》编辑部到云霄东厦镇船场村的荔枝岭采风，当时他五虚岁，我牵他走山路、爬山岭，去看一株近五百年的荔枝树。虽然路很远，累得他满头大汗，但到达山顶时，看到一棵像巨伞一样的绿色古树，他开心极了，便奶声奶气地说："高高荔枝岭，有个树爷爷。长满绿胡子，果儿红艳艳。"同年秋天，第二次带他去和平乡的莆顶村采风，外公外婆牵着他走在西溪岸边，他看到河里有一大群鸭子游过，便大声地叫道："河中一群鸭，大家笑哈哈。灰毛浮绿水，全部光脚丫。"逗得同行的文友们哈哈大笑，其中健峰姐说："是呀！鸭子确实没有穿鞋子。"这兴许是他刚会背诵唐骆宾王的《咏鹅》，照猫画虎吧！2020年夏天的一个周末，又一次带他去下河乡看杨桃园，他随我们顶着骄阳爬上山坡的果园，虽然走了快一公里的路，小脸蛋晒得红扑扑，闪着汗珠，但看到满山遍野都是杨桃树，树上挂满一串串晶莹剔透碧玉一样的杨桃，小家伙又来劲了："下河杨桃园，挂满绿灯笼。摘个榨果汁，又甜又好吃。"又把众人逗得笑弯了腰，他用小手摘了好几个杨桃，也确实带回家榨成果汁，他边喝边品，说绿色杨桃汁实在太好吃了。

有一次带他去将军山公园游玩，我们坐在归德楼的台阶上，看远处的将军山峰，看近处的人工湖水，任凭微风轻轻吹拂，心旷神怡。突然，他发现台阶下有一群蚂蚁，便说："外婆，这些蚂蚁是在搬家吗？"我低头看看脚边，确实黑压压的有一群蚂蚁在来回穿梭。我鼓励他再作一首打油诗，他挠挠小脑袋，看着地上的蚂蚁便轻轻地道："地上小蚂蚁，队伍长又长。好像在搬家，它们都很忙。"听后，我拍手叫好，这真是个可爱、淘气，又有悟性的宝宝。

2020年12月，大女儿从桥东中学调到漳州龙文区新时代文明实践中心，小女儿也从云霄二中遴选到漳州一中芝山校区，两闺女都在市区工作，姐俩日后可以互相照应，这是我最开心的事。仨外孙均就读在漳州第二实验小学，与家距离近在咫尺，我们牵着姐弟仨一天来回四次，行走在家与学校的路上，那份知足的心情，洋溢在我们布满皱纹的笑脸上。

回　家

　　2022年农历正月末，我和志强从女儿家与亲家母交接班后，就乘坐动车回闽西北将乐，探望年迈的双亲和家乡的亲朋好友。短短一周时间，我们收获了家乡的春光无限，收获了家园的亲情友情，那满满的幸福，让我陶醉至今。

　　当动车播放将乐站已到时，我激动得眼睛发亮，连忙从行李架上拿回大包小包、迫不及待地挤在过道旁，等待车门开启。当双脚踏实地落在站台上，面对灯火通明的将乐动车站，便又一次身不由己地激动起来，家乡，离家多时的游子回来了。我情不自禁地吸了一口清新的空气，这"美丽中国深呼吸第一城"的家乡味道，多好啊！

　　随着长长的旅客队伍，我们开始拿出手机，打开健康码扫码、查看行程码、测试体温。川流不息的人群中，看不清对方是谁，各式各样的口罩，把大伙美的、丑的、陌生的、熟悉的脸庞，都遮挡得严严实实，我们只看车站服务员的手势、听他们发出含糊不清的声音，然后通关，慢慢走出。

　　透明的玻璃大门外，已看见两张熟悉的面孔，尽管他俩脸上戴着口罩，但眉眼间的微笑是遮不住的。大弟启余、大妹夫祥荣，两人快步过来，一个接过我手中的行李，一个跑过去替手姐夫身上的两大袋东西，大家有说有笑，朝停车场大步走去。

　　祥荣今晚是开着他的新车来接我们的，说那辆旧"大众"让位给当副镇长的女儿开，公务员买不起新车，有辆车代步就不错了。启余坐在副驾位，他可是有着近40年驾龄的老司机，是改革开放初期领的驾照，他退休前是一单位的小领导，工作需要早早学会了开车。他像教练似的与妹夫、姐夫谈论着一些开车的技巧，我俏皮地说："你们三个男人都是司机，我是享受型的唯一乘客，哈哈！"

中学高级教师的祥荣，车技不错，即便是驶离动车站路口的减速带段，坐在后座的我们，也没感觉震动。他说带我们走近路，去欣赏三桥路段的夜景工程。穿过一个红绿灯路口，果然看到将乐小城的第三座新桥，车子路经宽敞明亮的三桥时，车窗外真是一片灯光璀璨。只见远处的二桥、一桥，霓虹灯光闪耀，五颜六色闪烁在长龙般的大桥双侧，辉映在碧波荡漾的金溪水面，若是置身在三桥外欣赏，那就是三条灵动的灯光彩虹，与金溪两岸的火树银花、万家灯火，辉映相照，夜幕下的将乐城，宛若仙境。啊，家乡入城第一景，真是美轮美奂呀！

我的双眼，依旧被窗外的灯光秀深深吸引，车子离开三桥右拐，沿江滨路行驶约两分钟暂停在一桥红绿灯路口。一桥是昔日俗称的三华桥，也是我童年、少年、青春年代熟悉的唯一大桥。曾记得当年盛夏时，邀上几个闺蜜等夜幕降临时，在大桥两侧的人行道上，或坐或站依着桥栏，看桥下河水清清的金溪，任凉爽的溪风吹拂长发，谈校园的趣事，议社会的闲闻，憧憬着美好的未来……

是的，随着时代的进步，社会的发展，家乡金溪河面上，不仅添了两座进城的大桥，还在过去新华大队、胜利大队、解放大队的土地上，新添了碧水山庄、日照东门、水岸花园。

绿灯亮起后，我们左拐进将乐古镛城主街道，昔日的照相馆、电影院、十字街、百货公司、医药公司、县招待所、邮电局、城关公社、城关医院、二轻局，在脑中从眼前一一晃过，现实中再也看不到它们的一点踪迹。展现在这里的是府前街、步行街左右的各种个私商店。

仅两分钟时间，开阔的县政府广场就映入眼帘，一个用鲜花制作的"2022年新春"巨大模型，正笑迎着人们。这是家乡父母官与古镛人民共同迎接新春的一个实际行动，是向全县父老乡亲送去美好祝福的一份贺礼。这个用鲜花制作的迎春雕塑，艺术造型美，加上花瓣间嵌有满天星电子灯光，一闪一闪不断跳动，仿佛是百花含笑，齐吐芬芳迎接新春，确实美不胜收！

我收回车窗外欣赏景色的目光，跟随妹夫娴熟转动的方向盘，仅一会儿工夫就看到了新华街松桥巷的家。家里一至五楼都亮着灯光，我忙推开车门，仰起头喊道："我回来了！"话音刚落，三楼的四开窗口就露出了老爸老妈的笑脸。看见我们到家，小妹夫仁水从一楼茶叶店走出，笑盈盈地来帮忙拿行李，三个连襟有说有笑地提着东西一起上楼去岳父岳母家。我空着双手和大弟边聊边慢慢上楼，这时传出母亲的声音："红菇鸡汤面刚煮好，大家都来吃啰！"

住在三楼套房的父母，看见我们从闽南回来，非常高兴。母亲不仅准备了面条，还炒了几盘下酒菜，父亲拿出一瓶 2005 年出厂的茅台酒，请三个女婿和两个儿子陪他一起喝。一会儿，住在楼下的二妹端来一盆刚出锅的水饺，四楼小弟媳送来一盘青椒炒腊肉，五楼大弟媳也拎着一袋还冒着热气的烤鸭放在餐桌上。一时间屋里可热闹了，把个大圆桌围满，90 岁的父亲笑得嘴都合不拢，85 岁的母亲开心地给孩子们添碗筷、盛面条，她看了下，五个小家庭中就小女儿没在场，便拿起手机，打电话给她。几分钟后，小妹提着多杯奶茶，风风火火进来，她的大嗓门连声喊道："姐夫姐姐辛苦了！我迟到，自罚酒一杯。"

父母的客厅和餐厅连在一起，客厅的新款式皮沙发和双人藤木沙发，可坐十余人。餐厅可摆两张大圆桌，能围坐二十余人不嫌挤。双亲住 150 平方米三室两卫的房屋，确实宽敞。他们楼上是两个儿子，楼下住一个女儿，三个小家庭与父母仅楼上楼下之距，彼此照应十分便利。一楼临街四个店面，分别给我的两个弟弟和两个妹妹，我远在闽南，父母也在一楼留出 50 余平方米占地面积办成不动产证给我，属于我的地方虽是厅堂和楼梯公共出入处，但我已十分感谢和知足。

　　父母五个子女，七个孙子孙女，其中我两个女儿，大弟一对儿女，小弟一个儿子，大妹一个女儿，小妹一个儿子。如今我和大弟大妹都有了第三代，为已是曾祖父曾祖母的双亲，添了六个可爱淘气的曾孙，着实让老两口乐开了怀。我们五个家庭都和美幸福，感谢父母正直善良、真诚热情的启蒙教育，让我们兄弟姐妹在各自的岗位兢兢业业、口碑良好。

　　回家的感觉真好，吃着母亲做的饭菜，喝着父亲泡的山茶，心中充满的都是爱，是人世间最纯最真的疼爱。有父母真好，尽管我现在已有三个外孙喊"姥姥"，但在父母面前，我依旧像儿时一样撒娇，让母亲给我烹饪久违的家乡味道。

　　久别重逢的弟妹们，要陪我和他们的姐夫去城郊春游。次日早饭毕，大妹启辉准备了一些水果，领着我和志强走出熟悉的松桥巷，坐上大弟启余的汽车，我们要去水南的梅花谷踏青。

　　沿新华街、府右街，跨过碧波荡漾的金溪，很快车子驶上郊外的水泥路，春光洒满道路两旁绿色的植物，芦苇在春风里摇曳，田野里露出一茬茬秋收后留下的稻根，冻土在初春的阳光下冒着热气。树枝上鸟儿在鸣唱，蓝天下花儿吐芬芳，一派春光明媚的景象。忽然，我被车窗外的一建筑物吸引，"宋龟山文靖杨先生神墓"，北宋著名理学家杨时先生在此，我们必须下车先瞻仰这位将乐人引以为豪的先贤。

　　杨时先生是北宋著名的教育家、诗人和杰出的政治家。他23岁中进士第，历任汀州司户参军，浏阳、余杭、萧山知县，国子监祭酒，工部侍郎，龙图阁直学士等职。他求知若渴，与游酢、吕大临、谢良佐前往河南颍昌，拜程颢为师，被誉为"程门四大弟子"。他40岁时与游酢再度前往洛阳向程颐求学，见老师正在打瞌睡，他俩恭敬地站在门外等候，等到程颐睡醒时，门外积雪已是一尺余深。"程门立雪"故事由此产生，成为后人尊师重教的典范。他一生精研理学，在"二程"理学和朱熹之间起到了承前启后的作用，为理学南传及中华文化的传播做出了重要贡献。他83岁仙逝故乡，长眠在乌石山下。这里云气氤氲，山麓秀木成林。墓前方有一座明代风格的重檐歇山式牌楼，上方镶嵌着"程氏正宗""倡道东南"的匾额，牌楼高六米余，双层楼顶，翘角腾跃，似苍鹰展翅。整座墓园融汇古今，历史弥新，壮观恢宏。既与山体相依偎，又可鸟瞰蜿蜒而去的清澈金溪，真是：云山苍苍，溪水泱泱，景色优美，风光无限。

拜别圣贤，我们继续前行。汽车只弯了几个岔道，便有一大片鲜艳的梅林映入眼帘，坐在身旁的妹妹开心地喊道："梅花谷到了！"等弟弟停稳车后，我们迫不及待地推开车门，三步并着两步跑进了梅花盛开的地方，或仰望着枝头上一朵朵娇艳的鲜花，或弯下一枝揽入怀中细细品赏，那股沁人心脾的芳香，非常清新美好！其实这片花海不单有梅花，还有桃花、李花、玫瑰花、芍药花、蔷薇花和樱花，她们像春姑娘一样，在这蓝天白云下婀娜多姿，争奇斗艳。

梅花谷曾是将乐水南林场的一片育林地，两年前变成了一片姹紫嫣红的鲜花世界，春秋两季，慕名而来的游客络绎不绝。置身在这么美妙的花丛间，志强打开快门，为我姐弟仨拍下了多张开心的合影。

又是一个阳光明媚的早晨，小妹熊玉来母亲三楼和我们共进早餐，她边吃边说："我今天陪你们去金溪上游的大布村玩，已经和大哥二姐讲好了。"小妹退休后，在位于步行街的自家一楼开了间奶茶店，生意很红火。她不做生意专程陪我们出游已是难得，而有她相伴，这一路定是热闹。我们姐妹仨年龄相差六岁，我与小妹刚好差一轮，同一个属相且同月同日生，每年生日彼此都记得。她热情大方，爱说爱笑，做事很利索。大妹则性格沉稳，办事扎实，里里外外一把手。志强常夸两个小姨子能干，笑我是个"笨大姐"，确实如此，我自愧不如。

父母知道我们姐妹一起去玩很高兴，随手从冰箱里拿出几样水果让我们带着路上吃。五人出行正好满座，大弟又当司机，志强坐副驾，我们三姐妹好久没一起出游了，这会儿挤在后座海阔天空，一路是笑声。大弟调侃道："这三个女人真是一台戏！"

说说笑笑间，一会儿就来到了大布村。这里山清水秀，村民住房大部分是三层楼的小别墅，新农村规划在大布实属典型。村中水泥路四通八达，干净整洁。道路两旁的田野生机勃勃，有各种时令蔬菜、瓜果，还有长势良好的烟叶。村外是一条"春来江水绿如蓝"的金溪，明镜似宽阔的河面，倒映着蓝天白云和连绵起伏的山峰。岸边翠竹青青，原野里有很多无名的小花小草，小妹兴奋地采了一把在手中品赏，大姐夫抢拍了几张美妙的倩影。而大弟大妹则低头弯腰在地里采青，尤其是开着黄花的鼠鞠草，它是闽西北人爱吃的一种春令野菜，它还有药食同源的作用，可润肺、镇咳、平喘、降压、化瘀等功效。农历二月二十九，将乐人用鼠鞠草和糯米粉制作成"灵菇丸子"，有包赤豆与红糖的甜馅，也有包猪肉、香菇的咸馅，那可是开春第一粿，人见人爱的美食。

我们兄弟姊妹，很多年没有像今天这样，一起在春光下嬉戏追逐，一起在田野里采撷春花春草，真希望年年有今天。

家乡真美！家人真好！

北 雁 南 飞

在我的家乡将乐小城，有一群南下干部的子女，他们是我儿时的童伴、少时的同窗，插队时的农友。半个多世纪过去了，昔日在大院里一块玩耍、在校园里一起读书、在知青点同吃一锅饭、共耕一片田的情景，仍是那么清晰地浮现在眼前，像电影的画面，一幕幕亲切生动，令人怀念又珍惜。

丽娜是我小学同学，她长得漂亮又活泼，双眼皮的大眼睛，小嘴儿说话流利、唱歌好听。20世纪60年代末，学生上街表演节目的机会多，她是我们实验小学的领舞，老师们都很喜欢她。我常去她家相约一起上学，她有两个妹妹丽娅和丽莉，还有一个小弟弟海云。她父亲宋叔叔是县医院院长，洪亮的声音中操一口山东普通话。她母亲万阿姨是江西人，家里收拾得整齐干净。周末我们几个同学喜欢到她家玩，若小海云来凑热闹把屋里弄乱，丽娜就会扯着嗓子说："别捣乱，待会妈妈下班回来看见屋子乱，准揍你。"小弟弟只做了个鬼脸，吐了个舌头就跑开了。可见大姐姐在家里蛮有威信，万阿姨爱整洁是出了名的，可能与她的护士职业有关。

我和丽娜中学虽都在将乐一中，但没有同班，上山下乡插队也不在一个公社。不过1977年春将乐县举行的一次农村文艺汇演时，我俩倒是同台演出。那次由全县12个公社各选出一个节目，参加在县人民影剧院举行的大型文艺晚会，演出非常成功，博得了全场一阵又一阵的掌声。不久县里举办一期文艺骨干培训班，由文化馆牵头。我和丽娜、赵蓓、廖明、柯忠、庆忠、瑞卿、玉珠、淑丽、建平等同学，有幸从各个公社的知青中被选送参加，全班32位学员，我们将乐一中75届同学就占了十位。我们在县文工团免费吃住集训了四个月，专业教师是县文工团团长孙玲玲和几个上海籍演员。

晨起，我们对着练功大厅的镜子做表情、下腰、劈叉，或到金溪岸边练嗓子，男生则翻跟斗、打连环转。白天学习文艺理论知识，如识谱、学唱、朗诵，舞蹈基本功的训练，还有站姿、形体的纠正。夜晚排练节目，根据个人特点分配角色，有独唱、舞蹈、相声、器乐弹奏和小话剧等。丽娜声音清亮、唱歌音准好、吐字清楚，她和赵蓓的女声二重唱《洪湖水浪打浪》，是我们后来下乡巡回演出的王牌节目。我在《移风易俗》话剧中扮演未过门的儿媳妇，第一次随男朋友去见未来的婆婆和小姑子，谈论婚事新办……其实是小品雏形，每次一亮相就引来热烈的掌声，可能是因用将乐方言表演，故共鸣声强烈。

培训班结业前是下乡巡回汇报演出，我们的足迹遍及全县十二个公社、三个驻军、五个工矿，是真正的文化下乡。走进农村、部队、工厂，为工农兵群众送去精神食粮，每到一处都博得满堂喝彩。因此，我与丽娜有了四个月朝夕相处的机会，也许是我们高中毕业后在一起共处时间最长的一次。不久，她招工去了三明，我也到闽西部队机场，虽彼此联系很少，但只要一见面就滔滔不绝，这就是儿时的友谊。

雪萍的双亲都是北方人，她父亲结伯伯是县委宣传部部长，高挑的个子，戴一副眼镜，讲话很斯文，是典型的知识分子。她母亲杨阿姨的面食厨艺很棒，我常看她用面粉加水揉面团，然后搓成条状放在案板上，用菜刀切成一小个一小个剂子，还要端到户外晒太阳，阿姨说这是醒面，通过光合作用的面团才会发。等铁锅水烧开搁置上竹篾蒸笼，将一块白色棉湿巾放在笼屉里，再把户外发好的小面团，有序地摆放到笼屉的湿巾上，盖好蒸笼盖，添柴把炉火烧旺。十五分钟后，一个个又白又暄的馒头就出锅了，那香味真诱人！杨阿姨会随手抓几个放在盘子里，叫我们品尝，馒头发得均匀，咬一口很有嚼劲。若是碰上刚出锅的烙饼、水饺，那味道才叫妙不可言。

雪萍家有五朵金花，雪菲、雪蓓、雪蔓、雪芜四个妹妹，最小的是个弟弟。父母都是河南人，杨阿姨个子挺高，五官十分好看，齐耳短发左右别一枚黑发夹，穿着朴素，整齐得体。一口北方普通话，慢条斯理，为人和蔼可亲，待雪萍的同学如自家孩子，我常去他们家玩，无拘无束。

小学快毕业时，他们一家突然被下放到白莲公社，我人生第一封信就是寄给雪萍。当时八分钱邮票对我们小孩而言，是一笔较大的开支，好在我父母支持我写信，还让我转达他们对雪萍一家的问候。我们鸿雁传书有一年多，不久，结伯伯又恢复了县委的工作，他们一家也从乡下搬回了原来的住处，我们好像一下子长大了许多。

初中时我们不在一个班级，但高中却都是选择读写班。有一阵子，雪萍、苏琴和我因同班，所以经常结伴到东门外的田野拔兔草，缘于苏琴家养了数十只兔子，有白色的、灰色的，还有几只长毛兔。我们放学后总往苏琴家跑，有时帮忙打扫兔笼的卫生，有时还帮忙兔宝宝在兔妈妈怀里吃奶，那又红又嫩又软的一窝兔宝宝，闭着眼睛抢奶头，可兔妈妈一点都不烦，安静地任凭她的宝宝们在肚皮上滚来滚去，直到一只只吃饱喝足躺在温暖的怀里不再滚动。这时我们才慢慢伸手，轻轻地从兔妈妈怀里一只一只捉出，帮忙放到兔宝宝自己的窝里。那情景仿佛就在昨天，是那么的挥之不去。

如今我们都已年过花甲，雪萍、苏琴也从领导岗位上退休，与儿孙们一起安享天伦。前天获悉杨阿姨以九十五岁高龄仙逝，相信雪萍这个孝顺女儿心中一定悲痛不已！我心里也十分难过。杨阿姨一生勤俭持家，从九朝古都的洛阳到闽西北山区，相夫教子，养育出一群优秀儿女，为山区建设做出了毕生贡献。愿她老人家一路走好！

邢玳是邻居、也是同学，我们还是一个知青点的插友。

她老爸也是南下干部，邢伯伯为人憨厚耿直，瘦瘦高高的个儿，他是我们万全公社的副主任。她母亲有娇阿姨是万全公社妇女主任，快言快语，闽北浦城人。

万全公社常溪知青点的将乐一中 75 届同学有五人，其中邢玳、保存都是南下干部子女，而且同是山东老乡。保存有很强的表演天赋，他的京剧唱得字正腔圆，有板有眼。他是学校文宣队员，曾在舞台上扮演样板戏《沙家浜》中的刁德一，不仅神态、唱功到位，而且扮相也酷似马长礼京剧大师。只可惜他没有从艺，否则一定是个演艺界名角！下乡刚两年他就从知青点应征入伍，退伍后在将乐县土产公司当经理，为山区的香菇红菇，笋干木耳等土特产，能走出将乐销往外地做出了贡献。

记得刚下乡不久，一次邢玳和布保存自告奋勇要包山东饺子给大伙改善伙食，他俩利利索索地包了两斤面粉的韭菜猪肉馅饺，摆在大圆桌上就像一个个雪白的元宝。大铁锅水烧开正要下饺子煮时，我忙说："等我去拿红菇干来一起放到锅里煮，好看又好吃。"我的话音刚落，两位北方人笑弯了腰。保存说："你们南方人煮水饺放红菇，太奢侈了吧！水饺就是用清水煮，为了不破损，在水中撒把食盐，开锅一次加一点冷水，要加三次冷水才能把肉煮熟，这样出锅的水饺皮滑、有韧性。我们老家有句俗语叫：'开锅饺子焖锅面。'"他着实给我上了一堂煮水饺的课，以至于我现在煮饺子时，仍按照保存同学教的方法。

邢玳在插队的第二年秋天去了趟山东老家，返回时讲了很多北方的风土人情和生活习惯。第一次回老家，她带了很多福建的桂圆干、荔枝干、虾米、紫菜等，想走亲戚串门时可以当伴手礼。可她姑姑却买了一大袋白面粉，和面、发酵、揉面团，做了好几笼屉的白面馒头，然后用藤条篮子当礼品盒，一篮子一篮子的馒头整好，让这个来自南方的侄女当礼物送人。

起初邢玳觉得拿不出手，馒头在将乐可是每天早餐配稀饭的食物，怎能当伴手礼送大娘、大妈，大爷、大伯呢？但入乡随俗，只能听任姑姑安排。亲戚们在收下馒头后，不会让篮子空着回去，会从院子里的枣树上现摘一大把红枣，从鸡窝里摸出几个还有温度的鸡蛋，一起放在篮子里让邢玳带回。她确实从老家带回了几大袋山东大红枣，我们都尝到了那又甜又脆的大个枣。当然，鸡蛋则全部留在了姑姑家。

邢玳当年在重上村当民办教师，从常溪知青点到那儿，只有五里平平的水渠路。途经一个洋地村，旁边有个小水电站和一个碾米厂，是给方圆几个自然村供电、供碾米的"工事重地"，由一个叫秋桂的福州籍老知青驻守着那两个岗位。邢玳每次路过都会在那歇歇脚，或喝杯茶或借本书，他那有很多如《归来》《青春之歌》和《一双绣花鞋》之类的书籍，当时都是偷偷看，秋桂也只借给知青，村民是绝对看不到的。她看完会转借给我，一般是周末我从教书的横排际村出发，走十里山路跑到重上村，和邢玳关着门看通宵，第二天马上归还秋桂。一本书的内容可以让我们议论半个月，那时我们太渴望读书，尤其是禁书。

娇小玲珑的邢玳，智商、情商都高，讲话、做事风风火火。我离开知青点不久，她也招工到县水泥厂当工人。后来又参加招干考试，被录取在县人民检察院，她从书记员做起，一步一个脚印成为小有名气的检察官。她选择农村兵出身的军转干部结为秦晋之好，与农村妇女的婆婆相处关系甚好。她讲得一口流利的将乐客家方言，完全融入了闽西北山区人家。退休后，她与丈夫一起帮儿子儿媳接送两个上学的孙子孙女，成为地道的将乐人祖母。

晓虹也是山东人，南下干部的老爸娶的是莆田卫校毕业的护士妈妈。她上有一个哥哥，下有两个弟弟，是爸妈贴心的"小棉袄"。她心直口快，乐于助人，我俩小学到高中都是同学，毕业后又在一个公社插队，她是我们万全公社的广播员，人长得漂亮声音又好听，是当时公社的社花，引来很多青睐的目光，尤其是在公社机关工作的未婚帅哥们。

她学生时代是运动健将，刚上初中就是将乐一中校篮球队队员，后来又被选拔到县篮球队，那可是我们同学极羡慕的一件出彩活儿。不用在教室上课，成天在球场上训练，一场一场吸引众多围观喝彩者，获得一阵又一阵热烈的掌声。更令人向往的是可以代表县里，风风光光外出去比赛。当年她瘦瘦高高的个儿，蓝色的短衣短裤运动服，齐耳的运动发型，精气神十足。赛场上她灵活骁勇，是主攻手，她能守球亦能攻球，给对方一个措手不及就赢得了快步投篮分。她和队友们曾为县里捧回了很多奖杯和奖状。

她是个孝顺女儿，兄弟几个先后调回山东老家工作后，就她守在年迈的双亲旁，洗衣做饭撑起一个家。尤其是父母生活不能自理的暮年，照顾护理的担子全落在她一人身上，有时累得她喘不过气来。特别是前年，已是九十多岁高龄的父母因病双双住进重病室，她就像陀螺一样连轴转。一天睡不上几小时，都忙碌在菜市场、厨房和病房。买好食材就下厨，煮熟炖好就往医院送，而且是楼上病房、楼下病房穿梭来回跑。不久，她自己也累病了，还住院做了手术。

去年，她父母一起住进了重症监护室，在母亲弥留之际，她含泪将母亲的病床推到父亲跟前，让双亲再相对看一眼。当她母亲看见躺在身边另一张病床上的丈夫时，眼睛一亮，含笑地说："老常，两年不见了，今天来看你一眼。当年若不是听从组织安排，我不会嫁给你这个山东大汉，我莆田有的是追求者。你除了会带兵打仗称英雄，生活中不懂浪漫和优雅。铺着台布的餐桌、精致的小菜你不要，而是蹲在地上或板凳上，啃着馒头配大蒜，满口满身的蒜头臭味真是让人受不了。好在是女儿孝顺又乖，要不然我还不来看你。"话音刚落，她头侧向丈夫一歪，永别了她的亲人。晓虹强忍着撕心裂肺的痛苦，忙将母亲还带着体温的一只手伸向父亲，两只手一接触，丈夫紧紧握住妻子温柔软绵的手，仿佛是六十多年前第一次牵手。已是近百岁的老人，此时老泪纵横，像孩子一样嘤嘤地哭了起来。

送走了母亲，她现在仍需照顾在重症监护室，靠鼻饲管维持生命的父亲。这就是南下干部的子女，一个有担当、有责任，尽孝尽职的吾辈同龄人。

闽西北的南下干部，当年都是来自山西、山东、河南、河北等老解放区。他们1949年春随长江支队入闽，在风华正茂的年纪离开家乡和亲人，把人生中最美好的年华都奉献给了闽西北山区。作为革命战争年代的一个特殊群体，南下干部的经历已经成为一段历史，他们正在逐渐衰老、黯淡、消隐，但我们不能忘记他们。

他们似一群鸿雁，从北方飞来，在南国筑巢，繁衍生息，子子孙孙眷恋着第二故乡的这片热土。南下干部的子女，是用北方人的血脉和南方的水土养育出的一代强者。他们学着父辈爽朗的北方口音渐渐长大，他们正直善良，像他们的父母一样，把满腔的热血和智慧，都浇灌在了闽西北山区那片炽热的土地上。

我为有这群北方骨血的童伴、同学而骄傲。

走 进 高 田

初夏的一个周末，我和几位文友来到了高田村。只见村道两旁，一片片稻谷长势喜人，一畦畦绿油油的时令蔬菜，一棵棵黄皮果树，硕果累累压满枝头。干净整洁的路面，错落有致的新居和商铺，远处一杆红旗正迎风招展。一幅新农村的立体画面，展现在眼前。

坐落在葛布山下的高田村，20世纪末就是明星村。高田村位于云霄县火田镇西北部，千户农家，近四千人口。地理位置得天独厚，土地肥沃，水资源丰富，加上蜈蚣塘水库助力，种植的水稻、蔬菜、地瓜、花生、菠萝、枇杷、青枣、荔枝、龙眼等农作物年年丰收，为村民带来了可观的经济收入。

走进高田，你的目光会被一座座乡间新楼所吸引，独门独户的庭院内，有花台、水井，还有卫生的洗手间。三四层高的楼房，四开窗配上漂亮的窗帘，屋里摆设不亚于县城人家。走进干净整洁的厨房，正逢女主人准备午餐，她告诉来客："今天我煮咸饭请大家。"只见她麻利地将切好的一海碗三层五花肉，轻轻地倒入油锅，用文火均匀翻炒至肉皮金黄，锅中炼出了很多的猪油，这时放入蒜头泥、香菇丝、鱿鱼丝、虾干快炒出腥香味，再放入竹笋丝一大盘，用大火使劲翻动炒透，然后加入食盐、生抽、洗净的大米，搅匀再加清水，以没过米菜为宜，盖好锅盖，初用大火，后用文火，焖至散发出阵阵笋香、肉香、饭香熄火。

农家人喜欢用大铁锅燃柴煮咸饭，曰"大鼎饭"。一是其烹饪工艺传统，地道；二则是量多、饭香。夏天，吃一顿从竹林里现采的竹笋煮咸饭，再喝上一碗可口的老鸭煮生姜汤，这叫绝配的美餐。

一巡功夫茶后，热情的村主任带我们去看修缮中的"永瞻堂"，拾级而入，一股古杉木的清香味扑鼻而来。这座有着数百年历史的林氏祖堂，砖木结构，闽南特色的燕尾双翅建筑，雕梁画栋，栩栩如生，整体恢宏气派、金碧辉煌。

据说 20 世纪 90 年代初，高田村妇林女士，慷慨解囊，并发动民间捐款数十万元，修建大崎原陈元光将军墓。她花了好多年时间，才完成立墓碑、建墓亭、砌围墙、建山门、修道路、铺石阶和护栏等建设工程。这样的故事吸引我们一路翻山越岭去寻访，终于在大崎原右侧的西音楼里见到了她。林女士穿着朴素，她不善言辞，文静内敛，今年七十二岁的她，已在大崎原驻守三十多年。从她的外表，根本看不出眼前这一座座呈阶梯式的楼宇、庙堂，曲径通幽的回廊、亭台，是由她发起修建的。

翻开尘封的历史，一千多年前的深秋，粤东流寇卷土重来，陈元光将军出巡途中闻警，急率随从奋起迎击，因援兵后至，不幸被贼寇蓝奉高刃伤颈部而殉难，葬于大崎原。当时驻守在火田的乌营、白营的三军将士，双膝跪向大崎原，哭声震天泪流成河。方圆几里的百姓，也都披麻戴孝前来吊唁。峰峦沟壑、幽谷深涧都裹上白布以示祭奠，大崎原的山峰因此得名裹布山，随着时间的推移变成了今天的"葛布山"。一生忠君爱国为民的陈元光将军殒身沙场，唐玄宗李隆基谥曰"忠毅文惠"，敕庙祀，历朝历代曾封赠二十多次，被追封为"开漳圣王"。

四方百姓尊称陈政、陈元光父子为"王爹"，称魏敬祖母为"魏妈"。魏敬号云霄，为纪念她，开漳圣地名唤云霄，也就是现在云霄县名的来历。从陈政、陈元光父子和魏敬祖母南征，到陈元光子孙先后继任漳州刺史，陈家祖孙六代满门忠烈，万难不屈，永创基业，前赴后继执政惠民漳州长达 151 年。

为能世代铭记开漳圣王，当林女士得知家门口那座大崎原曾是"王爹"的旧墓，便想去修复它，凭一己之力四方募捐善款，为"王爹"修旧墓、守旧墓、建庙堂。2012年5月，"陈元光原葬处大岞原"被云霄县人民政府公布为第三批全国文物普查不可移动文物点。

告别了大岞原，我们走进了一片郁郁葱葱的格木古树林。高田村现有179株格木古树，最大胸围367厘米，树龄700岁。是本县乃至全省拥有格木古树最多，保存最完整的格木古树天然群落。格木古树长势通常最低10米，高达30米。材质坚硬、耐腐，是建筑、家具最佳选材。若用于船板、栀播制造，则防潮和防腐。该树横切面有形如深海鱼群的光亮花纹，宜选为车旋制品，图案既鲜明又亮丽。格木树冠苍绿荫浓，还是园林的观赏树种。若是在贫瘠山地造林，也可当先锋树种，它有涵养水源改良土壤的作用。格木古树全身都是宝，它情系高田村，造福一方百姓。

与格木古树几步之遥的山道旁，一棵像将军一样威风的古樟树，向行人频频示意。这棵要五六个人牵手才能围拢的古樟树，有着八百年的树龄，至今枝繁叶茂撑着它绿色的巨伞，见证历朝历代的风云变幻。

告别了古樟树，一行人又登上了双峰岩，俯瞰山下，只见山下的坡坡坎坎，尽是菠萝园。那一丛丛形如剑麻的针枝刺叶，将一个个金黄含翠的硕大菠萝护卫着，远远望去就像一朵朵盛开在荷叶中的莲花，在阳光下显得耀眼。菠萝闽南语又称其为"旺来"，意喻兴旺发达的吉祥果，它具有清热解暑，生津止渴，消食利尿的功效。而高田凤竹所产的"火田菠萝"以其肉脆、汁多、味香、食后无渣等特色更负盛名。一年一度的中原节，云霄人最想要的是在过节时，祭桌上能摆放两个金灿灿的凤竹菠萝。2014年以来，火田镇因凤竹"旺来"而成立菠萝协会，组建菠萝合作社，凤竹菠萝亮相成为国家地理标志产品。菠萝种植面积2400多亩，产品供不应求，年产值4200

多万元。"菠萝火田栽，披甲坐莲台；不争高处长，香远客纷来。"当地乡贤写诗赞叹了"火田菠萝"的盛况。

离开菠萝园，沿绥安溪款步前行，又见一壮观的河滨公园。长长的一座廊桥下，是一湾泛着清波的盆地湖泊。村主任开心地说："这桥是村民集资建造的，这湖更凝聚着集体的力量。七八个自然村的后生在这里赛龙舟角逐胜负过端午节。夏天，这湖还是个天然的游泳池。"

公园旁是高田幼儿园、高田小学。崇文重教是高田村的传统，村里年年都给考上大学的孩子们颁发助学奖金，鼓励他们努力求知，学成归来回报社会。2022 年高考的钟声响过后不久，高田村主任兴奋地告诉笔者："今天已收到六个本科生的喜报了！"

"后人承睿，累世耕读，仓廪渐庶，是以文教日兴，人丁日隆。"这便是我们在这一天，看到明天会更加美好的高田村。

最美统计人

美丽的云霄县，依山傍海。1166平方公里的辖区面积，拥有6镇3乡1个开发区。她像一颗璀璨的明珠，闪耀在闽南沿海。这里年均气温21.2℃，四季瓜果飘香，素有鱼米之乡美誉。全县常住人口38.76万，这里有铁路、高速公路，324国道，省道210、211贯穿境内，48公里的海岸线，一条母亲河漳江流经县境，年降水量1730.6毫米，给两岸农作物以丰沛的水源。这一个个精确到小数点的数字，是一线统计员辛勤工作的结果。他们中有的在统计岗位一干就是几十年，把青春与智慧都默默地奉献给这份挚爱的工作。他们是一群活跃在基层"做小事而成大事业"的最美统计员。

方若辉是莆美镇宝洋社区人口普查指导员，在2020年第七次全国人口普查工作中，他克服妻子长期患病卧床，生活不能自理的具体困难，坚持与社区一线普查员进家入户采集信息。该区常住人口5000余人，流动人口多，白天入户难遇调查对象，他就留下联系电话，请调查对象到家后联系他。走访中常受到冷遇，面对不配合的对象，他用微笑与耐心感化对方，一次又一次登门拜访，最终取得理解与信赖，人口普查任务，得以顺利完成。

在开展普查小区绘图工作中，方若辉白天指导普查员对辖区内所有建筑物逐一登记，为确保不重不漏，晚上加班加点核实数据，力求准确无误，保证绘图工作顺利开展。在完成每项工作前，他必须先熟悉业务，再指导他人开展工作。他任劳任怨，妥善处理好工作、家庭的关系，做到工作、家庭两不误，他默默奉献的精神，令人敬佩。

　　方桦是云陵镇下港社区支委兼统计员，在人口普查工作中，她始终肩负着一种责任感与使命感。下港社区属云霄县老城区，建筑物密度高、巷道错综复杂，为确保社区边界明晰，她带领普查员们早出晚归，足迹遍布下港社区大街小巷。在入户摸底和正式登记阶段，面对人户分离、外来租住人员较多的现状，她及时请教县、镇两级业务指导员，困难得以迎刃而解，顺利完成任务。身为社区干部，她不仅要指导多个小区开展工作，而且自己也有普查任务，况且她家孩子还小，每日工作量要重于其他人，但她无怨无悔，总是一脸阳光地协调解决相关问题。她负责的 19 个普查小区共登记人口 9224 人，如愿通过上级验收。她本人因成绩突出，荣获先进工作者称号。

　　火田镇大坑村的方瑞河，既是村会计又兼统计员。他先后参加全国第一次、第二次、第三次农业普查工作；第四次、第五次、第六次、第七次全国人口普查工作；第一次全国海洋经济调查工作；第二次全国污染源普查工作；第一次、第二次、第三次、第四次经济普查工作；以及 2016 年至 2021 年六年的残疾人调查统计工作。在这诸多全国性普查工作中，作为一名村级统计员，他必须在完成自己田间耕种之余，才利用休息时间，挨家挨户地采集信息，挑灯核实汇总上报，他付出的辛劳，流的汗水要比别人多得多。

　　有着三十多年统计经验的方瑞河，如今又承担了一项新的统计工作。"2017 年云霄县常住户调查样本轮换"确定大坑村为调查村后，他第一时间参加业务培训，熟练掌握操作流程，再对全村十户调查户，进行强化指导，教他们熟记收入支出账目。五年来，他坚持每月按时到调查户家中指导工作，并及时收发记账本上交主管局汇总。他在平凡的岗位上，做出了不平凡的业绩，赢得了一片掌声。他 2018 年荣获"福建省第三次全国农业普查先进个人"，2019 年至 2021 年连续三年荣获"漳州市优秀辅助调查员"光荣称号。

蔚芳是统计部门的业务主干，她大学统计专业毕业后，就一直坚守在挚爱的岗位辛勤工作，把过硬的专业理论知识与实际工作相结合。她担任农业普办主任和人口办主任期间，先后对全县各基层统计员进行逐批业务培训，累计十个乡镇统计人员业务培训达千余人次，二十多年来，她为夯实基层业务骨干做出了积极贡献。尤其是在全国性的几次人口普查、农业普查、人口抽样调查工作中，她率领团队，统筹协调，确保每项工作高质、高效出色完成。她常说："统计工作是做小事情成大事业。"

是的，正是有了许多爱岗敬业的基层统计员，古郡云霄才涌现出一段最美统计人的佳话。

金秋京华

2008 年金秋，我和志强从厦门高崎机场登机飞往首都北京，算是我俩结婚二十余年首次双飞旅行。那身在云端的激动，似仙子下凡徐徐降落北京的喜悦，第一次看到雄伟的天安门、繁华的王府井的惊喜，令我终生难忘。北海、颐和园的美景；鸟巢、水立方的壮观；游览紫禁城的惊叹，登上八达岭的自豪，万千情感油然而生。这座皇都古城，一周前云集了来自全世界的奥运健儿，共同唱响一曲人类和平万岁的赞歌。举目望去，视线里尽是"枫叶千枝复万枝""从来银杏不负秋"的胜景，中国最文明的古都真是"如画山河任君游"呀！

一

出发前的头一天晚上，整理行装到半夜，清晨六点，我依旧准时起床，下厨弄出几道小菜。七点左右，公公婆婆从城北来到我居住的城南，这时父母也从将军山公园散步回来，还拎回了一袋冒着热气的馒头、小笼包。亲家们相见，总有说不完的话，大家高高兴兴围坐着共进早餐。上高中的小女儿和长辈们挥挥手，背着书包骑车上学去了。我和志强也推着行李箱，在双方老人的目送下，搭三轮人力车去汽车站赶乘七点半至厦门的早班车。

在候车室里刚坐稳，铃声就响起，开往厦门的班车要启程了，匆匆上车中，志强手提行李箱过猛，手提把铁环脱离，箱子从车门台阶上滚落，硬塑料外壳的箱子落地后裂开了一大口子。这时汽车已经发动，无奈只好连拖带拽将面目全非的箱子安置在座位旁，跟随大客车徐徐向前，一路颠簸。

三小时后，在厦门汽车站出口处，看见等候在那里的小陈正向我们招手，他是玉兰妹妹的丈夫，一个讲话快言快语，做事风风火火的现役军人。他快步跑来，将行李箱抱到小车后备厢，笑着说："姐夫姐姐还没有上飞机到北京，这旅行箱就要下岗说拜拜了，哈哈！"他是个幽默风趣之人，早年在我的故乡将乐某部队当兵，是在一次探亲回家的火车上，与同是诏安人的玉兰邂逅相识、相恋、成婚。玉兰妹是我胞妹启辉的结拜姐妹，我便是自然的大姐，她算是我家三妹，孩子们都亲切地叫她三姨或三姑。

记得多年前，我陪父母从云城返回将乐途经厦门时，也是小陈到汽车站接我们，且留父母在厦门住了三天。安排我们住军营招待所，两间标房干净整洁，床头柜和茶几上面摆放的时令水果，三天没有重复；饮料可乐雪碧天天有，二十多年前，那可是时尚饮品，父母自然喝不习惯，但七岁的侄儿熊祎，五岁的女儿甜甜则喜欢把它们当水喝。小陈用吉普车载着我们一家三代逛鹭岛的南普陀，赏集美的鳌园，游鼓浪屿的日光岩。那一口一声"爸爸""妈妈"的亲切称呼，乐得双亲把这个三女婿当儿子似的疼爱。

今天，小陈仍旧热情地载我们先到玉兰教书的金尚小学食堂用午餐，饭后玉兰再带我去附近超市，花358元人民币买一个皮质旅行箱，迅速整理好行装后，小陈又开车送我们去机场。金尚小学距离高崎机场只有一小段路程，玉兰带我们进候机厅取票换登机卡，这次进京之旅的来回机票都是玉兰妹妹帮忙预定的，这个亲如同胞的玉兰，是我在厦门可以依托的妹妹。

下午两点许，我俩在机组人员的引领下登上了飞机。走悬梯，跨入机舱，第一次感受飞机在缓缓滑行中慢慢升起，俯瞰舷窗外，鹭岛的高楼、大海等景物在视线里慢慢变小，二十分钟后飞机升上高空。透过明亮的玻璃舷窗，我看到了美丽的云海，好似朵朵盛开的棉花，洁白绵柔，美不胜收。人在高空中，耳朵有点不适，航空小姐微笑地告诉我："用食指和大拇指夹紧鼻孔，深咽一口水。"按她教的方法体验后，果然一会儿耳鸣的现象没有了。我仿佛是坐在童谣里的"月亮船"，有点飘飘然的眩晕，飞机的双翼像蜻蜓的两个翅膀，带领我们在辽阔的天空中平稳行驶，那种高高在上的感觉，好似自己真的变成了仙子穿行在天宫。漂亮的空姐服务周到，笑盈盈地给旅客送来一盘盘的餐点、水果和饮料，我也享受到被服务的快乐。

飞机飞行了两个多小时，于四点二十分平安降落在首都机场。走出机舱，仿佛来到了一个冷气空间，穿着夏装的我顿感寒意袭身，这南北温差太大了。跟随人流来到了取行李的大转盘前，少许，便看到了那只新买的藏青色皮箱慢慢转到面前，志强轻轻一拎就放到了小推车上，我快速解锁打开箱子，从里面拿出两件长袖外套，我俩赶紧穿上，一股暖流瞬间遍及周身，身体舒服多了，这就是寒衣的作用。

二

第一次踏上北京的土地，有种难以言表的兴奋，我激动得在心里喊：北京，我来了！首都，我终于看到了你！

当我还在感叹时，志强手机响起，北京战友梁大未来电话说他在 12 号出口处等我们。推着三件行李，按指示牌标明的 12 号出口方向快步走去。下电梯、上电梯穿梭到四楼 12 号出口，志强打电话给大未，说："我们到 12 号出口了。"大未回答："咋没看见你们的身影？"又问，"你们是在哪个航站楼的 12 号出口处？"当获悉我们走错了方向，他便道："你们所在位置的 12 号出口与我现在 2 号航站楼的 12 号出口，是南北距离。你们别走开，一会儿我过去。"我和志强相视而笑，面对这四通八达的机场进出口道路，我们真是刘姥姥进大观园，找不到北。

等了约一个小时，终于看到大个子梁大未满头大汗地出现在眼前，他上气不接下气地乐哈道："费了好大劲才绕过来，怪我没说清楚，忘了你们是第一次到首都机场。"他从志强手上接过小推车，领着我们左拐右拐，穿过南来北往的人群，边走边爽朗地笑道："嫂子，对不住，瞧让你们等的，都快赶上从厦门坐飞机来北京的时间了。"说说笑笑间，便来到了2号航站楼的地下停车场，大未的司机朋友微笑着和我们打招呼，并礼貌地拉开后座两扇车门请我俩入座，大未则麻利地将行李放入后备厢，一会儿我们四人离开机场，沿着京城石景山方向的聚兴园小区驶去。没想到一路塞车，不到五十公里的路程，足足耗费了两个小时。晚上八点半，到达堂妹碧晖居住的聚兴园公寓。司机径直将车开进小区，停在五号楼1单元旁边，握手告别时，大未邀约明天请我们品尝北京小吃。之后，我们摁响了1101室堂妹家的门铃，一会儿三婶到楼下来接我们。她高兴地牵着我的手，领我们乘坐电梯到妹妹家。

这是一间南北通透、宽敞明亮，有着三室两厅的套房，室内陈设简约、雅致，在京城能有这般舒适、温馨的住宅，实属难得。碧晖是志强三叔的小女儿，我们相识于1983年。忘不了那年冬天，我第一次随志强到闽南婆家"踏门风"，公公领着一群志强的堂妹到车站迎接，当时碧晖是最小的，只有五岁，一双水汪汪的大眼睛，头上两条冲天翘的羊角辫，她不怕生，小手牵着大伯伯，一摇一晃地走到我们跟前，小嘴甜甜地喊着"大哥""大嫂"，瞬间，把我这个未过门的大姑娘，羞得脸上像搽了胭脂一样。她聪明可爱，是志强堂兄弟姐妹中学历最高者。她从厦门大学金融系毕业后，放弃了芗城某银行高职，只身北漂，如今她是北京一家私企的高管，她爱人则是一国企的主干，夫妇俩在首都各自的职场都闯出了一片自由的天地。

知道大哥大嫂要在奥运会结束后进京游玩，碧晖妹妹特地邀请我们届时入住家里。这不，三婶让我俩住东边的一间恰似星级宾馆的标房，不一会儿，三婶就摆出了一桌丰盛的饭菜。约九点时分，碧晖妹才下班回家，一见到我们，就笑着过来和我拥抱，便歉意地说："没去机场接你们，大哥大嫂莫见怪。"三婶则说："赶快去洗手吃饭，你大哥大嫂都饿了。"原来妹妹每天早出晚归，好在有三婶来帮她理家。大家围坐在一起，吃着来自闽南东山的鱼虾，喝着从云霄家乡带来的土猪骨熬成的汤，一股浓浓的家的味道溢满心田。

志强给堂妹带来一幅自绘的山水画，已装裱好，正与妹妹商议着往客厅墙上挂，可找不着钉子，只好等次日去街市的五金店买。相信明山秀水的画卷上墙后，能给屋舍添色增辉。

晚饭后，冲了个热水澡，换上了宽松的睡衣，躺在妹妹家柔软舒适的大床上，身子像散架似的，不一会儿就进入梦乡。一觉醒来，已是天明，三婶已备好可口的早餐。

饭后，三婶充当向导，带我们游八达岭长城。瞧，三婶已换上了出游的服装：紫色的半长袖上衣，白色的马裤，红色的运动鞋，黄色的太阳帽，黑色的双肩包，茶色的太阳镜，俨然一副港澳同胞的打扮。这时门铃响起，是云霄县医院许锦池医生的夫人张大姐来了，她也着一身登高望远的秋装，还带来了东北大饼、山东苹果等食物。志强背上照相机，我拎着一大袋三婶准备好的干粮，四个人开心地走向公交站。

望着走在最前面的三婶，我心中荡起一股由衷的敬意。她和三叔的爱情故事，发生在一个特殊的年代。1969年春，三叔以十七岁初中毕业的城里知青身份，插队落户在一个叫马山的村庄。当时，三婶还只是村里一个天真活泼的少女。在日复一日年复一年的田间劳动中，英俊知青与纯朴村姑产生了美好的爱情，不久他们在农村建立了家庭。1979年夏天，当三叔以最后一批招工返城的知青离开农村时，两个堂妹已到了入托入园的学龄，三叔带着妻儿从农村回到县城，与年迈的父母生活在一起。

三婶虽出身农家，但她不卑不亢，性格豪爽，勤劳善良。初到城关，她主动融入四方邻里，孝敬公婆，相夫教子，将两个闺女培养成才：一个是人民教师，一个是厦大才女。她还是个称职的外婆，大女儿当妈妈后，她帮忙照顾外孙女直到上小学。如今又随小女儿远离家乡，照料其一日三餐。她来北京的第二天，就骑着一辆自行车开始逛京城，把整条府右街的大小胡同都熟悉一遍。真是个自信满满、热爱生活的三婶。

三

在三婶的带领下，我们乘公交车从吴庄出发，途经八宝山站换地铁到复兴门站，转 1 号线至积水潭站，过天桥坐大巴从德胜门直抵八达岭长城站。两个多小时的行程，让我大饱眼福，沿途的银杏、枫林把坡坡坎坎点缀得似一幅绚丽的画卷。正午时分，大巴车把我们载到了八达岭山脚下，择得一处清净的地方，我们拿出三婶预备的素饺、肉包、玉米、火腿肠和黄瓜，还有张大姐带来的大烙饼、红苹果，就着矿泉水，四个人完成了美美的午餐。卸去了干粮的重量，我轻装上阵，随着人流迈开了轻快的步伐攀登长城，实现了我多年的梦想。

早在 1979 年秋，志强因部队进京采购电影放映机，曾在八达岭长城骑着一匹骆驼照过相。1982 年夏，父亲到北京开会，母亲顺便旅游，双亲也在长城的烽火台一角有过合影留念。就算我是落伍者，时隔这么多年才初到长城。

长城上下游人如织，有年过花甲的老人，也有被牵在手中的幼儿；蜿蜒如银蛇般的长城，青砖筑就，有炮眼和边门，有下水道和天盖门。当来到 800 米处，往下一望，山脊上似巨龙盘旋，两侧山谷红橙黄绿，色彩斑斓，绵延不绝。真为古人的智慧与勇敢赞叹！志强赶忙拿出写生簿，对着美景开始绘画，这时有两对外国夫妇，蓝眼睛，白皮肤，棕色的卷发，高大的身材，他们走来围观志强写生，便伸出大拇指表示称赞，还友好地用不标准的中文说："很好！很好！"他们笑着和我们一起合影，照片和谐美好，传递出中西友谊之情。

长城始建于秦始皇时期，曾经过历代的修筑，而八达岭长城是明代所修建之中保存最好的一段，也是最具代表性的一段。瞧，城墙两边的造型结构有所不同，左边高深，有一个个很规则可以架设土枪土炮抵御外来入侵者的炮眼，一齿一齿如同锋利的锯牙。右边则低且浅，青砖砌筑严实，密无缝隙，左右形成一个天然的屏障。一块块出自明代砖窑烧制而成的青砖，虽历经数百年的风侵雨蚀，依旧坚固如磐石。我们一行人从东边入口处，一步一个脚印丈量着长城，欣赏了八个烽火台，走了整整四个钟头，才在西边出口处完成了"不到长城非好汉"的壮行。之后跟随大巴车回到吴庄聚兴园小区时，已是夜幕降临。

当晚，我们和碧晖夫妇、三婶一起看电视，神舟七号载人航天飞船于 21 时 10 分 4 秒在中国酒泉卫星发射中心，载着翟志刚、刘伯明、景海鹏三名宇航员成功升空，实现了中国历史上第一次太空漫步的愿望。距第 29 届奥运会在北京圆满结束前后仅一个月，中国又有一件令世界瞩目的喜事发生，真是可喜可贺。

四

次日上午，我和志强沿莲石路西行至鲁谷大街，乘公交坐地铁经复兴门直抵天安门东站下车，约十点时分抵达天安门广场。映入眼帘的是伟大领袖毛主席的巨幅画像高挂在天安门城楼上，老人家容光焕发，神采奕奕，他饱含深情地看着这片热土和人民。蓝天白云下的天安门雄伟壮丽，鲜艳的五星红旗迎风飘扬。广场四周花团锦簇，喜迎国庆的场面十分壮观。"北京欢迎您"的奥运吉祥物，仍以真诚优雅的姿势展现在广场上，令人仿佛置身于一片花海里，感受着祖国母亲华诞的喜气。

来到天安门，首先去瞻仰毛主席纪念堂。我们走进肃静的纪念堂，迎面是一尊用汉白玉制作的毛泽东主席全身塑像。他慈祥地微笑着，离我们很近很近。随着人流，我们缓缓来到停放主席遗体的水晶棺前，向伟大的领袖深深地鞠躬以示爱戴和敬仰。在出口处，我们买了两枚毛主席像章以作纪念。

下午，我们走进庄严的人民大会堂，来到正面悬挂着一幅岳阳楼风景画的湖南厅，"独立寒秋，湘江北去，橘子洲头。看万山红遍，层林尽染；漫江碧透，百舸争流。"毛主席的《沁园春·长沙》除了对家乡明山秀水的赞美，更多的是抒发了以天下为己任，投身革命洪流的凌云壮志。离开湖南厅，我们又在二楼广东厅看到《春到南粤》的大幅山水画，作者是岭南画家关山月老师。还有他与傅抱石大师共同创作的巨幅山水画作《江山如此多娇》，画卷气势磅礴，悬挂在人民大会堂的正厅。名师的画作令志强激动不已！这是热爱美术的他最好的学习机会。走出人民大会堂，我们又款步来到人民英雄纪念碑前深深地一鞠躬。

之后，我们逛了趟王府井。这里商品琳琅满目，我在人挤人的商场中，为婆婆和母亲挑选了两件薄羊毛上衣外套，为公公和父亲各买一件蓝色的鸡心领纯羊毛上衣，为闺女挑选了两件漂亮的衣裳，我自己和志强也各买了一件京韵十足的绸缎唐装，算是从北京带回了礼物。

五

在天安门东侧的南街门楼旁，我们看到了等候在那里的战友大未，还有他十二岁的闺女佳滢，今晚他要请我们品尝正宗北京小吃。大未和志强的友谊近三十年，当时他俩从基层部队抽调到福州军区空军政治部搞美术创作。北京兵大未性格豪爽，与志强很投缘，他们在一起集训写生、创作、生活三个多月。退伍后各自回到地方仍保持书信联络。志强还保留着他1986年春节寄给我们的一张虎年明信片，是张他亲手制作、色彩鲜艳，造型精美的虎娃。

小佳滢十二岁，个头有一米六高，长得结实，圆圆的小脸蛋上五官秀美。因她爸在开车，所以她很礼貌地借用我的手机与母亲联系，一会儿她妈妈出现在路边招手，车子停稳后大未夫人上车坐在女儿身边。她和我点头微笑道："嫂子好！让你们久等了，刚下班，路上太堵了。"这是个十分标致，落落大方的职业女性，一双会说话的眼睛水灵灵的。肤色白皙，脸上皮肤保养得很好。应该有一米七的个儿，身材略显壮实，但很匀称。她脸上有一对酒窝，声音很清脆地自我介绍"我叫王童燕，叫我小王就好。"这北京人就是干脆、直爽。她带我们走进了"老根人烤鸭餐馆"，童燕客气地拿菜单请我们点，我推说"不懂菜谱，客随主便。"她便笑着说："那我包办了哈！"一会儿服务生就送来了一大盘烤得金黄的全鸭，一盘叠得厚厚的春卷皮，一盘黄豆芽炒青葱，还有紫色包菜丝、绿色黄瓜丝、橙色煎蛋丝、色香味俱全。每人一小碗豆汁，一小盘炸酱面，一小盘凉拌粉条。小佳滢刚放学，可能饿了，迫不及待地用筷子夹了两块带皮的鸭肉，放在摊开的春卷皮上，再夹入各种菜色，然后包成卷，拿着大口大口地吃起来。而她妈妈童燕，一边热情地劝我们动手开餐，一边介绍着各种美食。自己或用汤匙小口喝，或用竹筷轻轻夹，嘴动齿不露，吃相非常优雅。面对满桌小吃，我最想吃的是炸酱面，之后品尝豆汁，起初豆酸味有点不适，但这是老北京名小吃，小口喝完也觉得挺爽口。

国庆节那天，大未又邀请我们去他丰台区的家里做客。他家在六楼，因是老城区，所以没电梯，还好每天游玩，腿脚练得更利索了，很轻松就来到了六层楼高的大未家。这是一间很宽敞的两层复式楼套房，一楼是大客厅，中间摆一套红木沙发和茶几，左边靠墙是两排红木书柜，满满的古玩、书籍，右边窗台下是一长方形画案，上面文房四宝一应俱全，一进门就给人以古朴典雅之美。二层是卧室，热情的小主人，牵着我上楼去看她的闺房，屋子每个角落都摆放着布娃娃，还有许多精美的小玩意，粉色的装饰，活泼温馨。

晚餐是童燕掌勺，火锅涮羊肉是主菜，餐桌上一大锅猪骨头正在热汤中翻滚。六套餐具已摆放整齐，今晚客人添了个十八岁的屈艺峰，他是湖南永州战友屈正芳的儿子，来北京学美术，准备明年考中央美院。小伙子瘦高、帅气、文质彬彬。勤快的小佳滢当助手将豆腐块、冬瓜片、大白菜、生鸭血、蘑菇、羊肉等食材用盘子装好摆上桌，还在每个座位前放一碟芝麻酱、花生酱、香菜，一切就绪后，她在妈妈的吩咐下到客厅请大家入席，热气腾腾的香味弥漫在整个餐厅。我们自己动手涮羊肉，吃着美食，品着美酒，其乐融融。小屈突然问道："阿姨，有米饭吗？我们南方人喜欢吃米饭配菜，若有辣椒更好。"童燕笑着说："电饭煲里早就准备好米饭，北京人是先吃菜、喝酒，最后吃饭。"她忙盛了三碗干饭分别给小屈、志强和我，又倒了小半碗辣椒油给小屈，小伙子将辣椒油倒入白米饭中，瞬间，碗中的米饭变成了红色，他用辣椒油拌饭吃了三大碗，喝了几口汤，就捂着肚子说："太好吃了！叔叔阿姨，我吃饱了，先回学校去参加晚自习。"

童燕在小屈出门前，还拎了一袋饼干和一箱牛奶送他带回学校，就像疼自家孩子一样。

晚餐毕，我们参观了大未种在阳台的花草，有一盆五色菊花特别娇艳，它在这初秋的夜空里散发出淡淡的馨香。我们还在他家取景拍了多张合影留念。

九点左右，大未开车将我们送到鲁谷大街聚兴园 5 号楼的堂妹家，临别时，大未说后天再来送我们上火车，我们婉言谢绝了。因为从 9 月 24 日傍晚他到机场接我们，26 日请我们下馆子吃饭，今天又在他家共度国庆节聚餐，已经够麻烦他了，离京前往动车站之事绝对不能再麻烦他了。我们就此告别，期待他携家人到福建闽南做客。

走进妹妹家已是十点，但屋里还非常热闹，原来张大姐和女儿、女婿都还在这里，今晚两家人聚餐迎国庆，三婶很好客，又烧得一手好菜，小徐小刘夫妇特别欣赏三婶的厨艺。徐华是碧晖的高中同学，她与丈夫小刘毕业于广州第一军医大学，现就职在解放军总医院，她自己还在军科院攻读干细胞博士学位，小刘是 301 医院心电图专科医师。

小徐圆脸，中等个儿，文静端庄，言语不多；小刘壮实阳光，说着一口好听的东北普通话。堂妹碧晖有张可爱的娃娃脸，一双会说话的大眼睛，讲话轻声细语，有点京味。堂妹夫世泽，国字脸，剑眉慧眼，体魄强健。两对小夫妻，除小刘是吉林省人外，其余三人都曾是云霄一中的学生。他们从闽南来到京城，平时各自忙碌在岗位上，只有节假日才相聚，或共同出游，或一起吃饭，加上两位母亲又是莆美镇的邻村乡亲，所以两家人不分你我，情同手足。

志强为两对年轻夫妇拍了十几张恰似影楼照的合影，乐得他们仿佛又寻回了恋爱的美好时光。

六

次日上午，我们带着大未送的两张奥运村入场券，一路朝奥运村方向乘车而去。中午时分，我们来到了绿意盎然、鲜花飘香的奥林匹克广场。

椭圆形的鞍形钢桁编织而成的鸟巢，耸立在北京奥林匹克公园中心区南部，它是第29届奥运会的主体育场。而与其咫尺相望的水立方则像一个用无数个小水珠凝聚成的长方体，它色彩淡蓝，衬着秋高云淡的天空，在阳光照耀下，散发出柔和的光芒，甚是漂亮。瞧，周边有个浅浅的湖泊，两岸有秋风下摇曳的芦花，水立方和鸟巢倒映在清澈的湖水中，白云、蓝天衬托着，一幅美轮美奂的画面。在游客中，有位埃塞俄比亚的军官，主动用中文请我们替他按快门拍照。他是北京装甲兵学院的留学生，用中文将他"德迈拉什"的名字写在我的速记本上，人很豪爽，临别时，还给我们行了个军礼！

华灯初上，我们依依不舍地告别了奥运村，告别了可爱的吉祥物贝贝、晶晶、欢欢、迎迎、妮妮。

隔日的看点是故宫。匆匆吃完三婶准备的早餐，我俩背着相机一路直奔紫禁城。门票每人60元人民币，沿午门经过精巧的汉白玉拱桥到太和门。只见一巨幅长卷《康熙南巡图》气势恢宏，山水人物呼之欲出。这幅佳作出自清代大画家王翚、杨晋等大师之手。另一幅《光绪大婚典礼图》，场面气派豪华，展现出当年光绪帝大婚礼仪全景，每个局部都描绘精细。志强直喊"真美"，为古时的写实画家们精湛的技艺拍手叫好！

故宫是明清两代皇家宫殿，导游介绍：其占地面积约72万平方米，建筑面积约15万平方米，大小宫殿七十多座，房屋九千余间。我们随人流步入养心殿，这是皇帝接见大臣，处理国家大事的地方，给人以庄重与威严之感。接着又来到坤宁宫，这可是皇帝、皇后大婚的洞房，陈列厅里有皇帝、皇后的新婚礼服，珠光宝气、亮丽鲜艳，这里还是皇后的寝室。在宁寿宫里，我们看到了皇帝的龙床，是一个精致的木炕，外面是紫檀木镂空雕花的通顶木床罩，呈长方形，三面屏式床围，卧房很小，龙床之外只有小小的过道。走出光线暗淡的皇帝寝室，忽然眼前一亮，我们来到了建筑宏丽的畅音阁，四周小桥流水，曲径回廊，一片明媚阳光。只见种类齐全的古乐器各就各位，仿佛在弹响优美的旋律。这里曾是西太后当政时，经常光顾，听曲看戏的大戏台，也是帝王登基，生日庆典等皇宫大型活动后，集体娱乐的地方。

位于宁寿宫区皇极门外的九龙壁是在珠宝馆内，每人进去须再买 10 元钱门票。九条龙形态各异，中间张着大口的那条金龙，仿佛冲破雾霾，腾空而起。其他则昂首摆尾，盘绕弯曲，好似在海波上翻腾，在流云中穿行，就像九条真龙再现，宛然如生。古代艺术家的独创才能，令人叹为观止。

故宫可谓是"金碧辉煌紫禁城，红墙宫里万重门；太和殿大乾清静，神武楼高养性深；金水桥白宁寿秀，九龙壁彩御花芬；前庭后院皇家地，旷世奇观罕见闻"呀！

走出皇宫，天色已晚。我们应邀到刘正明指定的饭店，他做东请客。在二楼的一个包间，看到了等候多时的正明，他点了满满一桌，说是羊肉宴，就我们三人共进晚餐。志强和正明是高中同学，且又是上山下乡在一个农场的知青，他俩的友谊近四十年。正明的父亲是南下干部，祖籍河北。母亲是福州人，父母都是当年的国家干部。他有两个弟弟一个妹妹，都是在云霄生活成长的，讲得一口地道的闽南语。

1977 年全国恢复高考时，正明是从云霄县下河公社产田农场飞出的天之骄子，曾以高分考取厦门大学中文系，毕业后分配在北京市烟草专卖总局，后来因为他懂闽南语，为了统战需要，被调到中央统战部工作。他是个才子，笔杆子好，能写会说，工作之余，还热心助人，每次从京城回云霄探亲，他都会约上志强，组织昔日插队农友下乡寻找青春的足迹，到田间地头走走，一种知青情结总让他牵挂。他也曾领着儿子刘聪到产田农场体验生活，告诫孩子珍惜现在的美好时光。

七

又是一个天朗气清的出游日子，早饭毕，我俩轻车熟路地从堂妹家出发，上公交下地铁，一会儿就抵达了风景秀丽的颐和园。门票 30 元，随着一声竹笛悠扬，我们沿着十七孔桥，来到了慈禧皇太后赏园的南湖岛，那是一座四面环水、山石叠翠、楼台灵秀的木楼，室内有慈禧的画像，有光绪帝儿时的照片，更多的是末代皇帝溥仪和嫔妃的玉照，特别醒目的是溥仪皇帝和皇后婉容的合影，年轻貌美的婉容端庄时尚，恰似当年月份牌年画中的明星。

站在玉带桥上观石船，昆明湖水波光粼粼，秋风轻轻吹过，碧波荡漾，一种悠闲愉悦的心情，令人精神清爽，不禁为这美景赞叹不已！

沿着曲径回廊我们步入了苏州街，在路边的精品店里，花了近三百元人民币，买了四个景泰蓝手镯、十二个玉滚珠，准备带回家送亲友。倚靠在苏州河的石桥扶栏旁，欣赏两岸的楼台亭榭和"秀芝堂""恒弄号""水香州"等商铺的别样风韵。桥下，水中浮萍朵朵，鱼儿穿梭，轻舟荡漾；桥上，人来人往，笑声朗朗，热闹非常。眼前的美景，令人想象昔日的皇亲贵族们，漫步苏州河畔，赏花听曲，游山玩水，柳暗花明中，谈情说爱，是多么惬意。

这里有"葱兰轩""万源号""云汉堂"等染坊老店，也有

"会仙居""芳雅斋"等戏服新铺。街面上，还有各种美食馆、书画廊，琳琅满目，应有尽有。我们走出苏州街，沿着山坡爬了一段林子路，看到了一座长长的画廊，木质的屋檐、柱子、座椅、扶栏，举目望去，长廊的木板墙面上，是一幅幅精美的山水、花鸟、人物国画，还有《三国演义》《红楼梦》《水浒传》《西游记》四大名著里的故事，全都让艺术家们用水墨丹青展示在画面上，一条千余米的长廊均是精美的图画。我赞叹昔日的能工巧匠，为世人留下了永恒的墨宝。

离开画廊后，沿着颐和园的红墙走到底，就来到了市区的公交总站。那里停放着很多车辆，游客也很多。我们从起点站坐708路公交车到北京大学西门下车。夕阳下，我俩在北大门口拍了张合影，了却长久以来对北大的思慕之情。告别北京大学后，我们乘地铁到灯市口站下车，应军旅画家徐家伟之邀，前往徐家共进晚餐。

走下公交车，已是万家灯火。家伟在站台等候我们，一见面就笑着说："志强哥好，嫂子好！"这是一位英俊的小伙子，是福空政治部美术创作室主任徐升隆老师的小儿子，军艺毕业后在空政话剧团任舞美工作。他热情地带领我们走进空政话剧团宿舍，来到了靠东的401室时，徐夫人袁红已笑盈盈地在门口迎接。

这可是一间如同美术展览厅的居室，黑白相间的墙面装饰，四壁挂满了他自绘的画作，精美的静物写生，富有异国情调的风景画，写意的人物，江南山水，北国雪域等丹青妙笔，把整个屋子装点得清新脱俗，熠熠生辉。

安放在电视柜旁的鱼缸里，各种各样的鱼儿游动其间，精美的雨花石、翠绿的草儿，沉浮在水中颇显情致。静的字画，动的鱼儿，让室内充满诗情画意，美不胜收。更妙的是，室内地板、厨房地砖、卫生间瓷砖都是黑颜色，而沙发、桌椅等家具则是白颜色，整个屋子黑白分明，充满强烈的艺术感。

唯有屋角一个大红色的小玩具架，里面点缀着不少他们从国内外带回的小玩意，使得客厅格调鲜活，别具一格。

夫妇俩系着围裙亲自下厨，不一会工夫，香喷喷的小米粥、玉米窝头、咸水鸭、煎带鱼、黑木耳炒黄瓜、煮红豆、酸白菜摆满一桌。这些天被接待饮食油腻，最想喝的还真是小米粥，再配个窝窝头，别有一番滋味。

饭后，家伟打开电脑，请我们一起看他的博客，他图文并茂的博客内容，点击率很高。才开通一个月，已有千余个粉丝，他很有成就感。更有成就感的是袁红很快就要当妈妈了，三个月后夫妇俩即将迎来他们的宝宝。袁红兴奋地领我们去看温馨可爱的婴儿房，我叮嘱她要注意休息，合理饮食，祝她生个聪明健康的小宝贝！临别时，家伟夫妇提醒我们，798艺术区值得去看看，那里有不一样的北京文化。

八

带着家伟夫妇的美意，第二天上午，我俩从吴庄乘坐331路公交车直达位于北京朝阳区酒仙桥街道大山子地区的798艺术区。这里的艺术氛围令人耳目一新，众多的美术作品创意别致，风格鲜明，是一种跨时代的视觉享受。

据说，20世纪50年代，这里是苏联和东德援建我国最大的电子工业区，曾经有过辉煌，后来变成了废弃的厂区。2007年，由比利时收藏家尤伦斯夫妇重新拾起，创建造就成艺术的殿堂。走进展厅，里面有油画的人体、风景和静物，有写实和抽象的不同风格作品，更有数不清的被夸张变形的雕塑。作品琳琅满目，奇异新潮，令人目不暇接。

在一个展厅，我惊奇地发现福建的漆画作品，我们被家乡的特色画种吸引了目光，而负责这个漆画展厅的是闽东籍姑娘杨晖，她毕业于北大美术系本科，又再就读清华大学美术学院研究生，丈夫是北京人，大学同学，在北京工业大学艺术学院任教。他俩租下这个面积不大的展厅，向社会展示福建漆画艺术的魅力。我为小杨的这种爱乡情怀所感动！他们客气地用铁观音功夫茶招待我俩，让我们在北国饮到了家乡的佳茗，在798艺术区欣赏时尚画作之余，更收获了一份邂逅乡亲的美好。

是的，正如家伟夫妻所言，798艺术区，展示的是不一样的海纳百川的北京文化，是现代、前卫、新颖的艺术大观园，这对于酷爱美术的志强而言，是一个吸取多元艺术养分的良机。

告别798艺术区，我们乘地铁来到了中国革命军事博物馆。祖国能有今天的繁荣昌盛，是多少革命先烈用生命和鲜血换来的，这里，令人感动的故事太多太多！

赫光，红二十四军军长，1931年8月被国民党杀害，年仅29岁。鲁易，红三军第七师政委，1932年8月在湖北新沟嘴战斗中牺牲，英雄连一张照片都没有留下就为国捐躯了。赵一曼烈士给幼子宁儿的遗书，读得我泪流满面。南京大屠杀的万人坑，令我愤怒和伤心。爬雪山、过草地的场景，让我对老一辈无产阶级革命家，对参加二万五千里长征的红军将士更加肃然起敬！毛泽东主席用兵如神的作战方针，是《孙子兵法》古为今用的典范。延安窑洞的韬略，小米加步枪的精神令人赞叹！百万雄师过大江的号角，仿佛在耳畔回响。1949年10月1日，开国领袖毛泽东主席站在天安门城楼上向全世界庄严宣告：中国人民从此站起来了！鲜艳的五星红旗在天安门广场高高飘扬的珍贵历史场面，还有那张令国人激动的《开国大典》集体合影，都是永恒的经典，万世流芳！

1998年的抗洪，子弟兵们迎着滚滚洪流，用双臂在水中筑起人民军队的钢铁长城，他们用汗水和鲜血来保卫人民的生命财产，来捍卫祖国和民众的安宁。2008年5月12日汶川大地震发生时，无数解放军战士又用青春谱写了一曲曲可歌可泣的新篇章，他们用双手刨开坚硬的泥块，从水泥板下，从废墟中抢救出一个个鲜活的生命，多少个林浩似的英雄少年，他们向解放军叔叔学习，也从倒塌的校园里救出自己的同学……这一幕幕动人的场面，也在军事博物馆的展厅里重现。

军旅画家罗田喜的《抗震英雄赞》巨幅油画，让志强激动不已，他迫不及待地用手机拍下了一组组感人的作品。

罗田喜与志强相识于20世纪80年代初，当时他们都是福州军区某部的电影放映员，都酷爱美术。在田喜赴连城部队探亲期间，两人很投缘，交流甚多。后来小罗被部队保送到解放军艺术学院油画专业深造，不久便成为著名的军旅画家，佳作连连，如今是上海武警学院的教授。

我们依依不舍地离开军事博物馆，心情久久不能平静……

乘地铁到天安门西下车，沿着府右街的碧瓦红墙走了半点钟，路经新华门，我们便看到了中南海，是当年毛主席居住的地方。

穿过斑马线，走进京城的老胡同，很多人家的大门口都插着迎风招展的五星红旗，喜迎国庆节。我俩选择一户老宅，在四合院门前合影留念。北京人很热情，不但帮我们拍照，还开门请我们进入院内。只见四合院里干净整洁，秋菊含笑，芳香扑鼻。大爷大娘还请我们喝大碗茶，热情地告诉我们，往前再走一段就是北海公园，那里有更美的景色。

北海公园在一片枫林中出现了。石桥下的北海碧波荡漾，高高的白塔倒映在水中，络绎不绝的游客穿梭在道路两旁，这时我的耳旁仿佛响起了"让我们荡起双桨，小船儿推开波浪，海面倒映着美丽的白塔，四周环绕着绿树红墙。水中鱼儿望着我们，悄悄地听我们愉快地歌唱……"仰望类似曼谷石塔或是西藏佛塔的北海白塔，心中油然升起一种神圣的感觉。远眺园内，曲径通幽，柳暗花明，真是人间仙境呀！

走马观花地逛了趟北海，我们又踏上通往天坛的 814 路公交车。秋天的景色，不断从车窗外映入眼帘，一幅幅金灿灿、黄澄澄的画面在我的脑海播放，令我倍感北京的金秋无限美好。

越过 11 个站台后，终于在天坛站下车，我俩又兴致勃勃地来到天坛公园。从东门买票进去，沿着高高的台阶，登上了祈年殿。这是座雄伟的古建筑，汉白玉的石阶石栏，雕龙刻凤的梁柱，空旷壮观的大殿内，摆放着许多木质牌位，神圣而威严。回音壁是好大的一个圆形石墙，中央有一个木质八角楼，东西相距近百米。我们隔着八角楼互相呼喊，果然能在相隔百米处听见对方呼唤自己名字的声音，不能不为古代建筑师奇妙的设计拍手叫好！

天坛真的值得一游，这里曾是皇家祭祀祈福的圣坛，也是保佑天下子民幸福安康的地方。

在返回聚兴园小区的路上，我们看到了一支迎亲队伍。走在最前面的是个穿红袍马褂、胸前佩戴一朵大红绸缎花、鼻梁上架着一副玳瑁眼镜、一脸阳光地坐在高头大马上的新郎，他身后是一乘红色的八抬大轿，正朝着前方的"隋园食府"酒楼浩浩荡荡行进。一队吹吹打打的唢呐手、敲锣打鼓手，慢慢跟在轿子后面，一会儿鞭炮声齐鸣，只见年轻帅气的新郎官坐在马上，从身后拿出弓箭朝新娘花轿方向连射三箭。其中一个吹鼓手告诉我：第一箭是天，第二箭为地，第三箭定乾坤，寓意百年好合，地久天长。三支箭在鞭炮、掌声中完成后，新郎官下马来到红轿旁，开门牵出蒙着红盖头的新娘，一袭清朝宫女大红绸缎衣裙打扮的新娘走下花轿，虽然无法看到新娘子的容貌，但就她迈着莲步款款走上红地毯那婀娜多姿的身段，就能猜想到她准是个俊俏的新娘。顿时鲜花瓣、喜糖，如天女散花般抛洒向新郎新娘，人们簇拥着一对新人步入热闹的婚姻殿堂。

听说这是大清末年满汉结亲、迎亲的习俗。我们首次看到老北京人的婚礼仪式，这种礼仪确实有别于南方的婚俗。

　　进京十日游，我们大开眼界，收获满满。金秋的北京，真是一幅华丽多彩的画卷，令人感动和难忘。

中 原 之 旅

  第一次坐动车，是 2008 年金秋从北京前往河南驻马店。刚踏入干净整洁的车厢，仿佛是乘坐飞机，因列车员的装束与空姐的打扮相似。得体的套装、头饰，还有款款迎面的笑脸，尤其是车厢里的坐椅也和客机上的座位酷似。行驶中的动车，稳稳当当，安安静静，不像绿皮火车前进中发出很响的噪声。背靠在坐椅上，手脚舒展，身体舒坦，感觉特别好。速度之快真是空前，885 公里的路程三个小时就到达了。

  夜幕降临时，我们随人流走出了驻马店站，在站台出口处，一眼就看到了战友王福朝和刘文魁夫妇，他们兴奋地不断招手，这趟中原之旅也是奔他们而来。三十年前，我们相识在一个军营，当时他们已是团政治处干事，身穿令人羡慕的四个口袋军服。志强当年是电影组组长，属于政治处人员，与两位干事情谊恰似亲兄弟。刘嫂许卫红是我三明老乡，她娘家永安市，昔日在部队时，我们就认乡亲，关系很好。她是 20 世纪 80 年代末随刘干事转业回老家河南驻马店，而他们的独生子眼下则在福州某军营服役，如今已是正连级军职。巧的是，王干事、刘干事转业回河南都安排在驻马店市人民银行，一个是金库的主任，一个是保卫科的科长，且居住在同一个小区的宿舍楼，两家关系很好。

一

  王干事帮忙推着行李箱，我和卫红边走边聊上了一辆停在路旁的越野车，七人位的车辆又高又大，大家别后多年重逢，话匣子就像开闸的水，滔滔不绝。不一会儿就到了饭馆，走进二楼的一个包间，好家伙，里面的一张大圆桌上，已坐有八九人，吕凤堂组长霍地站了起来，自从1985年冬离开连城军用机场，我们已有23年没见到吕组长了，他很激动地从座位上跑过来和我们握手，并介绍在座的都曾在福建当过兵，大家在这里等候迎接福建来的战友。顿时，一张张陌生的面孔因战友两字而变得亲切，真有老友久别重逢之感！我们刚落座，就有一个曾在福州场站当兵的战友端起酒杯走过来敬酒，他说按中原规矩，初次见面须喝三杯，他自己头一昂，像喝白开水一样，三杯白酒咕咚咕咚就下肚了，碍于情面，志强只得接受敬酒，也一口气喝了三杯。这一开头，另五个初次见面者蜂拥而至，一个接一个前来敬酒，我劝他们等志强先吃点食物再慢慢喝，他们说："咱中原人喝空腹酒叫真心实意，吃饱饭后没有诚意。"这叫啥逻辑？我反驳："我们闽南人是先吃饭菜再喝酒，这样不伤胃肠。"其中一个笑着说："入乡随俗嘛！既来之，就得受每人敬三杯，一醉方休才好。"因为是初次见面，我虽一个劲地夹菜递汤给志强吃，但那接力棒似一杯又一杯的敬酒场面，他只得硬着头皮连喝了十几杯。自认识志强以来，我还是第一次看他这样喝酒，直到他被烈酒呛到咳嗽，王干事夫人见状，赶忙起身劝住那几个战友："让客人吃菜喝汤，别再敬酒了，我点了这么一桌菜，瞧你们不让人动筷子，真是的。"她就坐在我们身旁，之后便对志强说："小高咱坐下来吃菜，这是塔桥猪蹄、确山凉粉、汝南鸡肉丸子、粉浆面条、野里烧饼，都是本地特色菜。"王夫人的解围，让吕组长、刘干事、王干事都不敢用一气喝三杯的敬酒规矩了，他们三人自己满满地喝完一杯，然后说："小高小伍你们随意喝，今天从北京坐了半天动车，辛苦了！咱多吃菜，酒，留着明天、后天慢慢喝！"这才是一个战壕里的战友！

这中原的特色美食确实不错，只是偏咸些，也许是北方人口味重的缘由吧！大家酒足饭饱后握手相约：明天原班人马陪我们郊游。我们又坐上越野车沿灯光璀璨的街道一路向前，车窗外商铺林立，敞开的各种店铺里，商品琳琅满目，夜市人流穿梭，音乐声响，十分热闹。王嫂、刘嫂给我们介绍一路的闹市繁华。

不一会儿，车子拐进了人民银行宿舍大院，下车后我们一起上楼走进了王干事的家，这是个三室两厅的大套房，我们的行李箱被王干事拎到了一间次卧，我们将住在他女儿王菲的闺房，小姑娘正在郑州上大学。刘干事夫妇陪我们喝了一巡茶后，起身要回家，我急忙拿出从北京带来的烤鸭，作为礼物给他们带回去，另一只黄灿灿的烤鸭拿给王嫂，志强还带了两张装裱好的自绘花鸟国画分别送给两位大哥大嫂。

王菲的闺房很整洁，杉木材质的写字台、大衣柜、中山床，是那么的眼熟，这肯定是王干事当年转业时从闽西连城带回的家具。20 世纪 80 年代初，福空航修厂的干部、战士，谁没有就地取材打一套结实、时尚的家什运回家乡？走进卫生间，淋浴喷头是固定的镀锌管，打开水龙头，喷出的是一股水柱，沐浴时不似我们南方家庭雨丝般轻柔的软管可移动喷头，卫生间设施较我们闽南更简约，只是蹲位而已。洗漱毕正欲休息，志强说咽喉刺痛，火辣辣的。我忙请王嫂调了杯蜂蜜水让志强喝下，一则醒酒二则润喉。他今晚确实被灌了太多白酒。睡惯了席梦思软床，熄灯后躺在只垫有一条薄毯的草席上，硬床板令卧姿有点不适，但也许太困，我便很快进入梦乡。

次日晨起，只见王嫂套着围裙正在厨房忙碌，她告诉我今早烙韭菜盒子吃，我很有兴趣地看她先将嫩绿的韭菜切成芝麻粒大小，然后盛在一只海碗里，放入食盐、芝麻油、调味素等，接着拿两个绿皮鸭蛋敲开放在另一个海碗内用筷子使劲搅匀，再用凉杯取出适量的面粉倒入一个小瓷盆内，用清水调成糊状，再将两个海碗内调配好的韭菜、鸭蛋食材，全部倒入瓷盆内与面粉糊掺和在一起。王嫂这时拧开液化气炉，在小火上搁置煎锅，倒入少许花生油，等锅内油花闪烁时，用大汤勺盛满面糊食材，轻轻地顺时针浇入热锅中。顿时，平底锅内面糊凝固，呈现出圆形的黄、绿、白相间的三种颜色，又香又好看的面饼，王嫂拿起平底锅往上一扬，圆圆的面饼就完全彻底地翻了个身，另一面不偏不倚展现在锅中，好家伙，眼前这烙饼技巧，看得我目瞪口呆。她摊了四张煎饼，中原名字叫韭菜盒子，摆在四个白色瓷盘子里，然后端到餐桌的四个位置上。这时，王大哥拎着两袋热气腾腾的东西开门进屋，他笑呵呵地拿出油条、豆浆、肉夹馍等，依次放在餐桌上，面对满满的一桌早餐美食，我最想尝的还是王嫂烙的韭菜盒子。

二

早餐后，我们换上轻便的行头，准备到离驻马店不远的遂平县看风景。人民银行宿舍楼门口，早有两辆越野车在那儿等候，刘大哥夫妇和吕组长等若干战友已坐在车里。今天驻马店的上空薄雾茫茫，灰蒙蒙的天，倒是适宜出游，不会被骄阳晒。

我们一行十余人，精神饱满地随车出发，第一站是去嵖岈山风景区，听闻电视剧《西游记》曾到那里拍摄过多个外景。车子停在山脚下，我们开始沿着昔日唐僧带着孙悟空、猪八戒、沙和尚三个徒儿走过的羊肠小道，一步一步地往上走，当攀登到瘦身崖、一线天之后，便望见了母子石、南海观音送子下凡等景物。站在山顶上，举目是风光无限的峰峦，层林尽染，郁郁葱葱，山花烂漫，芬芳馥郁。还有一个景观是游人滑索道跨越山壑到对面峰顶，约五百米长的铁索下，是万丈深渊，滑行者身上需拴绑保险带，用两个活动铁勾分别挂在两条平行的铁索上，大约三分钟可滑行到对岸，虽然只需十五元人民币，但那份惊险我绝对不敢去体验，就观摩已把我吓得手脚发麻。

我们慢慢下山走出景区，随车去到"嵖岈山人民公社"，这可是1958年成立的全国第一个人民公社，曾得到毛主席的高度赞扬。走进偌大的一个有围墙的昔日公社所在地，只见白石灰的墙面上有着一行醒目的红色油漆宋体字迹"嵖岈山卫星人民公社旧址",下面落款是 2000 年 9 月。映入眼帘的一排数间红砖土木结构的平房,破烂不堪,有个屋角的瓦片已脱落,院子里蒿草横生,只见一个五十岁左右的农妇,正牵着两只肥羊在吃草,倒是把墙角的草儿啃出了一块净地。面对这曾经辉煌的故址,让人看着眼睛潮湿,不免心寒。

告别荒凉的历史院落,我们悄悄地离开了遂平县,有种说不出的滋味令人心情沉重。遂平县距驻马店仅十七公里,一会儿工夫,我们又回到了人行宿舍一楼的刘大哥家,刘嫂开门和我们一同进屋,放下背包便套上围裙,将早上出门前备好的各种食材,用炖、蒸、涮、炒,大火烹饪,战友们才品上几口信阳毛尖,刘嫂就喊开饭了,我连忙起身到厨房帮忙端菜到餐厅,刘嫂手脚真麻利,十菜两汤,把个大圆桌摆得满满,真是色香味俱全,看着就想先尝一口。我到消毒柜子里取出十双筷子、十个汤勺和碗,还有玻璃高脚杯,王嫂也帮忙摆放塑料椅,热气腾腾的佳肴,热热闹闹的一桌客人,把刘大哥乐得眼睛眯成一线天。刘嫂解掉围裙,坐下来,首先夹了块红烧猪蹄放在我碗里,刘大哥则给志强的杯里斟满一高脚杯白酒,然后依次倒满桌上每个酒杯,他夫妻举杯先干为敬,接着说:"咱中原人喝酒先敬客,小高小伍是远客,得受在座每人敬酒一杯后,才能还礼。"这话音刚落,名叫王健的战友立马站起,举起酒杯开始敬酒,这一轮下来,志强连喝了八杯,因有了昨晚酒桌上的经验,我在开饭前征得刘嫂支持,志强已在后厨先吃了一大碗水饺垫肚,所以这会儿面对一张张热情的敬酒笑脸,他来者不拒,不似昨晚酒楼场面那么尴尬了,而且还自如地回敬了大家。殊不知这有备而来是有故事的,哈哈!

刘家晚宴直热闹到很迟才散席,回到王家,时钟已敲响十点,郊游了一整天,又喝了不少酒,大家都确实有点犯困,匆匆洗漱后便各自回房休息。次日是星期天,志强和王大哥在喝茶聊天，王嫂带我各骑一辆自行车逛驻马店街市，先到附近的健民药店请老中医开药方买了复方甘草片一瓶、金银花含片两盒、消食健胃片一盒、红霉素药片一盒，因喝酒太多，这两天志强咽喉不舒服，夜里咳嗽且有痰。走出药店，我们又走进一个店铺买了宣纸、毛笔和一得阁墨水，王嫂要求志强教她画画。回到王家后，摆出文房四宝，志强在书房兴致勃勃教嫂子画葡萄、丝瓜、茄子、莲藕、辣椒等果蔬。嫂子也认真地从握毛笔到蘸墨下笔、结构布局，一笔一画地学习。大约一个半小时后，刘嫂夫妇敲门进来，见状，刘大哥笑道："好一个认真学习的骆存跟，小高可是国家二级美术师，你学画可得付学费哟！"

中午吕凤堂组长约聚餐，看见时间不早该出发了，王嫂赶忙停笔，收拾好笔墨，之后，我们三家人走出银行宿舍，打的士前往家住市区北边的吕组长家。吕凤堂是我当年在福空航修厂三车间电气组的组长，他1972年入伍，高高的个子，圆圆的脸，皮肤白皙，开会讲话时容易脸红，那时每周六下午规定开班务会，要总结一周的工作，布置下周的任务。电气组有七个女同事，都是二十岁左右的大姑娘，八个男同事中只有吕组长、谷师傅、黄师傅、胡师傅已成家，其余都是爱说爱笑的年轻人。每次班务会召开时，我们几个女孩子总喜欢观察吕组长的一言一行，他的眼睛总不敢正视众组员，常常是低头看手中的开会讲稿，若是讲话时河南口音太重，就会引起一阵笑声，这时他抬起头便已是满脸通红，我们是一群淘气的女孩，但吕组长布置的工作任务，我们绝对认真完成，毫不含糊。吕组长做事认真，责任心强，在电气组诸多如助力臂、变流机、油泵、发动机等飞机零部件的修理上，他是专业技术全能。不但如此，他为人正直善良，乐于助人。记得当年他曾主动给我介绍对象，一个刚从军校毕业的年轻军官，但当知道我正与电影组的小高相识恋爱后，他便红着脸说："很好，很好！"

我们在驻马店粮油职工宿舍楼门口下车，只见吕组长夫妻已笑盈盈地站在那儿，阔别多年，雪枝嫂子还是从前的模样，秀美的脸上只是多了几道浅浅的细纹而已，她穿着朴素整洁，短发梳理得顺直，微笑中带着纯朴善良，她握着我的手说："小伍，咱们24年没见面了！"是的，1984年暑假，她带着一双儿女千里迢迢到闽西连城部队探亲，当时，雪枝嫂到达的第二天，正好是周末，我们电气组全班人马去看她和孩子，大伙在他们临时来队宿舍的家里集体动手包水饺共进午餐，记得当时我自告奋勇炒鸡蛋和花生米，火候掌握不好，都炒成焦黄……

吕组长家在一楼，进门是客厅，左右有三间卧室，客厅后门外是个院子，旁边有厨房、水池、洗手间，露天的墙角有数盆花草，长势茂盛。一眼望去厅堂、寝室的家具和刘嫂、王嫂家一样，都是来自闽西连城家具厂20世纪80年代的时尚品。吕嫂把家收拾得很干净，只是有股浓浓的大蒜头味有点呛鼻。吕组长给每人冲了杯茉莉花茶，那嫩黄的茶叶和白色的花朵，在透明的玻璃杯里轻轻舒展，慢慢绽放，非常优雅且芳香四溢，令人心旷神怡。

午餐，吕组长安排在一个酒店的"麒麟厅"包间，豪华的室内装饰，十二道本地名菜，上等白酒，宾客是四对夫妻外加四个战友，圆圆的一桌十分热闹。吕组长夫妻举起酒杯说："略备薄酒为小高小伍钱行，感谢他们从福建专程来看我们，愿战友情谊地久天长！"他这一带头，战友们轮流举杯，盛情难却，虽然喉咙不适，但下午就要离开驻马店去郑州，还是得硬着头皮接受礼遇。

临别时，吕嫂准备了两桶五斤装的芝麻油作为回礼，但考虑到还要去郑州，怕液体类食物不能带上飞机，因此我们婉言谢绝了吕组长夫妇的美意。驻马店之行，给我们留下了美好的印象。

三

夕阳西下时，在王大哥的陪同下，我们离开了驻马店，一辆大客车载着我们路经华北大平原，道路两旁是挺拔的白杨树，秋风摇曳中的玉米林，晚霞映红的绿色原野，偶尔能看见田间地头劳作的农夫村妇，车窗外的景色，令我情不自禁地哼起"我们的家乡在希望的田野上……"华灯初上时，我们抵达了郑州汽车站，只见崔大哥司机已等候在出口处，他载着我们三人穿街走巷，停在了一豪华酒店里，瞧，崔大哥笑盈盈地走来，阔别二十多年，他变得更富态，但依旧谈笑风生，嫂夫人王萍风韵如初，她热情地领着我们乘电梯走进"梅花厅"，张罗着满席丰盛的酒菜。

认识崔大哥夫妇是在 20 世纪 80 年代初，那会儿我和志强刚确定恋爱关系，一个星期日，志强骑单车带我去连城某高炮连，说指导员崔大哥约吃饭，他妻儿从云南来部队探亲。这崔指导员是从省军区下连队体验生活的一个作家，已经出版过小说集。我喜欢文学，能认识军旅作家，当然很期待。晌午时分，我们到了连队驻地，是在一个山坡的左侧，林木茂盛间坐落着几排营房，军营周边是一片开阔地，有水泥浇筑的篮球场，还有单双杆运动场，沙坑很深、细沙白且干净。这里远离村镇，山顶的一块平地上，支着几门高炮，周边有很多绿色植物掩盖着。当然，这里有岗哨，陌生人是不准入内的。我们是崔大哥到山脚来带路，才能入营，毕竟是军事基地。

崔嫂也是军人，在云南服役。她带着一岁多的儿子雨凡从昆明坐绿皮火车，一路颠簸，在永安火车站下车后，还要坐四个小时的汽车，山路十八弯到达连城县，再改乘军车上山抵达目的地高炮连。这探亲的路，真是千辛万苦！军人的妻子十分不易。看到我们来，小雨凡很高兴，当时他才学走路，摇摇晃晃的步伐，虎头虎脑的形象，刚会叫"叔""姨"，单字发音，小模样非常可爱。

一晃几十年过去，现在的雨凡大学毕业后，已经走上了工作岗位，都到了娶妻生子的年龄。崔大哥和嫂子也早已告别军营，转业回省城，在文教部门工作。这不，我们初到郑州，就得到了他们热情的招待，安排我们住在郑州饭店。

次日清晨，崔嫂为我们安排了跟团一日游。我们随旅游车来到了少林寺，有着495年历史的少林寺，曾被誉为"天下第一禅"。那里有演武馆、立雪亭、文殊殿、塔林，真是"佛学渊博，功德无量"之圣地。黄昏时，我们沿山门走出少林寺，在游人往返的路旁，同行的王大哥眼睛一亮，发现人群中有他的母亲、弟弟、妹妹和舅舅，他快步过去牵着母亲的手，并把他的家人介绍给我和志强，老人家年过花甲，瘦小，但精气神十足。志强提议大家以嵩山下的少林寺为背景合影留念。王大哥告别了母亲等亲人，与我们一起坐上旅游车，朝着郑州的方向匀速行进。此时，夕阳无限，晚霞似火。北方的秋天，真是一片欣欣向荣，丰收的景象。

次日，怀着咏古寻古的心情，我们来到了有着555年历史的七朝古都开封府。洁净的街道，低矮的古建筑群，散发出一种迷人的魅力。我看到了"清明上河图"中北宋的繁荣，还有那相国寺、包公祠、延庆观、北宋铁塔、开封龙亭、天波杨府、中国翰园的正义与廉明。这里有南北朝时建的钟楼、鼓楼，有九龙桥、彩虹桥，真是"千街治内无双品，三友园中第一春""感天秀干凌云志，动心清心袭玉香"呀！安徽人包拯在开封府为官一年多，为民除害，深受百姓爱戴，留下了一代清官"包青天"的美名。在他的铜像前，我深深地鞠躬致敬！

河南省博物馆雄伟壮观，这里有价值连城的玉器、青铜器、古字画、历代君王的金银首饰，还有一代女皇武则天的手迹，"山窗游玉女，涧户对琼峰。岩顶翔双凤，潭心倒九龙。酒中浮竹叶，杯上写芙蓉。故验家山赏，惟有风入松。"那诗文和字体，真是妙不可言！

中原文化在这个偌大的博物馆里，令人大开眼界，收获颇丰。

走出博物馆，我们又来到了河南省艺术中心。这个由加拿大设计师卡洛斯·奥特设计的椭圆形建筑物，酷似五个大金蛋，它们身披土豪金，闪耀在中原名城郑州市，造型美观大方又别具一格。据说其灵感源于河南出土文物乐器陶埙、石排箫和贾湖骨串的抽象造型，由五个椭圆体和两片翻卷上升的艺术墙组成，花了近三年时间才竣工，她的问世，为中原文化更具魅力锦上添花，如虎添翼。

我们在艺术中心许主任的陪同下，参观了音乐厅、美术馆、影剧院等，欣赏到了各种奇珍异宝，真是饱了眼福。

依依不舍地离开艺术中心，我们三人随李师傅的汽车一会儿便来到了繁华的闹市，在一个特色餐馆，只见崔大哥和嫂夫人正在门口笑脸相迎，他们要做东为我们饯行，大家谈笑风生地上楼走进一间清爽整洁的餐厅，这时，一个健壮的小伙子，从大圆桌座位上起身和我们点头微笑，腼腆地轻轻道："叔叔阿姨好！"嫂夫人忙介绍："这是雨凡。"我一听高兴地拉着雨凡的手，时间真是过得太快了，当年在连城高炮部队初次见到雨凡时，他还是个小娃娃，我当时还扶他学迈步走路，这一晃二十余年，如今站在眼前的是个英俊的大小伙，真帅！听嫂夫人说他从北京理工大学毕业后，在郑州市财政局工作。还考上了郑州大学在职研究生，边工作边学习。真是志存高远的好青年！

嫂夫人点了一桌美味佳肴，还开了一瓶美酒，大家举杯互相祝福，一股浓浓的战友情谊，洋溢在每个人脸上。酒足饭饱后，我们三家人在饭店门口合影留念，为这次战友中原相聚之美好，大家在此握手告别。

王大哥背着简单的行李，朝驻马店方向乘车回家。真的，很感谢他陪同我和志强完成了这趟中原之旅。更感谢崔大哥一家的热情款待，让我们玩得开心、住得舒适、吃得称心如意，真是满满的收获，心存感激！在崔大哥、嫂夫人、雨凡的目送下，我和志强跟随李师傅的汽车，一路前行驶向郑州机场，去乘坐下午三点二十分飞往厦门的班机。

期待着中原的战友们，来年春天闽南做客，八闽的山山水水，曾是你们手握钢枪守卫的第二故乡。

金玉良缘话茶香

　　知青出身的王金焕先生，为人耿直，做事认真，他经营的"金玉茶庄"，是云城人常光顾的茶叶店。他自 1981 年调入云霄县茶叶公司之后，就一直坚守在茶行业上，一干就是四十多年。他能一如既往地行走在茶道上追求人生理想，是因为有一个支持他去实现梦想的贤内助和一个幸福的家庭。他虽没有骄人的学历，却获得了"国家高级评茶师""国家高级制茶师""国家高级茶艺考评员"的职称。近年来，他担任多所大专院校和培训中心的茶艺讲师、茶叶审评讲师。对培训新一代的茶技人做出了积极的贡献。

　　1969 年夏，他初中毕业就插队落户在云霄县下河乡世坂村，像众多知青一样，与村民共同劳作在广阔天地里。由于他积极肯干，1975 年秋经推荐，他招工到陈岱镇供销社成为一名正式职工。1981 年 5 月，他荣调到新成立的云霄县茶叶公司担任"茶叶包装工场"负责人，从此，与茶结下了不解之缘。

　　20 世纪 80 年代末，体制改革后，他被任命为云霄县供销茶叶经营部总经理。为拓展业务，他经常穿梭在武夷山与云霄之间，奔波在各茶园的崇山峻岭间，一出门就是十天半月不见人影。妻子方玉云在果品公司上班，儿女年幼需人照顾，贤惠的妻子不拖他后腿，将所有困难自己一肩挑。为支持丈夫的事业，她辞去原有单位的工作。夫妻并肩在云城创办了金玉茶庄，多年来，他们的茶庄生意红火，赢得了四邻八乡茶友的信赖。如今，他的长女承继家业，挑起了金玉茶庄的担子。

　　年过花甲的王金焕先生，现在有空走出茶庄，将所学茶知识回归社会，到处讲学。他是漳州科技学院、云霄开源职业技能培训学校、云霄唯美职业技能学校的茶艺、茶叶审评讲师。他还受邀到尤溪、福鼎、武夷山等地举办的评茶师、评茶员培训班讲学、考评。他多次到武夷山市举办的"茶王赛"活动担任专家评委，可谓桃李满八闽。

2017年7月，云霄县茶叶协会成立之际，王金焕先生总是忙前忙后积极参与。尤其是在云霄县茶协会举办的3届"评茶赛事"活动中，作为审评专家组评委，他坚持参加每届十天的收茶样活动，每天在茶协，从各家参评者送来的十二斤茶样中抽取大样两斤，再按上、中、下段茶质整齐均匀度，抽取五克标准茶叶。他在取五克标准茶样精准上，与天平秤分毫不差，博得了业内行家的好评。在大赛评选活动中，他坚持干评（条索、色泽、整碎、净度）、湿评（香气、汤色、滋味、叶底）八大因子评比原则，认真、公正、准确给予亮分，赢得了众人称赞。

如今，王金焕先生是漳州市茶叶协会会员，云霄县茶叶协会理事、顾问。他在助推云霄"黄观音""花香蜜"品种茶活动中，出谋献策，发挥其茶协顾问的作用，为促进云霄茶叶协会的快速发展，做出了积极的贡献。

"盛名留香融儒释道，一叶传芳养精气神"，愿金玉茶庄的武夷香茗，茶韵溢满万千百姓家。

我的"高老头"

　　记得在一个星期天的午后，我第一次到部队图书室借书。这是一间约 30 平方米大的房间，书柜摆放成 T 字形，把屋子隔成里外两间，外面较大的地方就是借书处，里面则是图书管理员的卧室。我向图书管理员询问："有没有《高老头》？"那位高个子的小伙起身，指了指自己，幽默地答道："有啊，在这呢！"我愣了片刻才恍然大悟，彼此都笑了起来，"小高啊，我是想借巴尔扎克的小说《高老头》，你好幽默哦！"真没想到，多年以后，这位"高老头"竟成了我家的高先生，现在真正的高老头！

　　20 世纪 70 年代末，福州军区空军领导为了解决军队上山下乡知青子女的就业问题，专门在空军某部的航空修理厂设置了三百多个工作岗位，优先安置其知青子女就业。虽然我和小高都不是军人子弟，但由于在"广阔天地"表现较为突出，所以也随一小部分地方子女知青搭上这趟快车，解决了就业问题。

　　小高是从闽南沿海的知青点被部队领导看中其美术特长而应招的，当时部队有个不成文的惯例，一般会画画的人才都会被安排在电影组工作，小高荣幸地成为一名部队政治处的电影放映员兼图书管理员和广播员。

　　我们的营区坐落在连城县文亨公社一处开阔平坦的原野旁，与军用机场连成一体。入秋，坡坎上，一丛丛野菊花争相绽放，金灿灿的一簇连着一簇；营区岗哨外的稻禾一片金黄，沉甸甸的稻穗迎风摇曳，丰收在望；房前屋后婀娜多姿的洋芋花点缀其间，美不胜收。

　　机场跑道一望无际，车间厂房鳞次栉比，绿荫掩映的篮球场是帅哥们迸发激情、尽显魅力的地方。而最让我眷恋的是营区高地上那片宽阔的露天电影场，这里就是小高每周一至两次为战友们放映电影的地方。

观看露天电影是当年战友们的期待与享受，尽管每次都要自带凳子或马扎，有时还冒雨观看，但是大伙乐在其中。

自从上次借书过去了一段时间后，图书阅览室的交往也使我们彼此产生了好感。有一次在电影放映之前，小高告诉我，晚上你不用带凳子，座位我帮你安排好了。果然，我到电影场一看，他已经在放映机前为我摆好了一把靠背椅。当我落座后，战友们投来羡慕的目光时，我的脸还真有点热辣辣的感觉。从此以后，只要这里有放映电影，这把靠背椅就成了我的"专座"。

电影放映员有提前开饭的特殊待遇，而我们到食堂是要排长队打饭的，晚来的还吃不上好菜。小高心细，他每次提前吃饭之后，都会为我买好饭菜，放在我固定的餐桌上，让我一下班就可以享用。

他的真心换来我的真意。每当电影放映结束，观众散场，小高和同事们要收拾银幕和电影放映机，再等汽车拉回电影组，写好工作日志，并做好放映下一场的准备。而我随浩浩荡荡的人群散去后，一回宿舍便会到储藏室，急切地点燃 12 芯的小煤油炉，锅里倒入备好的开水，精心为他煮一大碗鸡蛋挂面，悄悄地放在他卧室的窗台上，然后生怕被人发现似的，一溜烟返回宿舍。

我们部队有块很大的墙面，开设了一个专栏，两个月出刊一次，且图文并茂。这又是一处军营文化的亮点，小高负责专栏的组稿、编辑和美术设计。

我自中学起就喜爱写作，如今又是特色车间的基层通讯员，车间的好人好事、生产喜讯、生活花絮都由我收集整理，书写投稿。因此，我与小高的工作接触机会也就多了起来。

这个专栏是我经常驻足的地方。每当新的一期张贴完毕，我便会第一时间去观赏，首先看看自己的文章是否被采用，再欣赏那些花边、插图和刊头等美术作品。小高的绘画技能确实让我钦佩！

后来小高对我说，他会把每期专栏的刊头作为一次技能的巩固与提升，从不敷衍。20世纪80年代初的宣传画，每张都是那样的积极向上，振奋人心，而广东画派的几位知名画家的作品更是造型高雅，色彩华丽，引人注目。这类作品成了小高当时主要的临摹佳品，他总是把绘制刊头当成一次创作机会来认真对待。

部队在开展庆祝中华人民共和国成立35周年系列活动中，准备出一期高质量的专刊，得按部队首长的要求来完成。他几易其稿，把一幅原创作品《歌唱亲爱的祖国》作为刊头展现其中。

这幅作品以紫蓝色星空下地平线霞光初照及国歌五线谱为背景，一群大雁展翅飞翔。在乐队与钢琴师的衬托下，一位英姿飒爽的女军人在满怀深情地放声歌唱，一行淡黄色的黑体字"歌唱亲爱的祖国"出现在画面的下方，加上色彩的冷暖对比，使这幅刊头格外引人注目。由于图文并茂，这期国庆专刊得到了部队首长和战友们的一致好评，后来小高把这幅刊头拍照后寄往《空军报》和《湖南画报》，竟然都被采用发表。

次年，小高被借调到福州军区空军政治部文化部工作，他抽空到《福建文学》编辑部找到了陈若晖先生，将修改后的作品《歌唱亲爱的祖国》送到他的面前，征求其意见并有意投稿。陈若晖先生拿着作品照片端详了半天，微皱着眉头说："这幅画很面熟，好像在哪见过。"听到这句话，小高十分敏感，莫非若晖老师认为这是抄袭？这可是创作最大的忌讳！他连忙解释道："这真是我去年创作的啊！"可若晖老师还是不慌不忙地说，你到五四路口去看看，那里就有一幅大型宣传画很像它。

告别了若晖老师，他急匆匆赶到五四路口一看，果然在一幅高约6米，宽约10米的巨幅广告牌上呈现的宣传画竟然是自己去年国庆节前创作的作品，且画面上的人物、背景一点改动都没有。看罢，他没有忌讳，反而非常激动，此时此刻的他才理解了若晖老师那番话的来历。原来此作品被福建省委宣传部从《湖南画报》上选中，由福州市广告公司承制，为省城庆祝国庆34周年献礼。小高伫立在这巨大的宣传牌前，几分感叹，几分自豪，久久不愿离去……

部队是个有志青年人生历练的大熔炉，一些稍有特长的人，都会得到重视和培养。因为书画特长及作品的不断出现，小高已跻身为福州军区重点业余作者，在20世纪80年代初，每年就有80元资料费补贴。

在部队工作之余，小高与驻地连城县文亨乡的村民们交流甚广，对连城的山山水水感情颇深。当年连城冠豸山还没有开发旅游，那险峻的奇峰不叫"生命之根"，那湖边的石缝也不叫"生命之门"，没有诸多人为的编造与想象，整座山清纯得像个内敛的少女。小高常常到此写生，我也常相伴而行，并成为他画作里的点景人物。

连城县是个客家聚集地，有着相当厚重的客家文化底蕴，他以一个闽南人的独特眼光去观察、去感受。闽西客家的生活起居，风土人情，建筑风格都让他倍感新奇，好似一幅客家风情长卷，展现在他的眼前。

1984年夏，为筹备"庆祝中华人民共和国成立35周年全省美术作品展览"，连城县委宣传部发文召集了全县专业及业余美术工作者，组成阵容强大的创作队伍，开会布置创作任务，小高作为部队唯一代表名列其中。但用什么形式，从哪个角度来表现美好的时代与人民的幸福是个十分纠结的问题。

连城客家人每逢过年过节或家逢喜事，都要用红纸剪些图案、文字张贴在灶台、厅堂、门檐或坛坛罐罐的外表，寓意吉祥平安，而这些窗花多为许多老妇人的巧手之作，小高也在文亨农家经常见到此景。

由于印象深刻，他试着把老奶奶在过年前剪窗花迎接春节的情景用绘画的形式表现出来。在创作中他几易其稿，几夜难眠，初稿完成约十天后，连城县文化馆召开草图观摩会，他拿出一幅表现闽西老婆婆沐浴暖阳，在自家庭院中安详地剪着窗花，期待新年、迎春纳福的草图呈现在画友和领导的面前。

"这是我们司空见惯的生活情景，怎么都没能去表现它，而被你这位闽南小伙给画了出来，挺好的，挺好的！"连城县文化馆的沈在召馆长拍着小高的肩膀，惊喜地说。

在肯定的同时，大家也对小高的草图提出了许多修改意见，并一致同意作品命名为《迎春》。又过了十天，几经加工的闽西各县重点作品草图集中于龙岩，接受由省美协主席丁仃一行的专家组评审，确定重点加工的作品。据说小高的作品《迎春》草图得到了丁仃主席的好评，作为重点加工作品集中到龙岩，进行为期一个月的加工创作。

后来听小高说，他对这幅油画《迎春》倾注了大量的心血和精力。在龙岩修改作品的日日夜夜，他虚心听取同行的意见，几经修改加工，解决了一个又一个难题，使作品逐步完美。他常说，油画《迎春》的创作过程，是他最用功、最专业的一次艺术实践和人生历练，其中的酸甜苦辣至今仍回味无穷。

1984年金秋十月，福州西湖百花盛开，张灯结彩，坐落在西湖之畔的福建省美术馆内人头攒动，参观者络绎不绝，一幅幅精美画作陈列其中，真可谓异彩纷呈，美轮美奂。小高的油画作品《迎春》也荣幸地登上了大雅之堂，为国庆三十五周年献礼。

参观美展回军营后，他对我说："作为一名部队的业余美术工作者，能以油画的形式入选由省美协主办的全省美术大展，实属不易，我是幸运的！"时年，他27岁。

1985年春节前夕，在部队首长和战友们的祝贺声中，我们在军营安了家。新房虽然简陋，但小高精心布置，他设计的一套造型新颖的组合家具和战友们帮助制作的三人沙发摆放其中。高低床上，张德忠政委的爱人亲手缝制的两床缎被整齐叠放，崔为工干事、王福朝干事、朱金贵组长及战友们赠送的枕巾、床单、花瓶、工艺品和保温瓶尽显喜气，徐升隆老先生赠予我的墨宝《红梅报春图》和小高剪的红双喜张挂墙上，双卡收录机传出李谷一优美的歌声……这一切，让小屋充满了温馨与喜庆。

部队首长有意培养小高，想让他在此建功立业，贡献青春，而突如其来的"百万大裁军"和福空、南空合并，使得部队转业、调动形成潮流，不可阻挡。小高也借此机会带着我回到他魂牵梦萦的闽南老家。

从部队的电影放映到地方卫生防疫站健康教育宣传工作的转型，我家的高先生克服了重重困难，坚持加强业务学习和继续教育，从参加武汉同济医科大学健康教育专业函授，到在省委党校大专、本科的半脱产学习，直至进京参加中央美院和清华美院的脱产进修，他将美术特长与健康教育有机结合，坚持不懈，开拓进取，在健康教育和美术领域力争有所成就，最终获得了"福建省健康教育先进工作者"荣誉称号和"二级美术师"副高职称。

时光如梭，岁月荏苒。从军营图书室里那位青涩幽默的"小高"，到已步入花甲之年的"高老头"，他几十年如一日，坚持文艺爱好和美术创作，时常志愿服务奉献爱心，退休至今，已坚持六年为革命老区留守儿童开展美术义务培训且乐此不疲。常听老高说："绘画将伴随我的一生，只要身体健康，志愿服务也将继续。"

但愿他老当益壮，朝着自己的意愿前行。这就是我的"高老头"！

娘家姐妹

　　来云霄生活三十余年，我喜欢这片开漳圣地，喜欢这里的风土人情，还与一群在妇联娘家相识的姐妹结下深厚的情谊。妇联曾给予我很多的荣誉，更让我感动的是，在我退休的日子里还能享受到和众姐妹一起学唱歌、学绘画的同窗之谊。

　　记得 2013 年新春不久，"云霄县妇女儿童活动中心"在一片热烈的掌声中举行落成典礼，我和姐妹们在热热闹闹中，沿着楼梯一层一层欣赏着每间简约、整洁的新屋，最后来到在五楼宽敞明亮的多功能会议室。来自全县各行各业的妇女代表们欢聚一堂，庆祝第 101 个"三八妇女节"，一个个脸上写满了阳光与喜悦。庆祝活动结束前，刘小英主席站在台上激动地说："云霄县妇女儿童活动中心能顺利落成，应该感谢各级政府的关心支持，尤其要感谢的是福建省妇联给予我们基建专款的帮助。今后咱们要充分发挥活动中心的作用，丰富姐妹们的业余文化生活，拟先举办一个音乐班，欢迎姐妹们参加。"刘主席话音未落，全场响起了雷鸣般的掌声。

　　几天后的一个周末晚上，活动中心四楼的一间教室灯光明亮，里面座无虚席，讲台上站着的是云霄县实验小学的陈木鑫老师，他曾是我大女儿在少年宫学习时的音乐教师。是陈老师循序渐进的音乐启蒙，使得女儿成长为一名中学音乐教师。陈老师笑容可掬地说："我受县妇联委托，来担任你们音乐班的教师，但愿合作愉快！"一阵掌声过后，陈老师落座在讲台左侧的钢琴旁，弹响七个音符从低到高让我们跟着唱，一遍两遍直到音节准确。接着讲乐理知识，示范练声和发音，我们像小学生一样从最基础学起。忽然陈老师朝我笑道："梅姐，你先来试唱这个小节。"台下众多妇联执委学员中，我是唯一的退休者。我有点脸红地从座位上站起，跟着陈老师的钢琴节奏，完成了这节"试唱练耳"。感谢陈老师课堂上这第一声"梅姐"，从此，姐妹们口中的"伍老师"都换成了"梅姐"，我喜欢听这亲切的称呼。

音乐班开办至今已有十个年头，每周一次两个小时的练唱，姐妹们学会了中外民歌数百首。从陈木鑫老师最初的音乐基础知识传授，到现在云霄一中张立华老师的声乐提高班教学，我们经历了气息吐纳、咬字清晰、音准音高等技巧上的规范训练。张老师讲课认真，课前将歌曲发在班级群让大家先预习，上课时再提问，有时她嗓子疼，还坚持来上课，一遍又一遍地教唱歌，在唱法、吐字和音准上，又逐个纠正，敬业精神令人感动！

感谢老师们的辛勤付出和蜡烛精神，才让姐妹们在学到音乐知识的同时，还能登台演唱，我们还和"兄弟音乐爱好者"团队合作，连续五年举行迎新春联欢，男女声合唱《我的祖国》。

2018年3月，在县妇联的倡导下，"云霄县女书画家协会"成立，会长是身为中国美术家协会会员的方玉云老师。为了让职业女性们也能掌握绘画技能，县妇联方静芸主席第一时间邀请方玉云老师来教姐妹们工笔画。方老师爽快答应后，"妇女儿童活动中心"五楼的多功能厅转眼变成了一间灯火通明的画室，我又荣幸地加入"工笔画班"的学习。近二十名学员都是从零基础开始，有的姐妹甚至是第一次握毛笔。方老师从坐姿、握笔、展纸、用墨，一丝不苟地做示范，一笔一画地带教。从描线条开始，等到横线如阶梯，竖线似雨丝后，才正式教宋画花卉的临摹，一朵荷花图，我画了整整四节课八个小时。

工笔画使用"尽其精微"的手段，通过"取神得彩，以线立形，以形达意"获取神态与形态的完美统一。在工笔画中，无论是人物画还是花鸟画，都是力求于形似，"形"在工笔画中占有重要地位。

方老师教我们用细而尖的小狼毫笔勾线，接着是用粗一些的小白云笔分染花叶。一手握两支笔，一支笔蘸色，另一支笔蘸水，先上色后用水将色彩拖染开，形成由浓到淡的渐变效果。分染是工笔画中最重要的染色技巧，继而是统染、罩染、烘染和点染。这些技法，在方老师细致入微的指导下，学员们进步很快，有的姐妹通过几年的学习，现在已经是漳州市美协会员，有的姐妹作品入选福建省工笔画展，真是可喜可贺！工笔画班已连续三年在县妇联举办"巾帼丹青，红心向党"书画展，还结集出版《花开三月》画集一册。

云霄县妇联还举办有"舞蹈班""书法班"和"扫盲班"，这期间，有妯娌、姑嫂或姐妹成了同学，大家把昔日下班后消耗在麻将桌前、电视机旁的时间，全用功在了学习知识和艺术的课堂里，通过持之以恒的学习，姐妹们都变成了能歌善舞、会书会画的文艺女性。

妇联就是我们女同胞的娘家，年逾花甲的我，能重新扬起求学的风帆，与娘家的众姐妹一起航行在知识的海洋里，去追梦"朝乡现俗余世沉，肃风巾帼春黛深"，真是幸事！

多彩龙坑

新春佳节，到处喜气洋洋，洋溢着欢乐祥和的气氛。云霄县下河乡外龙村的"三山国王走溪"正热闹地进行。

据悉，每年正月初六至十五，云霄县下河乡的内龙、外龙两个行政村含十个自然村，都要隆重举办三山国王迎神赛会民俗活动，人们以这种古老而传统的庆祝形式来欢度元宵佳节。

据云霄县民俗学者方群达介绍，这一崇拜习俗，源于客家地区的"守护神——三山国王"。"三山国王"在海内外有着深远的影响，仅台湾就有145座"三山国王"庙。

带着好奇，我们来到了这个张灯结彩、热闹非凡的小山村。

入村主干道上拱门连连，彩旗飘扬。蛰伏了三年，如今瘟神躲开，村民们攒足了劲，开启了新年特殊传统民俗——三山国王走溪。人们从龙兴庙里请出三山国王和夫人神像，与早就整装待发的踩街队伍汇合，三山国王出巡正式开始。沿途搭设的彩门、龙柱、彩球，在蓝天白云下，显得特别耀眼。只见两位身着盛装的妙龄少女扛着"三山国王彩披"，后面一群同样年轻的姑娘分别举着"风调雨顺""国泰民安""财丁兴旺""吉祥如意"的彩披，还有的手提着鲜艳的花篮，她们迈着轻盈的脚步款款前行。游村队伍前有锣鼓开道，后有唢呐笙歌，浩浩荡荡、场面壮观。

三山国王将在内外龙村出巡十天。神像每到一处，都会举行走王和鉴王活动：恭候多时的民众早已摆设香案迎纳神座归席，竞相为神像加冠插花，佩戴花环，摆上伞幡彩胜，敬供牲礼果品；神座前香案高置，供案蝉联，彩旗吉幡簇拥王席，笙歌鼓乐不绝于耳。众农夫村妇都跪拜叩头，答谢神恩。鉴王仪式上，除了庄重祭拜仪式，新婚祭拜也是看点之一。只见一对对新婚夫妻，身穿红色喜庆礼服，十分虔诚地在三山国王神像前许愿、跪拜，祈求幸福！而喜欢制造热闹气氛的少男少女们，怎能轻易放过这些新人，逗乐场面洋溢着人神同乐的民俗文化气息。

祭拜结束后，已婚男子抬着"王公"，未婚男子抬着"王妈"进行"跳水走溪"活动。村民们提前拦截长约百余米，深约两米的河道，用麻绳捆扎神轿，以稻草固定神座，良辰吉时一到，随着三声土枪响，在现场观众呐喊助兴和锣鼓礼炮声中，参与走溪的村民拥神跳入冰冷的深溪。已婚男子扶护三山国王神座，未婚男子则扶护三山夫人銮舆，在水中泅游竞赛，一时间锣鼓声、鞭炮声、助威呐喊声，此起彼伏，真是人声鼎沸，热闹非常。神座上岸后，众人抬神沿环村道路疾跑如飞，沿途有村民纷纷接力抬神奔跑，最后簇拥神像到林氏祠堂前归座，以神座先归位者为胜方。十天的走溪活动结束后，神像回归龙兴庙安放。

位于外龙村小陂自然村的龙兴庙建于元初，占地面积八百余平方米，主祀三山国王和三殿夫人。相传，当年元兵追杀宋帝赵昺，村中先民将宋帝藏于草垛中，当元兵赶到时，只见三座山挺立面前，不见了宋帝。得救后的宋帝赵昺封其为"三山国王"，宋帝还在此小住一段时间。"挺峙三山扶宋主，照临五社显王灵""扶宋奇勋传自昔，退元伟绩至于今"。庙里这两副楹联，极好地诠释了三山国王当年的伟绩。

祭拜、走溪活动结束后，每家每户的餐厅开始热闹起来，秉承客家人热情好客的习俗，村民们家里宾朋满座，鸡鸭鱼肉、山珍海味摆满一席，好酒好茶敬来客，浓浓的乡情，纯朴的民风，令人感动！来自县城和四邻八乡的亲友围坐一起，畅谈今天的见闻、阔论明天的远景，乐享太平盛世给大家带来的幸福安康。

内龙、外龙两村古早时称龙坑保，新中国成立后称龙坑乡，如今称内龙村、外龙村。两个村庄均为林姓聚族而居的古村落。据《龙兴林氏族谱》记载，内外龙村林姓始祖为黄帝第三十三世孙殷太师比干之子林坚，其姓氏乃周武王所赐，至第四十七世林禄，于晋明帝泰宁三年奉敕守晋安郡（今福州），被尊为开闽林姓第一世祖。而先祖林琼系晋安郡林，来自南靖客家土楼，在龙坑保开枝散叶繁衍至今。应该说龙坑保最早是客家人，历经1700多年后，因处于闽南文化的包围之中，客家人逐渐与原住民融合成了福佬客。虽然如今的内龙村、外龙村林氏后人失传了客家话，但源自于中原的客家民俗文化则传承如初。三山国王走溪活动从元代延续至今，表达了人们祈请三山国王庇护万民康庄幸福的朴素愿望。

三山国王走溪活动，传承客家的中原民俗文化，是繁忙农事开始前的娱乐。

元宵过后，大家就撸起袖子大干起来了。

古 韵 婺 源

初冬的婺源，并无寒意。身着秋装，我首次来到了这座皖赣交界的小城。古韵盎然的城镇，徽派建筑群鳞次栉比。白墙黛瓦，高翘的马头墙，昂扬耸立在屋顶上，黑白分明，简洁大方。这里街巷干净，市井繁荣。星罗棋布的古村落，有小桥流水、进士村庄。幽谷听泉声，池塘见鸭欢。绿色的茶园，希望的田野，仿佛身在桃花源。晨起，赏石城云雾缭绕，炊烟袅袅；晌午，观篁岭晒秋、云梯人家；暮归，品雨前茗眉、皇菊佳饮。星江河畔有朱子故里，凤凰山下文人辈出，书香四溢。

严田村距紫阳镇38公里，这个城郊小村庄自宋代到清末，共出过27位进士，其中有父子、兄弟、叔侄同登科。前辈的辉煌激励后人，"山间茅屋书声响，放下扁担考一场"的民谣，折射出严田村耕读文化底蕴之深厚。"贫者因书而富，富者因书而贵"的家训，鞭策严田人"读未晓则思，思未晓则读"的求学理念，在"循序而渐进，熟读而精思"中产生出莘莘学子。书声琅琅蔚然成风，世代相传。

清道光二十一年（1841），严田人朱锡珍考取进士，官至户部云南司主事。家道贫寒的他，自幼勤奋好学，少年时在县庠里求学，困了就打个盹。一次其父在他临行时，将菜桶藏于被褥中让他带去，他则半月未打开被褥取出食用，足见他废寝忘食攻读之刻苦。他博学多才，深得当朝皇帝赏识，被钦点为翰林院庶吉士，这是进士中的顶级，为皇帝近臣，负责起草诏书等。他为官多年谦虚谨慎，廉洁奉公。著有《日新斋集》《读史管见》《忍字辑略》等著作流传于世。

走出进士堂，在村口千年古樟树下，有一对年过八旬的夫妇，在筛选山茶籽。我好奇地过去打招呼，问："老伯伯，这么多山茶籽有啥用？"老伯母含笑道："可以榨油，一斤六十元，很便宜哟！"我又说："你们进士村，真了不起呀！"他们骄傲地回答："严田人自古爱读书，若是三代不读书，不如一窝猪。"听罢，我十分震撼，耕读文化已普及到暮年的农夫村妇，真不愧为进士村。闲聊中他们还说："1977年恢复高考时，回乡知青的儿子考上大学，毕业后在南昌工作，前些年省城的孙子也从名牌大学毕业，如今在上海成家立业，曾孙都是小学生了。"

望着满脸自豪、双手粗糙的一对老人，我油然生起一股敬意，心存感激地向他们买了一瓶两斤重的山茶油。

次日黎明前，我来到了山势陡峭的石城村，只见旭日从远处连绵起伏的山峦里冉冉升起。万道霞光下，宛如仙境的村落在云雾缭绕中若隐若现，画家架好写生夹，正对景描绘。"长枪短炮"的照相机不断调整焦距、按下快门。我从如潮的游人中挤出，站在山坡上，也用手机争分夺秒抢拍晨曦中云蒸霞蔚的美景。还有那炊烟、云雾交织，变幻出奇异景色下的枫林、村舍、梯田、茶园。人们为难得的奇异而惊喜，在人流涌动中各自寻找最佳的拍摄位置。这如梦如幻的人间仙境，只持续了一个时辰，当太阳高照时，就烟消云散了。

石城远离县城达五十公里，偏僻的乡村坐落在四面是峰峦的山洼里。这里不仅有变幻奇异的晨雾，还有八百余年的香榧，枝繁叶茂。有六百年之久的枫林，此时正值红叶挂满枝头，一片一片红得娇美，艳得俏丽，恰似唐代诗人杜牧笔下"远上寒山石径斜，白云生处有人家。停车坐爱枫林晚，霜叶红于二月花"的意境。

听闻南宋民族英雄岳飞，在绍兴元年领兵征讨李成的时候，曾路过此地，并在石壁上用枪尖留下"石城"两个铁画银钩的大字。"三十功名尘与土，八千里路云和月"，真是拳拳爱国之心，满腔豪情壮志。这里还保留着"十面埋伏""韩信点兵"等楚汉相争的典故遗迹。人文历史在这个山势险峻之地，留下了一段段深刻的印记。

晌午，我坐缆车登上了有着500多年历史的篁岭村。放眼望去，山高路远的篁岭梯田叠翠铺绿，茶园嫩叶鹅黄；民居围绕水口呈扇形梯状，错落有致，古香古色。这个有着186户村民的村庄，自古被誉为云梯人家。

徒步越过一片原始森林，耳旁鸟语花香，脚下幽谷泉响。踩在落英缤纷的古驿道上，树叶松软舒适，一种久违的乡愁油然而生，让我想起了当年知青岁月走过的羊肠小道。那时，我十七八岁，在一个乡村任民办教师，时常要走山路往返于知青点和大队、公社之间，起初非常胆怯，经过两个学年的锻炼，能轻松翻越5公里的山间小路。当我还沉浸在往日的思绪中，眼前豁然开朗，迎面而来的是一个热闹非凡、人来人往的古村落。

篁岭村依山势而建，从民宅、官邸、祠堂到牌坊，均蕴藏着数百年徽风皖韵的"徽三雕"图案。在木雕、砖雕、石雕中，砖雕是徽派建筑的重要组成部分，素有"无宅不雕花"之说。抬头仰望，这里的门楼、门罩、门楣都是取上好木材，镶嵌在上面的花鸟禽兽，精雕细琢，栩栩如生，其工艺之考究，无不彰显出徽派古韵，端庄典雅。这里的房屋是用白石灰粉刷外墙，用小青瓦盖坡屋顶。高出屋顶的墙体，似马头昂起，壮志凌云。它既有防火的功能，也显示造型上的美观。

自古篁岭村，地无三尺平。屋顶晒架，就成了秋收冬藏晾晒农作物的场所。聪明的农家人，顺应自然地形，在自家屋顶搭起晒架，把从田间地头采摘的新鲜蔬菜瓜果放入竹编的簸箕里晾晒。阳光灿烂时，只见各家各户的晒架上，红的辣椒，黄的玉米，金色的稻谷，绿色的茶叶，菊花，药材，五颜六色，光彩夺目。随着篁岭旅游业的兴起，这里吸引了海内外游客络绎不绝前来观光，篁岭农家的植物晾晒，便成了闻名遐迩的篁岭晒秋。

"半亩方塘一鉴开，天光云影共徘徊。问渠那得清如许？

为有源头活水来。"早在学生时代，我就背诵过这首家喻户晓的古诗，如今来到作者的故里，怎能错过瞻仰。

怀着对南宋著名理学家朱熹的敬意，我来到了位于婺源城北的朱家庄，这里曾是朱熹二世祖、三世祖居住的地方，朱熹曾两次到过此地祭祖、访亲。2013年冬，政府重新修缮后称其为"熹园"，对公众开放。

仰望石牌坊中的"文公阙里"四字，观者无不赞叹其石雕工艺精湛，字迹遒劲大方。门楣门楼，厚重古朴。沿着整洁的青石板路，我走进了熹园。宽阔敞亮的庭院，古树掩映，花红竹翠。石拱桥下荷塘水碧，木廊坊上雕梁画栋。徜徉在亭台楼阁，曲径通幽中，倍感其优雅恬静。园林地处星江河畔，依山傍水，环境优美，风景秀丽。

款款步入"修齐堂"，这是朱家庄仅存的一幢徽式官邸。门罩上砖雕图案的简单，与室内木雕梁板的精美，产生反差，显示婺源文人深受朱熹文化影响而形成的收敛、含蓄、睿智的人性特征。而建于清末的"善庆堂"，是一座典型的徽派民居，整幢房屋中规中矩，巧妙地揉进了当时较为先进的玻璃饰材。房子呈两进一天井，每进三间二房，表现出以天井为核心，左右对称平衡的格局。"朱熹生平纪念馆"是一布局小巧精致的家祠，天井开阔，明堂宽敞，体现明末清初徽派建筑天人合一的构思。

紫阳书院，是中国封建社会时期最著名的书院之一。"紫阳"是朱熹的号，而婺源的紫阳书院更是以祭祀朱子、宣扬朱熹理学思想为宗旨，是读朱子之书、传文公之教，延续程朱学脉的场所。走进"瑞云楼"，只见门枋上雕刻着朱熹《观书有感》《春日》等诗文的意境图。里侧三根主梁上，镌刻着囊萤夜读、山中邹鲁、温公警枕的典故画面。来到"讲堂"，这是读书听课、宣传弘扬理学思想的学堂。明堂上悬挂着"圣学昌明"四个大字，十分醒目。两边是康熙帝赐的楹联"集大成而绪千百年绝传之学，开愚蒙而立亿万世一定之规"。瞧，皇帝对朱老夫子给予多高的评价呀！正堂左右悬挂的是"忠孝廉洁"四字，是朱熹当年为岳麓书院题写的四字教规。从此，"忠孝廉洁"之训遍及天下书院，也成了君臣、子民做事做人的准则。步入"三贤祠"，我肃然起敬，明堂正中悬挂着程颢、程颐、朱熹三个人的画像，大堂左右两边则摆放着编钟、祭器、乐器，庄严中散发出一股浓浓的书香墨韵，令人感动！我情不自禁地仰望他们，从他们那慈祥、睿智的目光中，我读到了"心传之奥"和"忠孝廉洁"。他们是"洛学"的创始人，是"理学"的传承者，是华夏儿女的楷模，更是民族的骄傲！

北宋洛阳的程颢、程颐两兄弟，是理学文化的创始人，而南宋的朱熹继承和发展了他们的学说，成为一代理学大家。"二程"学说的核心观是"存天理，去人欲"，后来被朱熹所继承、发展、弘扬，世称"程朱学派"。

依依不舍地走出三贤祠，越过古老的"引桂桥"，沿石阶而上，便来到了"尊经阁"。这是一座两层的阁楼，是朱家庄最高的建筑物。它与引桂桥、紫阳书院同在一条中轴线上，是朱家庄的藏书楼。用名贵木料打造的门窗，上面有精美的雕花，旋转式楼梯直达顶楼，顶端有一个银色的葫芦，阳光下大放异彩。"为学之道，莫先于穷理，穷理之要，必先于读书"，尊经阁上的对联，多有哲理呀！古人云："书中自有黄金屋，书中自有颜如玉"，人生怎能不读书呢？"耕读传家久，诗书继世长"，从古至今，在人们心中已形成共识，诗书传家，以德育人。朱熹的理学思想，深深地影响着一代又一代的中国人。

婺源之美，不仅有山光水色的天然美，更有千百年来人们用智慧和耕读文化创造的美。美得就像一首诗、一幅画，令人流连忘返。

后　记

收在《山海春歌》文集里的文章，以讴歌山光水色、人文景观为主题。写作的视点既有闽西北家乡知青点，也有闽西军营，更侧重的是闽南夫家所在的这一片热土。我生长在闽西北山区，远嫁闽南沿海，感觉还真就是一路唱过来的山海春歌。

三十几年前，我的散文《茉莉花开》刊登于《云霄文艺》，应该算是我的文字第一次在夫家的小城亮相。1985年金秋，我刚从闽西部队随夫转业至云霄工作，在这个人生地不熟的小城，没有人知道我爱好写作。记得一个周末，林宗跃老师来家里做客，看我正伏案写东西，便调侃道："是在做文章吗？"我也坦言："在写阳台上一盆死而复生的茉莉花。"我先生接着说："她爱看书，偶尔写点随笔。"当我拿着完稿的《茉莉花开》请他指教时，他笑着说："可以拿到《云霄文艺》去发表，我们宣传部刚刚下发征稿通知，计划出版一期以诗歌、散文为题材的《云霄文艺》迎接国庆。"就这样，我的文章开始在《云霄文艺》《云霄乡讯》《漳江文学》等县级刊物发表。

20世纪80年代末，云霄小城文风蔚然，兴起过许多读书会和诗社，我有幸加入这种充满活力的集体活动。年轻人工作之余，举行诗歌朗诵会，或下乡采风，或集体创作，抒发情怀，书写美景。作为异乡人，我为自己能融入这个文艺群体而倍感欣喜。在这里我还认识了很多文友，获得了友谊和帮助，大家在互相交流与促进中，笔耕不辍，写下不少作品。

当林宗跃老师知道我正在整理文稿准备结集出版时，十分高兴，并关心取什么书名时，我说《茉莉花开》。不久，他送来了题写的"茉莉花开"四个字，后获悉书名又更改为《山海春歌》，让我感动的是他很快就又为此题写了书名。我出版一本书，就得到了中国书法家协会会员林宗跃老师的两幅墨宝，可谓意外之喜。《山海春歌》的成书，我还要感谢云霄一中的方若云老师，她从头至尾、逐字逐句的评阅，使我的文章不断完善。感谢《闽南风》和《福建客家》等刊物，为我提供了发表文章的平台，激发了我的创作灵感和写作热情。

古郡云霄乃开漳圣地，我感谢这片热土，让我有描写不尽山海春歌的激情。感谢著名作家何也老师为《山海春歌》作序。感谢何老师对《山海春歌》的出版给予我的帮助和启迪！感谢家人的支持，感谢众文友的鼓励。

伍启梅

2022 年 7 月 22 日写于云霄